Karin Comes

Liebenswerte Taugenichtse

Zu diesem Buch

Susanne beschließt künftig in Aachen ihr Wirtschaftsstudium fortzusetzen und ihren bisherigen Verlobten, der eine Andere heiratet, sowie überhaupt alle Männer zu vergessen. Statt dessen will sie sich auf ihre Studien konzentrieren und ihr Leben genießen. Dazu gehören jedoch auch Männer. Im Studentenwohnheim lernt sie Thorsten kennen, Architekturstudent und Frauenheld, der sie nur anfangs völlig kalt läßt. Durch einige Verwicklungen und Streiche kommen sich beide näher. Jeder verfolgt seine eigenen Ideen vom Leben und vom anderen Geschlecht und manchmal passen die Vorstellungen gar nicht zusammen. Beide besuchen eine verrückte Kunstausstellung, ausschweifende Parties, Susanne legt zwischendurch ein Semester in Paris ein, um Thorsten zu vergessen, ist jedoch nach ihrer Rückkehr wieder in seinen Bann gezogen. Auch Thorsten beginnt über sein Leben nachzudenken . . .

Karin Comes

Liebenswerte Taugenichtse

Die Deutsche Bibliothek – CIP-Einheitsaufnahme

Comes, Karin:
Liebenswerte Taugenichtse / Karin Comes. - 1. Aufl., - Braunschweig : Comes 2001
ISBN 3-9808069-0-1

1. Auflage 2001

Titelillustration: Ralf Comes

Satz, Gestaltung: Bernd Kristen, Braunschweig

Druck: Ruth Printmedien, Braunschweig

Printed in Germany

ISBN 3-9808069-0-1

Dieses Buch ist meinen drei Brüdern
Ralf, Udo und Dieter
sowie meinem Kumpel Christoph
und meiner Freundin Gabi
gewidmet.

Bonn, den 22. Dezember 1990
Karin Comes

Braunschweig, im Oktober 2001

1
Einzug und gute Vorsätze

Vielleicht könntest du tragen helfen, statt nur blöd zu gucken, wie ich mich abschleppe," fahre ich entrüstet einen hübschen jungen Mann an, der mir nicht mal die Tür des Studentenwohnheims aufhält. Ich trage zwei schwere Koffer, die in meine neue Studentenbude in diesem Wohnheim befördert werden müssen. Er guckt recht verständnislos, salutiert andeutungsweise, greift dann aber unter meinen wütenden Blicken beide Koffer und fragt leicht ironisch: „Aye, aye, Madame – wohin darf ich denn Ihr Gepäck in diesem Luxusetablissement bringen?" „Zimmer 400 bitte," antworte ich und bin mit meinen Gedanken zu Hause bei Lars, der heute heiratet und mir dies netterweise brieflich mitgeteilt hat. Eigentlich dachte ich, ich wäre seine Freundin ... Ich denke auch an meinen Exfreund Robert, von dem ich mich zwar schon vor Jahren getrennt habe, der aber nichtsdestotrotz noch den alten Zeiten nachtrauert. Manchmal versucht er sein Glück erneut und mir tut es leid, ihn abzuweisen. Ich wünschte, er würde sich eine neue Freundin zulegen – am besten ein Hausmütterchen, das würde gut zu ihm passen. Das ganze Chaos ist zum Glück weit weg. In Aachen hoffe ich, dies alles zu vergessen, neue Leute kennenzulernen und Wirtschaft studieren zu können. Ich beschließe, hier von vornherein für geordnete Verhältnisse zu sorgen und mich erst mal nicht mehr zu verlieben. Ich brauche Zeit für mich, um zur Ruhe zu kommen.

Der junge Stoffel und ich fahren in dem vollgekritzelten Aufzug in den vierten Stock. Es kommt mir nicht in den Sinn, weiter mit ihm zu reden – und ihm offensichtlich genau so wenig. Im vierten Stock guckt er schnell auf seine Uhr.

„Hast du 's eilig?" frage ich ihn.

„Hmm – ja – an sich schon," stottert er rum.

„Na komm, die paar Meter bis zu meinem Zimmer kannst du die Koffer doch wohl auch noch eben tragen, oder? – Das strengt euch

Männer doch viel weniger an. Im übrigen ist es eine Frage der Erziehung und Höflichkeit ..." ich stoppe abrupt. Was fasele ich da eigentlich für einen Blödsinn? Vor meiner Tür bedanke ich mich und lade ihn ein, gelegentlich auf einen Tee vorbeizukommen.

Er murmelt: „Mal sehen ..." und verschwindet.

Ich habe nicht den Eindruck, dass wir uns so bald wiedersehen. Das ist mir allerdings auch egal. Ich packe meine Kleidung und Bücher in die Schränke, hänge Bilder, Fotos, Plakate auf und versuche mich heimisch zu fühlen. „Ach Lars, wie konntest du nur ..." ich kann immer nur dasselbe denken. Mein Vertrauen in die Männerherzen ist erschüttert. Ich gucke mein trauriges Gesicht im Spiegel an und frage mich laut: „Hast du das nötig, Susanne? Antwort: Nein!!!" Dann gebe ich mir einen Ruck und nehme mir vor, diesen Idioten zu vergessen. Soll er mit seiner Frau glücklich werden. Wer weiß, wie lange er ihr treu ist. Jetzt werde ich mir erst mal Aachen ansehen. Als ich meine Zimmertür abschließe, kommt eine Studentin durch den Flur und bleibt stehen: „Wohnst du jetzt da?"

„Ja."

„Na dann – herzlich willkommen auf unserer Etage. Ich bin die Doris." Sie reicht mir die Hand.

„Hallo – ich heiße Susanne."

„Soll ich dir mal die anderen hier vorstellen?"

„Später – ich will erst mal die City begucken."

„Möchtest du eine Fremdenführerin haben?"

„Wäre nicht schlecht."

Wir gehen zusammen los. So einfach ist das also, neue Leute kennenzulernen. Doris redet in einem fort. Sie erklärt mir die Besonderheiten von Aachen: den Dom, das Zuckerbüdchen am Dom, die Kunstbrunnen, die Einkaufs-, Sport- und Freizeitmöglichkeiten. Dann umreißt sie kurz die Flurbewohner. Sie meint es sicher nett, aber ich kann gar nicht alles behalten. Bei der Vorstellung von einem gewissen Thorsten stockt sie merklich und findet nicht die passenden Worte. Ich denke flüchtig, wahrscheinlich ihr Lover …

Wir kaufen Lebensmittel ein und beschließen, abends durch ein chili-con-carne Essen meinen Einzug zu feiern.

So stehe ich am ersten Abend mit Doris und zwei weiteren Bewohnern, die spontan ihre Hilfe anboten, in der Flurküche und koche mein Kennenlern-Menü. Doris hat schnell einen Einladungszettel an die Flurtür gehängt und allen, die zufällig im Zimmer waren, Bescheid gesagt. Nach und nach trudeln sie ein und freuen sich, dass für sie gekocht wird. Wer etwas anderes vorhat, schaut zumindest kurz herein, um mich kennenzulernen und wenigstens ein bisschen zu probieren. Offensichtlich essen wir alle gleich gern. Das finde ich schon mal ganz sympathisch. Der von Doris als Flurekel beschriebene Gernot Kniffke holt sich griesgrämig einen Teller, den er in seinem Zimmer allein auslöffeln will. Er macht auf mich einen leicht gestörten Eindruck. Als er rausgeschlendert ist, werden „Kniffke-Witze“ erzählt. Mittlerweile sitzen wir zu acht um den Tisch – die leeren Weinflaschen häufen sich. Die Stimmung steigt.

Meine neuen Flurnachbarn scheinen alle ganz nett zu sein. Neben mir wohnt ein pakistanischer Medizinstudent, rechts eine Bauingenieur-Studentin. Irgendwann fällt mir auf, dass Doris völlig still geworden ist, vor sich hin starrt, zu viel trinkt und recht traurig aussieht. Ich setze mich zu ihr.

„Doris – wo bleibt deine gute Laune? Hast du Kummer?“

„Ach nee …,“ sie wirft mir einen todunglücklichen Blick zu und schweigt sich aus. Na ja, wir kennen uns gerade einige Stunden, da erzählt man sich noch nicht seine intimsten Probleme.

„Ich hole dir noch ein bisschen Wein, hm?“ Wenigstens möchte ich ihr zeigen, dass ich es gut mit ihr meine. Sie nickt dankbar. Als ich in der anderen Küchenecke mit dem Korkenzieher kämpfe, stellt sich Georg, ebenfalls Wirtschaftsstudent, unauffällig neben mich.

„Kümmere dich nicht um Doris – sie hat ihren üblichen Frust. Sie läuft schon längere Zeit dem Thorsten hinterher. Der wohnt auch auf unserem Flur, ist aber nicht hier. Er interessiert sich gar nicht für Doris und hat daraus nie ein Geheimnis gemacht. Sie kann das einfach nicht akzeptieren. Es ist manchmal schon peinlich, was sich für Szenen abspielen, wenn Thorsten mal 'ne Frau mitbringt. Doris tut uns allen leid, aber es wäre besser, sie würde sich mal langsam anders orientieren. – Weißt du, ich bin kein Schwätzer, aber das von ihr und Thorsten hättest du sowieso bald mitbekommen. Da kann man dich auch gleich aufklären." Georg nimmt mir die Flasche aus den Händen und entkorkt sie geschickt. Ich muss plötzlich wieder an Lars denken – seit heute verheiratet. Mein verletzter Stolz fängt an, weh zu tun.

So antworte ich überraschend patzig: „Wer weiß, was Thorsten ihr versprochen hat – das wissen doch nur die zwei. Vielleicht sieht es für euch nur so aus, als würde sie grundlos hinter ihm herlaufen." Ich fühle mich Doris, die ich kaum kenne, auf einmal sehr nahe.

Georg mustert mich prüfend: „Du siehst auch traurig aus …" Er fragt nicht weiter, sondern wendet sich abrupt ab und gießt am Tisch Wein nach. Ich fühle mich von ihm ein wenig durchschaut.

In diesem Moment schlendert mein unfreundlicher Kofferkuli in die Küche. Mit einem scharfen Blick erfasst er, wer dort versammelt ist und sagt lässig: „Hi – ich hätt' auch noch gern was zu essen, wenn 's möglich ist."

Doris ist sofort wie ausgewechselt. „Hallo Thorsten – schön, dass du auch noch kommst. Setz' dich zu uns, hier ist noch Platz. Was willst du denn trinken?" Sie sieht ihn mit strahlenden Augen an.

Georg wirft mir einen genervten Blick zu. Thorsten scheint es zwar ganz nett zu finden, so angehimmelt zu werden, gleichzeitig ist ihm Doris ersichtlich gleichgültig. Er antwortet nur: „Keine Umstände," und wendet sich dabei eher an die ganze Runde als an Doris. Dann stellt er sich neben mich und sagt leise: „Wenn deine Kochkunst nur halb so gut ist ... muss das Essen toll sein."

„Halb so gut wie was?" frage ich irritiert.

„Später, Madame," mit einem frechen Grinsen lässt er mich stehen. Er scheint sich äußerst toll zu finden. Zugegeben, er sieht gut aus. Groß, schlank, schwarze kurze Locken, leichte Bräune im Gesicht, grüne Augen ... Sportlich scheint er auch zu sein und er wirkt wie ein Lausbub. Trotzdem lässt er mich völlig kalt. Seine Arroganz und die Art, wie er Doris behandelt, stoßen mich ab. Unwillkürlich stehe ich auf ihrer Seite.

Nun beherrscht er das Gespräch. Er flegelt sich lässig auf einen billigen Klappstuhl, streckt seine langen Beine aus, raucht und trinkt. Während er unterhaltsame Kneipenstories zum Besten gibt, stellt Doris in manchen Gesprächspausen immer wieder dieselbe Frage: „Sag mal, wo warst du denn gerade?"

Anfangs beachtet er das nicht, aber irgendwann sagt er knapp: „Unterwegs!"

Es ist schon merkwürdig, die beiden zusammen zu erleben. Ich nehme mir vor, Doris zu raten, ihre aussichtslose Schwärmerei endgültig zu vergessen. Noch nie zuvor habe ich erlebt, dass sich jemand so unwahrscheinlich lächerlich macht wie sie. Offensichtlich ist ihr das egal. Sie müsste doch selbst merken, dass sie Thorsten völlig gleichgültig ist. Ich kann noch nicht einmal erkennen, dass er sie nett findet. Ich verstehe sie nicht. Hat sie keinen Stolz? Andererseits frage ich mich, ob es mir zusteht, so über Doris zu urteilen? Ich fand es sehr nett, wie herzlich sie mich hier im Wohnheim begrüßte. Auch die Idee mit dem Essen war gut. Und im Übrigen:

Was habe ich schon alles aus Liebeskummer getan? Mir fallen einige Aktionen ein, die im Nachhinein einfach nur peinlich sind. Mein Stolz und meine Persönlichkeit haben mich vor den größten Dummheiten bewahrt. Ich reagiere wahrscheinlich anders als Doris – aber ich fühle bestimmt wie sie. Ich will mir meine Liebe und meine Eifersucht nicht unbedingt offen anmerken lassen. Ich kann meinen Alltag nach außen hin durchziehen, aber wehe ich bin abends mit mir allein. Ich versuche dann zwar, mich abzulenken, weil ich denke, dass mein Kummer an den Tatsachen nichts ändert. Nur ist es schwierig, wirkliche Entspannung zu finden. Mein Unterbewusstsein spielt nicht mit. Wenn Bekannte kommen, geht die Komödie weiter, weil ich keine Schwächen zeigen will. Nur den besten Freunden erkläre ich kurz, was los ist, weil sie sowieso merken, dass etwas nicht stimmt. Gerade für Liebeskummer fühle ich mich selbst verantwortlich. Ich hätte mich halt nicht verlieben sollen. Meist war doch vorher klar, wie die Sache endet. Also gucke ich bis zum Sendeschluss Fernsehen und stoße mit einer kühlen Flasche Weißwein an. Mein Flaschengeist sieht zu, wie ich bei jeder Liebesszene leicht aus der Fassung gerate. Am nächsten Morgen geht es frisch geduscht und topfit zur Arbeit oder zur Uni. Ich bin froh, unter Menschen zu sein, die von meinen Sorgen nichts wissen und mir unbefangen begegnen. Ich weiß, irgendwann kommt ein neuer Tag, an dem alles viel leichter ist. Ich liebe das Leben und die Menschen so sehr. Ich will mein Leben genießen und meine Ansprüche an das Leben sind unendlich hoch. Manchmal genügt ein plötzlicher Wetterwechsel – ein Regenbogen, die erste Frühlingssonne oder eine neue Freundin und ich bin mit der Welt wieder versöhnt. Merkwürdigerweise geht es mir auch jetzt so. Lars und Robert sind plötzlich weit weg – Aachen gefällt mir gut. Ich bin neugierig auf mein Leben in Aachen und denke, ich werde mich hier sehr wohl fühlen. Meine neuen Mitbewohner gefallen mir. Mit diesem Bewusstsein verabschiede ich mich von allen sehr herzlich, als ich ins Bett gehe. Bei Thorsten bedanke ich mich nochmal fürs Koffertragen. Er brüllt mir noch in den Flur hinterher: „Wenn du abreist, einfach die Glocke betätigen – dann kommt der Kofferboy …" Dabei lacht er fröhlich. Ich muss auch grinsen. Vielleicht ist er ja doch nicht so übel?

2
Die Erziehungsmaßnahme

Ich habe in den ersten Wochen an der neuen Uni so viel zu tun, dass ich kaum zum Nachdenken komme. Allein der Vorlesungsbesuch und die Nachbereitung nehmen soviel Zeit in Anspruch, dass ich mir Rationalisierungsmethoden überlege. Die krakeligen Mitschriften werden nicht mehr in Schönschrift übertragen, sondern schwerpunktmäßig durch Lehrbuch-Studium vertieft. Dabei stellen sich oft Missverständnisse heraus. Ich kaufe und lese nicht mehr die von den Professoren empfohlenen Bücher, sondern die, mit denen ich am besten zurecht komme. Ich besorge mir von der Fachschaft Skripten. Diese Vorlesungsmitschriften früherer Hörer bewirken, dass ich meine eigenen Mitschriften teilweise ganz einstellen kann. Wenn ein Wissenschaftler aus seinem Buch vorliest, kopiere ich mir die letzte Auflage und schenke mir künftig die anregende Stunde. Lesen kann ich auch allein. Die Arbeitsatmosphäre im Seminar mag notwendig sein, mir ist sie äußerst verhasst. Die stickige Luft macht mich nach spätestens zwei Stunden müde. Wenn ich als letzte Rettungsmaßnahme eine der winzigen Fensterluken öffne, protestiert mit Sicherheit eine freudlose Seminarleiche dagegen. Oft bringen diese vergeistigten Kommilitonen es noch nichtmal fertig, etwas zu sagen. Sie schleichen leise zum Fenster und machen die Schotten wieder dicht. Alles möglichst unauffällig, um nicht zu stören. Die Seminarordnung ist ihnen heilig: „Bitte Ruhe – auch im Dissertations- und Kopierraum." Irgendwann war ich dieser ersten Pflicht nicht nachgekommen. Ich hatte aus lauter guter Laune gepfiffen. Schon zischte es: „Pssst." Sie hatten ja alle Recht – ich hab's auch nicht extra gemacht. Aber mich ergriff ein gewisses Grauen vor diesen Studenten. Sie sind ungefähr so alt wie ich – also eigentlich noch so jung – und doch auch wieder so alt. Ich habe Angst, auch so zu werden wie sie. Vielleicht ist das nötig, um das Examen zu schaffen? Ich schaue sie mir an, wie sie da mit krummen Rücken, bleichen Gesichtern und angespannten Mienen über ihrer wissenschaftlichen Lektüre hängen. Ich kriege Angst. Ich will mich an meinem Leben freuen. Bei ihnen kann ich keine Freude feststellen. Aber es gibt Ausnahmen: Ein Pärchen sitzt an seinem Arbeitstisch, hat kleine Stoffklammertiere an die Arbeitslampen gehängt, flegelt sich lässig zurück. Sie reckt sich ungeniert, er gähnt, beide schmunzeln manchmal beim Lesen oder Schreiben. Als sie gähnt, muss ich mitgähnen. Wir schauen uns im selben Moment an. Sie lächelt mir zu, ich lächele zurück. Komisch – ich kenne sie nicht und doch habe ich das Gefühl, dass sie weiß, was ich gerade denke und genauso empfindet. Ich lerne beruhigt weiter. Es geht auch anders. Ich werde nie eine Seminaridiotin, muss eher aufpassen, nicht zu wenig zu lernen … Meine Gedanken von vorhin kommen mir plötzlich kindisch vor. Als ich nach Hause gehe, schaut das Pärchen auf und zwinkert mir freundlich zu. Ich kniepe zurück.

Wie leicht ist mir ums Herz, als ich im Wohnheim mit dem Aufzug in die vierte Etage fahre. Oben wartet Thorsten. Als ich nun wie immer kurz grüße und an ihm vorbeigehen will, salutiert er frech grinsend: „Madame?" Er sieht mich fragend an.

Ich weiß nicht, was er hat. Ich bin müde vom Lernen und antworte recht patzig: „Ich will noch nicht abreisen, also brauche ich noch keinen Kofferträger."

Er guckt mich mit einem völlig nichtssagenden Gesichtsausdruck an, wendet sich dann ziemlich abrupt dem Aufzug zu, steigt ein und ist weg. Ich gehe völlig unbeeindruckt auf mein Zimmer. Eigentlich bin ich müde, aber aus der Küche klingt so fröhliches Stimmengewirr, dass ich beschließe, wenigstens nachzugucken, was dort los ist. Der Pakistani hat Geburtstag und feiert eine kleine Spontanfête. Ich hole schnell noch eine Flasche Wein aus meinem Zimmer. Dann mische ich mich unter die Gesellschaft. Schon wieder sitzt Doris recht sentimental dabei. Ich bin heute so erledigt, dass mir jede Zurückhaltung fehlt. Ich gehe auf sie zu und sage: „Jetzt zieh' doch nicht so ein Gesicht – der Typ ist es doch nun wirklich nicht wert. Der weiß doch selber nicht, was er will."

Doris wird böse: „Misch dich da gefälligst nicht ein. Such dir lieber selbst einen Freund. Du bist doch auch allein und das kaum freiwillig."

Sie wird gemein – ich fühle mich getroffen. „Das geht dich nichts an Doris. Sorry, ich wollte dich gerade nur trösten."

„Schon gut." Doris lächelt mir gönnerhaft zu und stößt mit mir an. „Auf unsere Schätzchen."

Wir trinken und ich frage mich, auf welches Schätzchen ich mein Glas erhebe? Lars ist für mich gestorben, Robert interessiert mich nicht mehr, und ein Neuer ist nicht in Sicht. Ich habe es in der letzten Zeit sorgfältig vermieden, mich neu zu verlieben. Ich habe Angst, wieder eine Enttäuschung zu erleben. So lasse ich niemanden an meinen innersten Gedanken und Sorgen teilnehmen. Ich erspare mir dadurch sicher Kummer, aber manchmal fühle ich mich so grenzenlos allein. Dann hadere ich mit meinem Schicksal und sehe wehmütig auf glückliche Liebespaare. Warum schaffen die es, eine glückliche Beziehung zu führen und ich nicht? Ein wenig Neid kommmt auf. Gleichzeitig weiß ich, dass auch die sogenannten „Traumpaare" ihre Probleme haben und es eigentlich nur sehr wenige wirklich glückliche Paare gibt. Ich unterhalte mich recht gut mit Doris, Georg und dem Geburtstagskind. Ich muss mir anhören, dass man mich zu wenig sieht. Studienzwänge werden nur als Ausrede belächelt. Irgendwann kündigt Doris ihr eigenes Geburtstagsessen in 14 Tagen an. Es ist ein netter, gemütlicher Abend, an dem niemand auf die Uhr sieht.

Ich überlege, was ich Doris schenken soll. Ich würde sie gern von ihrem Thorsten abbringen. Aber dabei kann ich ihr nicht helfen.

Diesen Schritt muss sie selbst tun. So schenke ich ihr als Denkanregung „Aus dem Leben eines Taugenichtses“ von Eichendorff. Sie versteht den Sinn aber nicht. Ich helfe ihr beim Kochen. Es gibt Moussaka, Tzaziki, griechischen Bauernsalat, Redzina und Bier. Thorsten kommt diesmal für seine Verhältnisse fast pünktlich – nur eine Stunde später. Er guckt sich irgendwann die Geschenke von Doris an. Er selbst schenkt ihr nichts. Wahrscheinlich fiel ihm nichts ein oder er findet Geschenke zu spießig. Jedenfalls schmunzelt er, als er mein Buch in die Hand nimmt. Gegen 23.00 Uhr verschwindet er. Er winkt Doris lässig zu, bedankt sich für das Essen und ergänzt: „Nun hast du so gut gekocht, nun kannst du auch noch spülen. Im übrigen müssen meine Schuhe geputzt werden, ich stelle sie heute Nacht vor die Tür. Das Haus hier ist ja langsam hotelähnlich – nicht wahr Madame?“

Er grinst mich an. Doris schaut ihm unglücklich hinterher. In mir steigt eine unglaubliche Wut hoch. Warum besitzt dieser Kerl nicht wenigstens den Anstand, Doris in Ruhe zu lassen? Es ist ja so leicht, einen Liebenden bloßzustellen. Wahrscheinlich war er noch nie in dieser Lage und kann sich auch gar nicht in Doris hineinversetzen. Oder er nimmt an ihr Rache für andere Frauen. Ich weiß genau, dass mich diese Sache nichts angeht, aber heute abend siegen mein Gerechtigkeitsgefühl und mein Temperament. Ich warte bis Thorsten von seinen nächtlichen Abenteuern nach Hause kommt und betrunken glucksend seine schwarzen Schühchen vor die Tür stellt. Dann hole ich mir leise seine Schuhe in mein Zimmer, schmiere sie dick mit roter Schuhcreme ein und stelle sie ihm derart verunstaltet vor die Tür. Als ich mir seine Reaktion vorstelle, muss ich noch im Bett vor mich hinkichern. Von mir selbst überzeugt, wirkungsvolle Erziehungsarbeit geleistet zu haben, schlafe ich mit dem besten Gewissen der Welt ein.

Am nächsten Abend komme ich erst spät nach Hause. Ich bin

neugierig zu erfahren, wie er reagiert hat. Doris wird es sicher wissen. Ich muss wieder kichern, als ich bei ihr klopfe. Sie öffnet mit verheultem Gesicht.

„Heh – was ist denn los?"

Sie schnupft in ihr Taschentuch: „Das verstehst du nicht, Susanne. Du bist eben nicht verliebt."

„Zur Zeit nicht, das stimmt. Aber ich war es doch auch schon mal oder traust du mir das nicht zu? Jetzt erzähle doch mal, warum du so traurig bist?"

„Vorhin kam mein Süßer, äh ich meine Thorsten, in der Küche auf mich zu und hat mir gesagt, dass er das nicht mehr lustig findet. Ich verstand gar nicht, worum es ging und er erzählte was von Sachbeschädigung, hysterische Reaktion einer Verrückten, Überproduktion weiblicher Hormone. Also, es hat wohl jemand seine Schuhe gefärbt – aber," und hier schluchzt sie erneut auf, „ich war das nicht. Warum sollte ausgerechnet ich irgendetwas gegen ihn unternehmen, ich liebe ihn doch. Das müsste er doch auch langsam mal gemerkt haben. Wieso traut er mir dann sowas zu?"

Da sie mir leid tut, beschließe ich, gleich zu diesem Kerl zu gehen und alles richtig zu stellen. Wie kann er Doris so behandeln?

Ohne Anklopfen stürme ich in sein fast nie verschlossenes Zimmer. Er steigt gerade aus seiner Dusche und steht tropfnass vor mir. Dabei macht er ein recht belämmertes Gesicht. Er erinnert mich in dem Moment an Stan Laurel in seiner typischen Pose, kurz bevor er hysterisch kreischend: „Ollie, Ollie …" brüllt und ich muss lachen. Kichernd setze ich mich auf sein Bett und versuche erfolglos ernst zu werden. Er beeilt sich, in die Klamotten zu kommen und setzt sich – ganz der Überlegene – auf seinen Schreibtischstuhl. Dann kratzt er sich andeutungsweise mit beiden Händen unter den Achseln, zuckt auf und ab und imitiert einen

Affen: „Chita, chita, hikäckäckäck." Ich muss noch mehr lachen. In diesem Moment wird er mir so sympathisch, wie ich es nie gedacht hätte. Trotzdem besinne ich mich auf mein Anliegen. Noch immer kichernd bringe ich hervor: „Also, ich habe deine Schuhe geputzt – nicht die arme Doris."

Er versucht einen strengen Blick – aber es gelingt ihm nicht. Ich merke genau, wie egal es ihm ist, ob er seine Schuhe künftig schwarz, braun oder rot trägt.

Da packt mich der Übermut: „War 'ne kleine Erziehungsmaßnahme für deinen netten Abgang gestern abend. Überlegst du dir nie, wie dein Benehmen auf Doris wirkt? Du solltest sie mal zur Entschädigung zum Essen einladen."

„Eigentlich wärest wohl eher du mit einer Einladung als Entschuldigung dran," er blinzelt mir charmant zu.

Ich muss plötzlich an Doris denken. Die Unterhaltung wird mir zu gefährlich. Ich stehe auf.

„Ehe ich mit dir weggehe müsstest du erst mal deinen Terminkalender entrümpeln."

Später am Abend ärgere ich mich, dass ich ihm eine Absage erteilt habe, denn ich langweile mich zu Tode. Mir fehlt die Konzentration zum Lernen, Lesen, Fernsehen, Telefonieren. Ich hänge lustlos und unausgeglichen in meinem Zimmer herum und verstehe mich selbst nicht mehr.

In den nächsten Tagen erscheint Thorsten hin und wieder in meinem Zimmer und „sammelt" mich ein, wie er es nennt. Dann soll ich zu irgendwelchen Treffen mitkommen – so wie ich gerade angezogen bin. Von Schminken etc. hält er – jedenfalls was mich anbelangt – nicht viel. Es sind nette Abende – die Treffen finden mit verschiedenen Cliquen statt. Wir sind eigentlich nie allein – außer auf den Hin- und Rückwegen. Dort sind wir oft recht schweigsam, aber ohne dass es mir unangenehm wäre. Manchmal gehe ich mit anderen Leuten nach Hause. Dann treffe ich am nächsten Morgen in unserer Flurküche das neueste Herzchen von Thorsten, wobei Thorsten immer so tut, als sei zwischen ihnen nichts. Oft überlässt er die Frauen sich selbst und geht vor ihnen weg. Die Frauen scheinen das in Ordnung zu finden. Es ist sowieso selten zweimal die Gleiche. Mir fällt auf, dass er sie nie umarmt oder küsst wenn andere Leute dabei sind. Eine weint, als er geht. Später bezeichnet er sie als „Stresslady".

3
Das Leben und die Kunst

Eines Tages bittet Thorsten mich, zu einer Kunstausstellung mitzukommen. Ich sage zu. Ich freue mich darauf, mit ihm wegzugehen, weiß aber nicht, was ich von der Einladung halten soll.

Es klopft und schon steht Thorsten im Zimmer. Ungeniert mustert er mich, wie ich in Unterwäsche und Nylons gerade entnervt versuche, meine Haare in Form zu fönen. Irgendwie kriege ich das nie so hin wie der Friseur.

„Hi! – Nun lass doch das Gedöns, bist schön genug. Lass uns abziehn." Er scheint es heute eilig zu haben. Sonst handhabt er Verabredungen immer recht großzügig: plus/minus ein bis zwei Stunden.

„Statt zu meckern, könntest du mal meine weibliche Privatsphäre respektieren und warten bis ich dich hereinbitte." Ich bin froh, wenigstens hübsche Unterwäsche und schwarze Nylons ohne Laufmasche zu tragen, aber ein bisschen geniere ich mich doch.

Er hat für solche Empfindlichkeiten kein Gespür: „Ich hab' dich schon im Bikini gesehen – also reg' dich ab."

„Das ist auch was anderes …"

„Ja meinst du, man kann sich bei einer Frau im Bikini nicht auch den Rest vorstellen? Deshalb verstehe ich sowieso nicht, wieso du dich so anstellst und dich nicht oben ohne sonnen willst."

„Erstens geht dich das nichts an und zweitens ist das ja bei deiner Vorstellungsgabe sowieso überflüssig."

„Ich mein' ja nur …"

„Im übrigen – sonn' du dich doch ohne Hose!"

„Wir sprechen von oben ohne – und ich sonne mich oben ohne."

„Wie überaus gewagt von dir und allen anderen Männern."

„Ach komm Susel – nicht streiten heute. Freust du dich nicht auch auf die Vernissage? Du tust doch sonst so kunstbegeistert."

„Ich tue nicht nur so, ich bin es. Aber du scheinst deine künstlerische Ader erst mit dieser Eröffnung entdeckt zu haben." Misstrauisch mustere ich ihn. Er sieht ungewohnt schick aus, geradezu lässig schick. Es steht ihm alles viel zu gut und er hat einen sanft-verschlagenen Gesichtsausdruck. Ich ahne also, was uns erwartet – nur habe ich keine Lust, die Ahnungslose zu spielen.

„Also gut – wie heißt sie, woher kennst du sie und welche Rolle spiele ich heute abend? Soll ich sie eifersüchtig machen und dein verletztes Weib spielen? Oder bin ich eine andere Künstlerin? Ich kann auch die geheimnisvolle Unbekannte sein."

Das sitzt. Thorsten wird sogar sekundenlang leicht rot. „Ja hm – also, wenn du so direkt fragst. – Du bist eine attraktive Frau und wenn du nur mit mir zusammen dort auftauchst, das genügt. Du brauchst einfach nur so zu sein, wie du bist." Er lächelt mich charmant an.

„Ich wusste gar nicht, dass du als großer Herzensbrecher auch mal Schützenhilfe brauchst – aber gebongt. Im übrigen, vielleicht lerne ich ja auch einen netten Künstler kennen, ich mag nämlich Künstler auch sehr gern."

Thorsten sagt nichts weiter zu seinem weiblichen Favoriten und ich frage auch nicht. Wird bestimmt witzig zu sehen, wie unser Flurschätzchen cool an sein Opfer heranschleicht. Ich ziehe einen schwarzen, engen Rock mit roter Seidenbluse an und schminke mich mehr als sonst. Die Haare zerzause ich wild, um in den Künstlerkreisen nicht als zu spießig aufzufallen. Dann werfe ich mir noch drei geschmacklose Plastikketten um den Hals, binde mir einen weißen Schnürsenkel ums rechte Handgelenk und klebe das Zifferblatt der Uhr mit schwarzem Isolierband ab.

„Sag mal – was machst du da?" fragt Thorsten, der anfangs genießerisch, aber den letzten beiden Maßnahmen eher zweifelnd zusah.

„Ich mach' einen auf ausgeflippte Künstlerin. Ist bestimmt angebracht heute abend. Meinst du etwa, ich will dort als langweiliges Puttchen herumlaufen?"

„Aber den Schnürsenkel und das mit der Uhr raffe ich nicht so ganz."

„Du bist nicht ‚in' Schätzchen – komm ich erkläre dir die Szenefeinheiten unterwegs," rufe ich übermütig und ziehe ihn unsanft von meinem Bett aus seiner Flegelhaltung. „Du hattest es doch so eilig – also los. Sonst ist deine Künstlerin schon von Anfang an sauer."

Wir laufen los. „Also – das abgeklebte Uhrzifferblatt signalisiert meine lässige Einstellung zu Terminen usw. – halt, dass ich kein Time-is-money-Typ bin. Den Schnürsenkeltrick habe ich von meinem Discohallodri Sascha. Der wird dann immer von allen möglichen Frauen angesprochen, was das soll – so wie du mich gerade nach dem Sinn fragtest. Es gibt keinen tieferen Sinn, das ist ja gerade der Witz. Der Schnürsenkel ist nur eine Möglichkeit ins Gespräch zu kommen. Ich teste heute mal, ob der Schnürsenkel auf Männer auch so kommunikativ wirkt."

Thorsten bleibt plötzlich stehen und stellt mich unter eine Straßenlaterne.

„Warte mal Susel, bleib mal so stehen."

„Wieso – was ist denn jetzt schon wieder los?"

Er läuft einmal um mich herum. Dann küsst er mich herzlich auf die Wange: „Bist schon ein guter Kumpel. Also ich kenne außer dir keine andere Frau, die so eine Aktion mitmachen würde. Und jetzt siehst du wirklich mal wieder besonders hübsch aus."

Wir gehen weiter. Ich frage mich nun allerdings auch, wieso ich so eine Aktion mitmache. Und wieso der Blödmann neben mir, der mir gerade ganz gegen seine sonstige Zurückhaltung den ersten brüderlichen Kuss gab, nicht auf die Idee kommt, ich könnte ihn vielleicht auch ganz nett finden. Andererseits – wer weiß, wen man auf so einer Ausstellung kennenlernt. Eine kleine Affäre wäre jetzt genau das Richtige.

Am Eingang der Kleinkunstkneipe „Schrotthaufen" kommen wir erst nach Kontrolle der Einladung in die geschlossene Gesellschaft. Der Türsteherfreak schmeißt uns ohne Vorwarnung zwei Hullahopp-Tahiti-Blumengirlanden aus buntem Papier über den Kopf und klopft mir beim Passieren beifällig auf den Rock: „Strammer Arsch." Ich knalle ihm eine und sage zuckersüß: „Sorry – reiner Reflex – wie bei dir wohl auch, oder?"

Thorsten hat das nette Geplänkel nicht so genau mitbekommen, weil er viel zu sehr mit der intensiven, aber unauffälligen Suche seines heutigen Abendstars beschäftigt ist. Ich stoppe ihn, indem ich diskret einen Finger in seine hintere Gürtellasche einhake. Er dreht sich schon halb abwesend um.

„Also wenn meine Begleitung heute irgend einen Zweck erfüllen soll, musst du ihr schon das Traumpaar vorspielen."

„Welches Traumpaar?" fragt er völlig verständnislos.

„Na du und ich natürlich. Sonst durchschaut sie doch deine Aktion sofort. Also lass uns Arm in Arm von Gruppe zu Gruppe schlendern. Schau, wo sie ist und küss mich, sobald sie dich sieht. Dann bemerke sie offiziell, gib dich mir gegenüber wie einer flüchtigen Bekannten, stell uns nicht vor – das Ende des Abends ist offen."

„Ganz schön gerissen – heute nenn ich dich Loulou. Das passt viel besser zu dir." Wir lächeln uns vielsagend an. Ich habe mir auch schon zwei Typen ausgeguckt, für die unsere Komödie sinnvoll sein könnte.

Die Kneipe hat einen unerwartet großen Hinterraum, wo auch die Exponate zu sehen sind. Wie ich befürchtete, handelt es sich um moderne Kunst von der Art, wie sie nur mit Künstlererklärung überhaupt noch verständlich wird: Bauschutt aller Art ist wild zusammengebastelt. Alte Backsteine mit rostigen Drähten, Zinkgeflecht, Styroporkugeln, Dämm-Material, Alufolie und Holzwolle –

alles ist aufgemischt und auf stabile Bretter aufgeklebt. Daneben stehen dann die Werkbezeichnungen: „Wohnungsnot“ – „Moderne Architektur“ – „Gropiusbau“ usw. Ich schnappe mir einen Zettel, der die Künstler vorstellt.

„Wie findest du ’s?“ fragt Thorsten unvermittelt.

„Dem Kneipennamen entsprechend,“ antworte ich ausweichend.

Er grinst: „Sag das hier bloß nicht laut – in der Uni gilt es als schick, zu dieser Anti-Spießer-Vernissage eingeladen zu werden. Das ist eine Aktion fortschrittlicher Architekturstudenten.“

„Und warum machst du da nicht mit? Du studierst doch auch Architektur und gibst dich immer so betont als Antityp, obwohl du gar nicht so bist.“

„Ich bin schon so – aber ich kann nicht malen.“

„Meinst du, die Künstler hier sind besonders begabt? Bauschutt kriegst du kostenlos auf jeder Baustelle – dann sparen sie nämlich die Abfahrgebühren. Und das Zeug zusammenkleben, das können schon Vorschulkinder!“

„Sieht aber doch ganz nett aus.“

„Nett ist wohl das falsche Wort – ich würde eher sagen: interessant. Würdest du dir sowas in deine Bude hängen?“

„Warum nicht, wenn man ein großes Haus hat?“

„Schon gut – wahrscheinlich ist sie auch eine der hier ausstellenden Künstlerinnen – ach klar,“ soeben habe ich die Fotos der vier progressiven Architekturstudenten entdeckt, die sich heute die Ehre der Premiere geben, und mir ist sofort klar, dass es die betont flippig zurechtgemachte Rothaarige ist, die frech vom Plakat grinst. Nicht ganz unsympathisch, wie ich zugeben muss, obwohl ich mir bestimmt kein objektives Urteil bilden kann.

„Cosima heißt sie also?“ frage ich Thorsten. Er grinst zustimmend wie ein Honigkuchenpferd.

„Übrigens hat sie uns gerade entdeckt – also darf ich dich küssen?“

„Ich – ich weiß nicht recht," ich habe plötzlich Angst vor meiner eigenen Courage, ohne zu wissen, wieso. Bevor ich aber „Besser wir lassen das mal," sagen kann, küsst er mich. Und wie er mich liebkost – so zärtlich und liebevoll, es kommt mir nicht wie geschauspielert vor. Und ich versage sowieso als Schauspielerin. Wir sind beide verwirrt. Er sieht mich ganz merkwürdig an. In unsere plötzliche Sprachlosigkeit platzt betont unbeteiligt und fröhlich Cosima: „Hallöööchen – schön, dass du – eh – ihr noch gekommen seid."

„Hallo Feuermelder", antwortet der Taugenichts – ich wäre nach dieser Begrüßung tödlich beleidigt, doch Cosima findet es amüsant. Sie fällt ihm demonstrativ um den Hals und gibt ihm zwei dicke Küsse auf die Wangen. Dann reicht sie mir kurz die Hand: „Hi – Cosima, du kannst Kö zu mir sagen."

„Hallo – Susanne," stelle ich mich genauso knapp vor.

Sie steht da, wie ein lebendiges Fragezeichen und bemüht sich krampfhaft um eine Unterhaltung. „Wisst ihr, warum ich Kö heiße? – Das ist eine irre Story."

Ich verneine höflich, obwohl es mir völlig egal ist. Sie hakt sich betont jovial bei uns ein und verschafft sich damit den Platz in der Mitte. Während sie uns in eine Raumecke zu ihren Exponaten zieht, plappert sie drauflos: „Also meine Clique findet meinen Geschmack irre gut und als wir nachts um vier in Düsseldorf eine Brunnentaufe inszenierten, meinten sie, die Düsseldorfer Prachtstraße sei wie ich vom Typ her – mondän usw. Also wurde ich die Kö – und irgendwie kommt es ja sogar mit meinem Namen hin."

Ich hasse hohles Partygeschwätz, solange ich nüchtern bin und komme nicht umhin, unschuldig anzumerken: „Also ich möchte nicht gern nach einer Straße benannt werden. Immerhin verbindet man damit gewisse Assoziationen: Jeder trampelt darauf herum oder fährt darüber," ein warnender Seitenblick von Thorsten hindert mich nicht daran, fortzufahren: „und die Köter scheißen drauf."

Kö bemerkt aber nichts, sondern erwidert ernsthaft: „Ja, deshalb heiße ich ja auch nicht wie irgendeine Popelstraße. – Habt ihr übrigens schon mal eine Brunnentaufe mitgemacht? Echt irre, muss man erlebt haben."

Ich halte es für an der Zeit, Thorsten mit seiner Düsseldorfer Flaniermeile allein zu lassen und mache mich selbständig. Soll er sich doch anhören, was noch alles irre ist. Ich jedenfalls habe keine Lust, dem Gespräch weiter zu folgen.

Ich suche lieber meine beiden Hübschen, die ich anfangs entdeckt habe. Um in Ruhe die Lage peilen zu können, versorge ich mich mit einem Cocktail und schlendere langsam ziellos herum.

„Sag mal, hast du immer Ersatzschnürsenkel dabei?" spricht mich plötzlich vom Sessel aus ein bedächtiger Pfeifenraucher an.

„Oh – es funktioniert", denke ich laut.

„Was funktioniert?" fragt verständnislos das erste Testbeispiel meiner Schnürsenkelaktion. Er erhebt sich aus seinem Sessel, geht drei Schritte auf mich zu und reicht mir herzlich die Hand: „Ich bin der Hans-Guido Hänke, Spitzname ‚Henker', aber das ist nur ein dummer Scherz."

Irgendwie scheint es hier allgemein üblich zu sein, seinen Spitznamen preiszugeben. In einem Anfall von Übermut sage ich: „Susi – Spitzname ‚Loulou'."

„‚Loulou' – das hört sich ja an wie ein männermordender Vamp. Da muss ich ja aufpassen, was?" er zwinkert mir belustigt zu.

„Na, ‚Henker' hört sich auch nicht gerade vertrauenserweckend an", verteidige ich meinen neuen Namen. Wir unterhalten uns eine Weile recht nett. Aber heute ist wieder so ein Tag, wo ich tausend Teufel in mir spüre und nur Blödsinn im Kopf habe. Der Alkohol, von dem ich nie viel vertrage, tut ein Übriges. Und so erzähle ich ihm und den anderen, die sich zu uns gesellen, irgendeinen Blödsinn über meine persönlichen Lebensumstände. Ich sei bei einer Versicherung tätig und mit dem Taugenichts unglücklich verheiratet, fände die Ausstellung hier total aufregend und interessant und die Aktion progressiver Studenten sei auch ganz toll. Der Pfeifenraucher hält nun schon eine Weile mitfühlend meine Hand und streichelt sie. Das tröstet mich etwas über Cosima hinweg. Der Taugenichts taucht plötzlich auf – schon wieder gut angeheitert und den Arm um den „Feuermelder" gelegt. Sie schaut mich triumphierend an. Wahrscheinlich fühlt sie sich heute als unwiderstehliche Künstlerin. Der Taugenichts registriert missbilligend, dass der Pfeifenraucher mein Händchen streichelt und versucht eifrig, ihn in ein Gespräch zu verwickeln. Als sich herausstellt, dass er sich für Modelleisenbahnen interessiert, entwickelt sich ein kompliziertes Fachgespräch über Vor- und Nachteile der verschiedenen Spurgrößen HO, N und Z, über verschiedene Baureihen und die Modellgenauigkeiten der Miniaturloks. Natürlich ist Thorsten viel besser informiert – zumindest tut er so und der arme Pfeifenraucher glaubt ihm seine Überlegenheit: „Ja. Das ist ja interessant. – Das wusste ich noch gar nicht."

Wenn ich es nicht besser wüsste, würde ich denken, Thorsten sei eifersüchtig auf den Pfeifenraucher und versucht deshalb, „Henker" fachlich fertig zu machen. Damit es nicht so offensichtlich wird, ist die Hobbyebene schon klug gewählt. Aber Eifersucht passt eigentlich gar nicht zu ihm, und auf ‚Kumpels' pflegt niemand eifersüchtig zu sein. Außerdem sollte er froh sein, dass es bei Cosima geklappt hat. Das wollte er doch, deshalb bin ich mitgekommen. Aber die langweilt sich. Die Eisenbahnfreaks werden nun aber von der restlichen Gruppe energisch unterbrochen: „Kommt – setzt euer Gespräch auf der Party fort. Lasst uns gehen."

„Welche Party?" frage ich völlig desorientiert.

„Lass dich überraschen – jedenfalls sind die Parties bei Günther immer saugut." Der Pfeifenraucher ergreift energisch von mir Besitz, indem er sich bei mir einhakt und mich zum Ausgang zieht: „Na dann wollen wir mal."

Ich lasse Thorsten und Kö einfach stehen und gehe mit.

„Was ist denn der Günther für ein Mensch – mal abgesehen von seinen sauguten Feten?" erkundige ich mich.

„Das ist so ein verrückter Kunstmäzen – Psychologe – steinreich und total gut drauf. Sonst würde er uns wohl kaum in seinen Marmorbunker einladen. Es geht schon mal was zu Bruch beim Feiern. Aber wenn es ausartet, helfen ihm seine Türgorillas. Heute wird 's aber gemäßigt bleiben, weil Kiffy und Krake nicht dabei sind."

Hört sich alles recht dubios an. Eigentlich habe ich keine Lust auf eine Party zu gehen, wo mich gegebenenfalls Bodyguards des Gastgebers vor die Tür setzen. Aber neugierig bin ich trotzdem. Es stellt sich heraus, dass „Marmorbunker" etwas untertrieben ausdrückt, wo wir landen. Wir spazieren zielstrebig auf ein mit Zaun und Sprechanlage gesichertes Grundstück mit Parkanlagen. In der Ferne schimmert ein weißes Haus, angestrahlt von der Nachtbeleuchtung, die im weitläufigen Garten installiert ist. Auch Thorsten und sein „Feuermelder" sind mittlerweile angekommen. Sichtlich beeindruckt von dem Anwesen flüstert sie unwillkürlich: „Meint ihr nicht, das könnte die falsche Adresse sein? Ich find das ja hier irre gut, aber das gibt bestimmt gleich irre viel Ärger."

„Ist schon richtig," beruhigt man sie.

Aufgekratzt mischt sich eine andere Frau ins Gespräch: „Klar ist das hier richtig. Günther und ich kennen uns schon lange ..." Sie verstummt vielsagend.

Bei Kö kann sie damit Eindruck schinden, aber der Pfeifenraucher bemerkt ziemlich herablassend: „Günther kennt viele Frauen ziemlich lange – er hat auch keine Nachschubprobleme. Sein Bedarf wird einfach aus seinen Therapiegruppen rekrutiert. Darin ist mindestens eine, die dermaßen auf dem Psychotrip ist, dass sie sich in ihn verguckt."

„Was macht Günther denn für Therapien?" frage ich.

„Er veranstaltet Gruppen wie ‚Persönliches Drama' – ‚Kindheitserlebnisse frisch aufpoliert' und am Wochenende dann workshops, auch schon mal ‚Rebirthing' und so."

„Was ist denn das?" – ich habe keine Ahnung – bisher hatte ich noch nichts mit Psychologen zu tun.

„Hat alles was mit Selbsterfahrung zu tun. Anhand von Rollenspielen, Brainstormings und Meditationen kommen unbewusste Lebenskonflikte zutage, die es zu bewältigen gilt."

„Hm – aber wenn sie unbewusst sind, stören sie doch gar nicht. Warum soll man sie dann bewältigen?"

„Für Einzelheiten wende dich lieber gleich an den Oberguru Günther."

Der Spaziergang hat mich fast nüchtern gemacht. Die Party ist schon in vollem Gange – die Haustür steht offen. Wir treten ein und folgen einfach dem Lärmpegel. Im Wohnzimmer, das sich über zwei Ebenen erstreckt, ist es brechend voll von Leuten verschiedenster Couleur. Ich bleibe erstmal stehen und versuche festzustellen, ob ich jemanden kenne.

Als ich aufhöre, fasziniert das Publikum anzustarren, sind die Künstlergruppe einschließlich Thorsten und seiner Neuen im Getümmel der Partygäste verschwunden. Ich fühle mich plötzlich inmitten aller aufgesetzten und alkoholunterstützten Fröhlichkeiten allein.

Ich beschließe, mir in Ruhe das Haus anzusehen. Dabei entdecke ich in den drei nächstliegenden Räumen nur Liebespaare, die sich gestört fühlen. Ich gebe den Vorsatz auf, weiter das Anwesen zu erkunden, und langweile mich. Am liebsten würde ich auch mit einem netten Typen schmusen und mich dazu in einen ungestörten

Winkel des Hauses zurückziehen. Aber eigentlich gehören solche Aktionen zu meiner Teenagervergangenheit. Und letztlich bringen sie nichts. In meine sentimentale Verstimmung hinein wird plötzlich eine Tür am Ende des Hausflures aufgerissen. Fröhliches Gelächter lockt mich dorthin. Wie immer ist auch hier die Küche des Gastgebers ein Zentrum ausgelassener Heiterkeit. Ich stoße zu einer lustigen Männerrunde, die mir sofort sympathisch ist.

Ich werde überschwenglich begrüßt: „Nicht so schüchtern – du bist hier genau richtig." Ein langer Blonder zieht mich zum Herd. „So, jetzt lassen wir dich entscheiden – was meinst du wohl, was passiert, wenn ein Joghurt auf eine heiße Herdplatte fällt?" „Ich habe keine Ahnung – aber wir sollten es ausprobieren." „Genau das haben wir vor – aber vorher muss jeder sagen, was passiert." Im selben Moment taucht ein hübscher Lockenkopf auf und meint übermütig: „Was soll das lange Überlegen – Batsch!" Und schon fliegt ein Naturjoghurt auf die Platte, es zischt und die Milchmasse flitzt nach allen Seiten verteilt von der Platte weg. Es sieht so blöd aus, wir müssen alle lachen. Als wir uns etwas beruhigt haben, regt der lockige Spaßvogel an, auszuprobieren wie es einem Ei in der Mikrowelle ergeht. Wir sind einfach albern. Dann beschließen wir, im Flur Eierlaufen zu machen. Nachdem durch alkoholbedingte Ausfälle bereits drei Rühreier den Flur des gediegenen Hauses zieren, der zum Glück einen Fliesenboden hat, wechseln wir zu Blindekuh und Topfschlagen, weil es weniger abfallintensive Spiele sind. Schließlich muss man ein bisschen Rücksicht auf den Gastgeber nehmen. Der Lockenkopf schlägt schließlich vor, das Blindekuhspiel im Swimmingpool, fortzusetzen. Ich gebe zu bedenken, dass ich kein Badezeug mithabe. Dieses Problem löst bei den Jungs nur Heiterkeit aus. „Das regeln wir schon – komm erst mal mit in den Keller."

Sie scheinen sich gut auszukennen. Wahrscheinlich haben sie hier schon öfter gefeiert. Ich finde sie alle fünf so nett, dass ich unbekümmert mitgehe. Ich bin mittlerweile selbst in bester Fetenlaune. So hake ich mich rechts und links ein – schließlich hinterlassen die Cocktails auch ihre Wirkung bei mir – und wir machen uns kichernd auf den Weg. Im Keller suchen die Jungs mir irgendeinen Badeanzug heraus, der mir etwas zu klein ist, aber besser als gar nichts. Sie ziehen ihre mitgebrachten Badehosen an und schon toben wir wie die ausgelassenen Kinder im Swimmingpool. Einer kriegt eine Binde vor die Augen und hat die anderen zu haschen. Mittendrin kriege ich plötzlich einen Krampf in der rechten Wade und beeile mich, aus dem Wasser zu kommen. Die Jungens sind lieb, haben sofort gemerkt, dass irgendetwas nicht in Ordnung ist und massieren zu dritt die linke Wade. Vor lauter Lachen bin ich anfangs gar nicht fähig, sie auf ihren Irrtum hinzuweisen. Sie finden es auch lustig. Der Lockenkopf sprüht vor Charme, küsst mich auf die Wange und sagt: „Der kleine Fauxpas kommt nur von ‚Toujours chercher la femme'. Und so was Nettes wie dich findet man nicht alle Tage." Und dann folgt noch ein Kuss. Aber nun wird es plötzlich voll hier unten, denn der Gastgeber hat zur Stehparty mit Sekt im Swimmingpool aufgerufen und die Massen stürmen herein. Auch Thorsten erscheint mit Cosima, die er offensichtlich im Sturm erorbert hat. Er schlendert mit siegessicherem Lächeln auf den Lippen und trotzdem nach anderen Frauen guckend vor ihr her – sie folgt ihm mit glänzenden Augen. Als er mich erblickt, registriert er kurz unsere Gruppe, ist aber zu stolz, um sich bei den fünf anderen Männern als sechster einzureihen und begnügt sich mit einem lässigen Winken. Statt dessen schenkt er nun Cosima wieder volle Beachtung und setzt sich mit ihr erst mal an die Schwimmbadbar. Ich kenne ihn gut genug, um zu wissen, dass er mir nun zwar den Rücken zukehrt und damit seine völlige Gleichgültigkeit zur Schau stellt, gleichzeitig aber den strategisch günstigen Barspiegel nutzt, um diskret die Vorgänge am Poolrand zu beobachten. Vielleicht will er ja herausfinden, ob ich nun auch einen Künstler gefunden habe, der mich interessiert. Mittlerweile ist meine Laune so gut, dass mir solche Spielchen für heute zu kompliziert sind. So nehme ich meine fünf Kavaliere ins Schlepptau und führe sie zur Poolbar.

Ich stelle sie Thorsten kurz vor: „Schau mal, wen ich hier kennengelernt habe? Alles nette Jungens und so charmant. Wir haben gerade Wasser-Blindekuh gespielt, aber jetzt ist es ja zu voll dazu."

Der lange Blonde und ein anderer kümmern sich direkt um Cosima, während der Lockenkopf besitzergreifend den Arm um meine Taille legt und fragt: „Wer ist das denn? Jetzt sag' bloß nicht, dein Freund – so ein Pech kann ich doch nicht schon wieder haben!" Dann wendet er sich direkt an Thorsten, „aber wenn sie deine Freundin ist, kann ich dir gratulieren – mit ihr kann man gut Pferde stehlen."

Thorsten zieht es vor, den undurchsichtigen Lebemann zu spielen und alle Paarkombinationen im Dunkeln zu lassen. So beginnt er leutselig, mit den Jungs zu schwätzen. Mir wird kalt und ich beschließe, mir zunächst wieder trockene Kleider anzuziehen.

Dabei bemerke ich, dass mein Magen knurrt. Also suche ich erst einmal etwas zu essen und verlasse den Poolbereich. Am Buffet steht bereits eine kleine Gruppe, die ebenfalls ihren zweiten Abendhunger stillt. Für heute ist mein Bedarf an neuen Leuten schon gedeckt und so setze ich mich in dem mittlerweile recht leeren Partyraum allein in eine Ecke, um in aller Ruhe zu essen. Die Musik wechselt nun zum Blues. Die Gäste werden müde, wollen nicht mehr ausgiebig tanzen, sondern sich eher zum Kuscheln zurückziehen. Das hat der Gastgeber richtig erkannt. Die altbewährte Methode zieht noch immer. Bis jetzt hatte jeder ausreichend Gelegenheit sich umzuschauen – nun wird es ernst. Die unverbindliche

Tanzaufforderung hat jetzt eine andere Qualität – ein Korb ebenfalls. Hier gilt es, sich nicht zu blamieren und den Coolen rauszukehren. Die Reise nach Jerusalem – wer bleibt übrig? Gefühle haben und zeigen ist verpönt. Es geht um Sex pur und Triebbefriedigung. Es gibt keine Grenzen, alle Waffen sind erlaubt – was zählt ist der Erfolg. Alleine nach Hause zu gehen, käme einer Niederlage gleich. Schon bald wird es zum ersten Mal an diesem Abend voll auf der Tanzfläche – das Schwimmen ist beendet. Schließlich will jeder von einem gelungenen Wochenende schwärmen und gelungen heißt zu zweit. Mit meinen fünf Jungens von eben oder mit Thorsten hätte ich gern getanzt, aber die sind alle nicht hier. Ich habe keine Lust, mich von fremden, alkoholisierten Händen in den Arm nehmen zu lassen und unter dem Vorwand des Tanzens Annäherungsversuche zu ertragen. So verteile ich ungerührt eine Absage nach der anderen und fühle mich langsam ziemlich müde. Da setzt sich ein sehr gut aussehender Mitvierziger neben mich auf das Sofa und legt sofort vertraulich den Arm um mich. Er hat eine erotisch dunkle Stimme und ein Rasierwasser, von dem mir leicht anders wird: „Keine Lust auf Tanzen – vielleicht auf Nacktbaden?“ fragt er, als ob wir uns schon lange kennen.

„Ich habe Aids – und will die anderen nicht anstecken,“ – seine blöde Vertraulichkeit nervt mich. Er versucht einen tiefgründigen Blick und raunt: „Das ist ganz normal, dass man Aids hat. Damit muss man leben. – Ich hatte letztes Wochenende noch einen Workshop zu dem Thema.“

„Ach – Sie sind wohl der Gastgeber und Psychologe?“

„Genau – für dich Günther. Du kannst mich auch beim Spitznamen ...“

Ich unterbreche ihn: „Ihr Spitzname interessiert mich nicht. Und überhaupt – was heißt hier ‚du‘? Meinen Sie, Sie können sich alles erlauben, nur weil Sie Geld haben? Glauben Sie nicht, ihre Bude hier imponiert mir besonders. Wissen Sie, wie ‚workshops' von mir genannt werden? – ‚Beknacktenzirkel'. Und Ihre Berufsbezeichnung lautet ‚Püschologe'." Immerhin nimmt er seinen Arm zurück. „Was bist du denn so agressiv?"

„Ihre blöde Party geht mir halt einfach auf den Geist. Ich glaube, ich fahre jetzt nach Hause."

„Schenk mir einen Tanz – nur einen einzigen Tanz – sei nicht so hart. Das ist bestimmt lustiger als allein im Bett," er schaut mich eindeutig an.

„Ich schlafe nie allein – ich habe meinen Teddy. Und der ist mir lieber als ein solcher Psychoheini wie Sie!"

Ich gehe abrupt aus dem Raum. Es ist sowieso schon sehr spät. Mal sehen, ob ich mir mit jemandem ein Taxi teilen kann. Am günstigsten wäre Thorsten, da er den gleichen Weg hat. Vielleicht kommt Cosima auch noch mit. Ich versuche diese Möglichkeit ökonomisch zu sehen; immerhin könnte man sich dann zu dritt das Taxi teilen. Dazu muss ich beide erst mal finden. Kö klebt anhimmelnd neben Thorsten an der Kellerbar. Er sonnt sich in ihren Augen und gibt großspurige Geschichten zum Besten, über deren Wahrheitsgehalt man besser nicht näher nachdenkt. Allerdings tut er es sehr charmant. Er kann interessant erzählen. Seine Umgebung hört ihm gern zu und der Kerl weiß das genau. Der klebrige Blick von Cosima und sein Engagement versetzen mir unerwartet einen Stich in den Magen. Ich muss mich sehr zusammenreissen und ermahne mich selbst: „Sei nicht so eifersüchtig. Er gehört dir nicht – er kann tun und lassen was er will." Und trotzdem frage ich mich, was er an Cosima gut findet. Für mich ist sie einfach nur doof und er erzählt mir immer, dass er keine doofen Leute mag. Vielleicht ändert sich sein Geschmack mit steigendem Alkoholpegel. Dann wäre ich als guter Kumpel aber verpflichtet, ihn vor einer Dummheit zu bewahren. Ich gönne ihm ja eine Freundin, aber sie sollte netter sein. Cosima jedenfalls wirkt auf mich wie ein rotes Tuch. Er soll nicht auf sie reinfallen. Manchmal brauchen Männer einen Denkanstoß. Am besten wäre es, sie würde freiwillig gehen. Ich lotse sie unter einem Vorwand von der Theke fort und gebe mich äußerst betrunken, als wüßte ich nicht mehr, was ich tue. „Du bist doch meine Freundin, nicht, Korsika?“

Sie nickt und zieht mich in eine Ecke, wo wir ungestört sind. Sie guckt mich scharf an: „Bist ganz schön voll, was?“ fragt sie scheinheilig.

Ich antworte ebenso scheinheilig: „Ja – und dann noch Ecstasy … du verstehst, hm?“

O ja, sie versteht bestens – die Gelegenheit, mich auszufragen.

„Erzähl mal was über den Jungen, mit dem du gekommen bist.“

„Wer – was denn?“ lalle ich, gucke unkontrolliert durch die Gegend und gieße ihr mein volles Bowlenglas gezielt über ihr lila Fähnchen.

„Oh,“ ruft Cosima aufgescheucht.

„Oh,“ stimme ich ein, „das t-tut mir aaber lleid.“

„Na macht nichts – also der Junge, mit dem ich an der Theke stehe. Pennst du mit ihm?“

„Nee – wir kennen uns gar nicht.“

„Das glaube ich nicht.“

„Korsika, ehrlich – ich hab’ ihn zufällig hier getroffen.“

„So und zufällig geküsst was?“

„Das war doch nur ein Spaß.“

Sie lacht affektiert. Wie immer ist die Wahrheit am unglaubwürdigsten.

„Hör mal, Schätzchen, spiel hier nicht die Unschuldige.“ Cosima gibt ihre falsche Freundlichkeit endgültig auf. „Henker erzählte mir, ihr seid verheiratet. Stimmt das?“

„Vielleicht,“ antworte ich ausweichend. Wenn sie so blöd fragt, kriegt sie auch eine blöde Antwort. Und direkt gelogen ist es ja nicht, vielleicht ist eben vielleicht. Ihr genügt es aber und sie sagt mir noch was Nettes über den unglaublichen Frauengeschmack des Langeweilers an der Theke, bevor sie ziemlich geladen hinausrauscht. Ich schnappe mir Thorsten und wir gehen beide mit leichter Schlagseite zum Parktor, wo wir auf unser Taxi warten. Das Fehlen von Cosima fällt ihm gar nicht auf. Ich hoffe, er weiß auch nüchtern noch meinen Altruismus zu schätzen. Ein kleines bisschen gemein war es schon. Im Taxi kuschelt er sich an mich: „Oh Susi, Susi, Susel."

Wenigstens weiß er noch, wer neben ihm sitzt.

Er scheint sich sehr wohl zu fühlen – ich nehme ihn fest in die Arme. Er kommt mir heute nacht vor wie ein kleiner Junge, den man einfach gern haben muss, egal was für dumme Streiche er sich ausdenkt. Ich spüre, dass er mich auch sehr gern hat. Er braucht es mir gar nicht zu sagen. Er sieht mich so ehrlich und lieb an. Dann küsst er mich auf die Wange: „Was für ein Abend – kleine Loulou."

Wir sind am Studentenwohnheim angekommen. Vor seinem Zimmer gebe ich ihm förmlich die Hand – er drückt sie ziemlich lange. Plötzlich küsst er mich auf die Wange und nimmt mich fest in den Arm. Ich schließe die Augen. Mich überfällt eine unbekannte Schwäche. Wir sagen beide nichts. Ich flüchte in mein Zimmer und dann liege ich wach im Bett. In bin verwirrt.

Ich befürchte, ich habe mich trotz aller guten Vorsätze nun selbst in den Taugenichts verliebt, sonst wäre es mir egal, was er mit Cosima anstellt. Ich schimpfe innerlich mit mir: „Blöde Kuh. Du weißt doch, wie er ist. In solche Typen darf man sich nicht verlieben, weil die nur überall ihre Chancen testen und sich nicht festlegen. Außerdem bist du für ihn doch nur ein Kumpel, eine Flurmitbewohnerin." Aber sein Kuss war so lieb, sein Blick heute abend so sanft, seine Umarmumg gerade so wenig kumpelhaft … Trotzdem denke ich an seine Morgenfrauen. Mein Verstand funktioniert so gut und doch tut mein Herz so weh wie lange nicht mehr. Was soll ich jetzt bloß machen?

4
Eigene Wege

Am nächsten Tag geht es mir so miserabel, dass ich beschließe, erst gar nicht aufzustehen. Die vielen Cocktails verschaffen mir ebenso viele Freifahrten, sobald ich die Augen schließe. Also kann ich noch nicht einmal schlafen. Dazu wäre es aber im Wohnheim sowieso mal wieder zu laut. Der Pakistani neben mir hört seine Heimatmusik, die ich sonst gern mithöre, aber heute nur noch entnervend finde. Ich klopfe wie eine alte Spießerin gegen die Wand – daraufhin wird es etwas leiser. Das Telefon klingelt. Ausgerechnet jetzt rufen meine Eltern an.

Mit tiefer Barstimme melde ich mich.

„Aber Kind – du hörst dich fürchterlich verschnupft an."

„Nein – eh – ja. Wie geht 's euch denn so?" Sollen sie mal reden, mir ist heute eher nach Zuhören.

„Oma hat gestern nacht um 3.00 Uhr mal wieder die Nachbarn zum Kaffeetrinken eingeladen, weil sie nicht schlafen konnte. Deine Schwester ist gerade zu Besuch. Sie hat die Kinder mit."

„Ich glaube, ich sollte mal nach Hause kommen."

„Wenn du möchtest – du weißt, du bist uns immer herzlich willkommen. Zuletzt warst du Ostern hier." Der Wink ist deutlich.

„Ok – nächsten Freitag komme ich – grüße erst mal alle – ich habe viel zu erzählen."

„Bis dann, Susi."

„Bis dann."

Da ich nun schon mal stehe, schleppe ich mich zum Waschbecken und setze einen Aspirincocktail an. Wie immer nach solchen Nächten guckt mich im Spiegel ein totenbleiches Gesicht mit blaulila Augenschatten an. Gut zu wissen, dass ich das tuberkulöse Aussehen durch eine Dusche und viel Rouge notfalls in ein vorzeigbares Tagesgesicht umwandeln könnte. Aber heute besteht zu solchen Mühen überhaupt kein Anlass. Ich will eine Begegnung mit dem Taugenichts vermeiden. Gestern ist soviel passiert. Ich muss erst einmal meine Gedanken ordnen. Es klopft, als ich gerade wieder flachliege. Ich sage nichts, in der Hoffnung, der unbekannte Klopfer werde meine Ruhebedürftigkeit respektieren. Statt dessen ruft Doris aufgeregt: „So mach doch schon auf – Susi. Ich muss dir was erzählen." Die Neugierde siegt und ich öffne ihr. Doris stürzt direkt zum Zimmerfenster und reißt es auf.

„Mein Gott – hier wird man ja vom Atmen besoffen. Was hast du denn gestern gemacht?"

„Och – nichts Besonderes." Da Doris sehr geschwätzig ist und zudem selbst in Thorsten verknallt ist, erzähle ich ihr besser nichts.

„Na ja – egal, ob was Besonderes oder nicht. Jedenfalls wurde viel getrunken. Aber ok – mach dir nichts draus," leicht schadenfroh registriert sie meinen angeschlagenen Zustand.

„Doris bitte – mach es kurz. Mir ist zur Zeit nicht nach langen Unterhaltungen."

„Kann ich mir denken," eine kurze Weile ziert sie sich noch mit den wahnsinnig wichtigen Neuigkeiten herauszurücken, aber dann sagt sie: „Blondie ist schwanger."

„Wer ist Blondie?"

„Die Affäre von Thorsten – die vor drei Monaten öfter mal zum Frühstück hier war."

Mir wird noch schlechter.

„Findest du nicht auch, dass es ihm recht geschieht? Wo er doch ständig …"

„Bitte lass mich jetzt allein, Doris."

„Aber was hast du denn – du weisst ja noch gar nicht alles."

„Verdammt – es interessiert mich auch nicht. Und dir sollte es auch egal sein."

Doris geht eingeschüchtert: „Vielleicht solltest du man erst wieder nüchtern werden – mit dir kann man ja jetzt gar nicht vernünftig reden."

„Raus."

Ich schließe direkt nach ihr ab. Dann setze ich mich an meinen Schreibtisch und starre aus dem Fenster. Ich kann nur noch eines denken: „Mein Gott – lass es nicht wahr sein." Die Vorstellung, Thorsten könne Vater werden und mir begeistert von den Entwicklungsstufen seines Kindes berichten, ist mir unerträglich. Ich muss erstmal feststellen, ob das stimmt. Im Morgenmantel klopfe ich an seine Tür.

Auf sein gequältes: „Hmmmm," trete ich ein. Seine Tür ist wie immer offen.

„Ist das wahr?"

„Hmmm?" – er stöhnt unwillig. Es ist heute noch zu früh, um ihn anzusprechen.

„Thorsten bitte – hör mir zu."

Er richtet sich mühsam halb auf: „Was 'n los?" Seine Augen sind rot und halb zu. Ein Blick auf den Wecker: „Halb zwölf! – Spinnst du? Lass mich schlafen," und er rollt sich auf die Seite.

Ich besorge mir einen Becher kaltes Wasser, kippe es ihm ins Gesicht und frage etwas lauter: „Verdammt, hast du Blondie ein Kind gemacht oder nicht? Antworte gefälligst!!"

„Brrrr", er schüttelt das Wasser ab. „Wer ist Blondie?"

„Was weiß ich, wie sie heißt – die Frühstückstante von vor drei Monaten."

„Aaaach – Nini."

„Nini oder Nani oder sonstwie, ist doch ganz egal bei dir."

„Und was ist mit ihr?"

„Sie kriegt ein Kind – von dir oder von wem sonst?"

„Hat sie dir das gesagt?"

„Nein, Doris."

„Sie hat 's Doris gesagt?"

„Weiß ich doch nicht."

„Woher weiß Doris das dann?"

„Frag sie doch. – Also stimmt es."

„Ja sie kriegt was Kleines, aber doch nicht von mir."

„Sicher?"

„Sicher."

Ich bin so erleichtert, dass mir die Tränen kommen.

„Aber was ist denn mit dir los – warum weinst du denn? Kriegst du auch ein Kind?"

Ich schüttele stumm den Kopf. Er steht auf, nimmt mir den Morgenmantel ab und mich in die Arme. Dann zieht er mich vorsichtig aufs Bett, deckt uns wie selbstverständlich zu, küsst mich auf die Haare und streichelt mein Gesicht. „Komm, lass uns noch was schlafen, Susel."

Ich lächele ihn unter Tränen erleichtert an und fühle mich bei ihm so sicher und geborgen. Ob das Wohnheim mitbekommt, wo ich schlafe und was sie denken, ist mir gleichgültig. Ich murmele noch: „Sorry, Thorsten," und schlafe ein.

Irgendwann am frühen Nachmittag wache ich auf. Im ersten Moment weiß ich nicht, wo ich bin – dann sehe und fühle ich Thorsten neben mir, der gleichmäßig atmet. Er schläft unbeschwert wie ein Kind. Einen Arm hat er um meine Taille gelegt. Ich sehe ihn an, ohne mich zu rühren. Ich will ihn nicht wecken. Er hat tiefe Schatten unter den Augen – Spuren der letzten Nacht. Ich sehe auch nicht besser aus. Ich bin so unbeschreiblich glücklich in seinem Arm. Als er leise seufzt und sich im Schlaf an mich kuschelt, nehme ich ihn auch in die Arme. Mich hat es total erwischt. Ich spüre, dass Thorsten für mich keine kleine Liebelei am Rande ist. Ich habe ihn unwahrscheinlich gern. Bloß nicht an die Zukunft denken. Ich schließe die Augen und träume wirres Zeug. Cosima steht an der Bar und himmelt Thorsten an. Doris bedient beide und weint dabei. Ich sehe Thorsten auf seinen nächtlichen Streifzügen durch die Kneipen. Ich sehe ihn betrunken anhänglich werden. Er tanzt durchs Leben von Frau zu Frau, einfach nur so, nichts Ernstes. Er ist jung und will sich amüsieren. Warum auch nicht? Ich komme in den Träumen nicht vor.

Thorsten zieht seinen Arm fort – ich wache auf. Er grinst mich freundlich aber distanziert an: „Na ausgeschlafen?"

Ich küsse ihn auf die Wange. Das scheint ihm fast zuviel an Zärtlichkeit zu sein. Er fängt ein Gespräch über unverfängliche Themen an: „Mensch, mein Schädel, der brummt. Ja, ja, der Alkohol und die Parties und die Weiber."

Er meint damit ja wohl nicht mich?!

„Wie geht es denn dir?"

„Gut, – ich bin so langsam ausgeschlafen."

Er guckt auf die Uhr. „Weißt du eigentlich, wie spät wir es haben? – 18.00 Uhr!"

Ruckartig erhebt er sich, kramt sein Duschzeug zusammen und verschwindet in der Dusche. Offensichtlich hat er heute noch etwas vor und will mir nicht sagen, was. Bevor er fertig ist, gehe ich in mein eigenes Zimmer. Als ich mich frisch mache, fühle ich mich doch etwas bedrückt. Irgendwann höre ich Thorsten fortgehen. Im Gegensatz zu sonst schließt er seine Tür recht leise. Soll ich seinen nächtlichen Streifzug nicht mitbekommen? Er ist mir keine Rechenschaft schuldig – er hat mir nichts versprochen. Wir haben zusammen übernachtet wie Bruder und Schwester – ein wenig gekuschelt – da ist doch nichts bei? Ich mag ihn und ich glaube, er mag mich auch, sonst würde er nicht so unschuldig neben mir schlafen. Ich bin ein bisschen durcheinander und gehe allein spazieren. Mir ist kalt, wie immer nach durchzechten Nächten. Ich zittere unter meinem Mantel. Die frische Luft tut gut. Mein Kopf wird klar. Ich schlendere ziellos mit den Händen in den Taschen herum. Ich könnte Lachen und Weinen zugleich. Das Leben ist oft so verrückt. Ich treffe vor dem Dom eine Gruppe von drei Jungen ungefähr in meinem Alter – alle schon etwas angeheitert. Sie pfeifen mir hinterher. Einer ruft mir mutig zu: „Willst du wirklich diesen Abend allein sein? Komm doch mit uns – das ist bestimmt lustiger."

„Vielen Dank, aber das ist nicht nötig." „Schade … ."

Vor einem Schaufenster mit Leuchtreklame bleibe ich stehen – ich erschrecke über mein Gesicht. Im Neonlicht wirkt es bleich und krank. Ich sehe unwillkürlich an mir herunter. Bin ich eigentlich hübsch? Eine dumme Frage, ich weiß. Aber ich frage mich manchmal, was ich wählen würde, wenn ich wählen dürfte: Schönheit oder Klugheit? Früher entschied ich mich ohne große Probleme für die Intelligenz. Heute tendiere ich manchmal zu den Äußerlichkeiten. Ich bilde mir ein, schöne Menschen hätten es leichter. Sympathie auf den ersten Blick ist ihnen sicher. Und aufgrund ihrer Blödheit – in meinem gewählten Entweder-Oder-Beispiel – merken sie es nicht, wenn sie übervorteilt werden. Andererseits finde ich hübsche Menschen, denen die Naivität im Gesicht steht, nicht schön. Vielleicht würde ich auch jetzt wieder den Geist wählen. Jetzt fange ich schon nachts an, „wissenschaftlich" zu denken. Ich sehe mir geruhsam alle Schaufenster an, an denen ich vorbeikomme. Ich spiele mein Lieblingsspiel und tue so, als könnte ich mir alles kaufen, was mir gefällt. Ich bin sehr kritisch und merke, dass dies gar nicht so viel wäre. Eine Goldkette mit einer Hand, die Diamanten hält; ein schulterfreies Abendkleid, einige Bücher, Parfums und Kosmetika und Reisen in ferne Länder … Sehnsüchtig bleibe ich vor dem Reisebüro stehen. Fernweh überfällt mich. Ich empfinde mein Studium hier plötzlich als Fessel. Wieviele Jahre soll es noch dauern, bis ich frei bin, das zu tun, was mir wirklich Spaß macht? Mir wird unangenehm bewusst, dass der Studienabschluss mir auch keine Freiheiten geben wird, weil ich dann irgendwo Geld verdienen muss. Ich will die Welt jung sehen und nicht erst als Rentnerin! Vielleicht sollte ich mal Lotto spielen … Es ist schon sehr spät. Ich fühle mich topfit, gehe aber jetzt zurück, um morgen für die Uni wenigstens ein bisschen geschlafen zu haben. Im Wohnheim sehe ich bei Thorsten unter der Tür hindurch noch Licht. Als ich vorbeigehe, lacht eine Frauenstimme. Ich nehme meinen ganzen Stolz zusammen und lausche nicht, sondern gehe in mein Bett. Zum Trost nehme ich meinen Teddy in den Arm und schlafe bald traumlos ein.

Am Freitag fahre ich zur Abwechslung nach Hause und höre mir die familiären Neuigkeiten an.

In den nächsten Wochen geht Thorsten mir aus dem Weg. Wenn wir uns begegnen, grüßt er höflich. Manchmal reden wir kurz über den neuesten Wohnheimklatsch oder über die Uni. Ich verstehe sein Verhalten nicht. Habe ich denn etwas falsch gemacht? Einmal frage ich ihn, ob er auf mich böse ist, weil ich einfach in sein Zimmer kam, als er noch schlafen wollte. Sein geschäftsmäßiger Gesichtsausdruck wird kurze Zeit lauwarm.

„Denk' doch sowas nicht … ," er streichelt meine Hand. Dann lässt er mich stehen. Es sieht aus, als ob er flüchtet. Ich frage mich, wovor? Er wirkt wie ein Grundschüler, der sich in die Ecke stellen und schämen soll. Das verstehe ich noch viel weniger: Wenn ihm nichts an mir liegt, braucht er doch kein schlechtes Gewissen zu haben. Wir waren beide betrunken. Ich habe mich nicht besser verhalten als er. Letztlich bin ich in sein Zimmer gestürmt.

Zum Glück lassen mir mein Studium und die sonstigen Ereignisse wenig Zeit, zu viel über Thorsten und mich nachzudenken. Ich gehe jetzt öfter mit meinem Studienkollegen Georg nach den Vorlesungen abends in der Stadt ein Bier trinken. Wir verstehen uns gut. Er stellt mich seinen Freunden vor. Manchmal kommt auch Doris mit. Der Sommer ist so schön. Wir sitzen draußen und trinken Festbock und Hefeweizen. Oft finden wir den Absprung Richtung Bett nicht so rechtzeitig, wie es ein ordentliches Studium erfordert hätte. Dann lassen wir die ersten Vorlesungen ausfallen und besorgen uns die Mitschriften von ehrgeizigeren Kommilitonen. Es fällt mir schwer, bei schönstem Sommerwetter im stickigen Seminar zu hocken und zu lernen. Um mich dazu zu überwinden, gönne ich mir einige Arbeitserleichterungen. Mittags spaziere ich mindestens eine Stunde durch die Sonne, esse ein Eis oder verschwinde für zwei Stunden ins Freibad. Zur Gewissensberuhigung nehme ich mir Lehrbücher mit. Ich weiß genau, dass ich im Freibad eher in einer leichten Zeitschrift blättere, meine Umgebung betrachte oder döse, als zu lernen. Naja, nobody is perfect und ichbody sowieso nicht.

Eines Tages verabrede ich mich mit Doris, Georg und einigen Freunden am Samstag Nachmittag zum Picknick am Rursee in der Eifel. Wir fahren mit drei Autos unter viel Gelächter dorthin. Es ist total heiß und windstill – ein richtiger Urlaubstag. Wir baden, sonnen uns, cremen uns ein. Abends machen wir ein Lagerfeuer und grillen Würstchen. Dazu gibt es Bier, Salat und Brot. Die drei Autofahrer trinken alkoholfreies Bier – diese Erfindung war wirklich ein Glück. Dirk setzt sich neben mich – wir kennen uns schon länger. Er ist nett und legt den Arm um mich, als es kühl wird. Wir küssen uns. Ich liebe ihn nicht, aber ich mag ihn. Wir gehen am Seeufer spazieren. Die gutgemeinten Neckereien der anderen belustigen mich. Dirk erzählt viele persönliche Dinge. Seine Küsse werden dermaßen fordernd, dass ich Angst kriege. Er wird meinen Spaziergang mit ihm ja wohl nicht missverstehen?

Er sagt plötzlich: „Du Susi – ich glaub' ich habe mich in dich verliebt. Aber eins muss ich dir vorher sagen: Meine letzte Freundin war ein Mann."

Er sieht mich abwartend an.

„Das ist doch nichts Schlimmes – aber lass uns mal langsam wieder zu den anderen gehen. Ich denke, wir wollen bald zurückfahren."

Ich bin leicht schockiert. Meine Toleranz gegenüber Bisexuellen ist wohl doch nicht so groß, wenn ich selbst betroffen bin. Ich wehre weitere Küsse ab. Er guckt mich traurig an. Ich kann die Situation plötzlich nicht mehr ertragen und renne einfach fort. Die anderen frotzeln, als ich zuerst ankomme: „Na Susi – hast du wieder einen Verehrer unglücklich gemacht?"

Da es sie nichts angeht antworte ich möglichst locker: „Nö, ich bin einfach nur schneller als er."

Als alle losprusten, erkenne ich die Zweideutigkeit meiner Bemerkung. Immerhin hat sich die Situation so entschärft. Dirk fährt in einem anderen Auto zurück und redet nicht mehr mit mir.

Am nächsten Abend klopft Thorsten an meine Zimmertür. Völlig unbefangen bittet er mich um mein Bügeleisen und sagt beiläufig: „Ich habe Hunger".

„Dann iss doch was."

„Öh – ja. Aber hast du denn schon gegessen?"

Der Typ ist unglaublich – das soll wohl eine Einladung zum Essen sein. Ich erwarte, dass er sich mal klarer ausdrückt. Er sieht mich nur recht liebevoll an. Das genügt – mein Herz fliegt ihm zu.

Ich grinse zurück: „Wohin gehen wir?"

„Lass dich überraschen … – also komm."

„Was soll ich denn anziehen?"

Ihm wird meine Eitelkeit zu bunt. Er ergreift meine Hand und zieht mich Richtung Tür: „Blödsinn – bleib wie du bist. Ich hab' Kohldampf – das dauert jetzt zu lange."

Ich schüttele energisch seine Hand ab: „Ich verspreche dir, ich bin in zehn Minuten fertig. Aber ich würde mich gern umziehen."

„O.K., O.K. – aber ja nichts Raffiniertes. Ich hole dich gleich ab und dann gehst du so mit, wie du bist, und sei es halb angezogen."

Er verschwindet ohne Bügeleisen. Als mir das auffällt, muss ich kichern. Dass der liebe Frauenheld so einen blöden Vorwand nötig hat. Ich freue mich irrsinnig auf unser Essen und versuche erfolglos, mich zu beruhigen. Ich weiß doch gar nicht, woran ich mit ihm bin. Die Kunstausstellung und die Nacht danach stecken mir noch in den Knochen. Ich bin eher eine Schwester für ihn. Ob ich mit ihm mal darüber reden soll? Von ihm erwarte ich eigentlich nicht, dass er solche Themen anschneidet. Die sind ihm viel zu schwierig. Aber ich scheue mich auch davor. Am besten, ich lasse alles so laufen, wie es kommt. Ich ziehe ein blaues Leinenkleid mit flachen Schuhen an – wer weiß, wie lange wir rumlaufen. Die Farbe gefällt mir – sie ist so kühl – ganz im Gegensatz zu meinen Augen.

Thorsten ist heute abend ganz Gentleman. Er bietet mir seinen Arm an, allerdings erst, als wir außer Sichtweite des Studentenwohnheims sind. Wir gehen in eine nette, kleine Pizzeria und bestellen Pizza diavolo, Salat und Wein. Der junge, italienische Kellner zündet unsere Kerze auf dem Tisch an und zwinkert Thorsten dabei zu. Thorsten scheint das vor mir etwas peinlich zu sein. Wahrscheinlich bin ich nicht die Erste, mit der er hier essen geht.

„Gefällt es dir hier?" fragt er.

„Ja, sehr. Ist das dein Stammrestaurant?"

„Nein, eigentlich nicht. Ich gehe nicht sehr oft essen und gerade in der letzten Zeit, nachdem meine Eltern mir dieses Semester das

Geld gestrichen haben, sowieso nicht. Ich habe mir jetzt an der Uni einen Job als wissenschaftliche Hilfskraft im Seminar gesucht."

Ich weiß, dass es schwierig ist, eine der begehrten Unistellen zu erhalten, weil man dort zugleich Geld verdienen und lernen kann. Thorsten sieht mich so intensiv an, als wäre ihm meine Meinung dazu äußerst wichtig.

„Da haben wir ja Grund zum Feiern, hm? Hast du gut gemacht – komm darauf stoßen wir an."

Es scheint ihm gut zu tun, ein bisschen gelobt zu werden. Er nähert seine Hand diskret meiner Hand, die auf dem Tisch liegt. Abschätzend und zögernd blickt er mir in die Augen, als wolle er vor einer Zurückweisung erkunden, ob ich meine Hand wegziehe oder nicht. Ich strahle ihn ermutigend an.

„Du Susn – ich bin froh, heute abend mit dir zu essen."

Er lächelt warmherzig und streichelt meine Hand.

„Mir geht es genauso."

Meine Stimme klingt rauh.

Unsere Finger verhaken sich ineinander, liebkosen sich und wir gucken uns stumm und verwirrt in die Augen. Wir reden nicht über die letzten Wochen, als jeder seiner Wege ging. Thorsten küsst meine Hand und sieht mich kurze Zeit ein bisschen elend an: „Wir können wohl nur betrunken lieb zueinander sein, oder?"

Das ist wohl seine Art, um Verständnis zu bitten. Ich drücke besänftigend seine Hand. Ich kann ihm doch gar nicht böse sein. Schon wieder fühle ich mich heute abend so unendlich wohl in seiner Gegenwart. Zum ersten Mal erzählt er ein bisschen von sich selbst. Er hat noch zwei Brüder, der eine ist wesentlich älter und verheiratet und der andere besucht noch die Schule. Er fragt nach meiner Familie. Ich erzähle ihm von meiner Schwester Beate, die ebenfalls älter und verheiratet ist. Dann reden wir über unsere Lebensvorstellungen. Er will irgendwann auch mal heiraten und Kinder haben. Das beruhigt mich. Als ich ihm allerdings erzähle, dass ich gern sechs Kinder hätte, drei eigene und drei Kinder fremder Nationalitäten, damit alle mehrsprachig und ohne Rassenvorurteile aufwachsen, ist er doch etwas schockiert. Immerhin wollen wir beide später berufstätig sein. Er bezweifelt allerdings, dass dies bei sechs Kindern möglich ist.

„Nun guck nicht so schockiert, Thorsten – es ist ja gar nicht klar, ob ich überhaupt jemals Kinder habe. Zur Zeit wüsste ich doch gar nicht, mit wem ich eine Familie gründen könnte ..."

Dies ist natürlich glatt gelogen.

„Überleg' dir das noch mal, jedes Kind ist eine Segelyacht. Würdest du nicht auch lieber segeln gehen?" Er zwinkert schelmisch. Wir wechseln ins Degraa gegenüber dem Theater und setzen uns oben in die Galerie. Es ist stickig und verraucht. Die kleinen Fenster sorgen kaum für Frischluft. Die alte Brauereikneipe mit ihrer rustikalen Einrichtung und den vielbeschäftigten Köbessen gefällt uns. Wir trinken Festbock, hören die Musik, gammeln rum und gucken uns die anderen Gäste an. Seine Augen werden betrunken diffus, meine wahrscheinlich auch. Sein Fuß angelt wie zufällig unter dem Tisch nach meinem. Eigentlich hasse ich sowas – aber bei ihm empfinde ich es wie ein diskretes Kompliment unter Ausschluss der Öffentlichkeit. Er ist heute abend richtig „altmodisch" lieb. Seine kleinen zärtlichen Gesten bedeuten mir mehr, als manch ein flüchtiges Abenteuer. Ich wundere mich über mich selbst. So ging es mir noch nie. Diese Kompromisslosigkeit in seiner Gegenwart macht mir Angst. So kenne ich mich doch gar nicht. Nun sind es wieder allgemeine Anekdötchen, die er erzählt, als habe er schon zuviel über sich gesagt. Er könnte mir erzählen, welche Zutaten in einer Dose Linsensuppe sind und ich würde mich in seiner Gegenwart immer noch nicht langweilen. Ein gewisser geistiger Verfall ist bei mir nicht abzustreiten.

Auf dem Heimweg laufen wir wie Fremde nebeneinander her. Er scheint jede Berührung zu vermeiden und ich traue mich nicht, mich bei ihm einzuhaken, aus Angst, er könnte meinen Arm genervt abschütteln. Das würde mich jetzt tief verletzen. Warum nimmt er nicht meine Hand oder meinen Arm? Er war doch noch in der Kneipe so anhänglich? Was tun wir eigentlich? Ich schaue ihn nicht an – er schaut mich nicht an. Zwischen uns steht unsere unterschiedliche Angst: Er will sich nicht an mich binden – ich will von ihm nicht verletzt werden. Wir bemühen uns beide recht erfolglos, wieder die kumpelhafte Ebene zu treffen. Im Wohnheim ist es ruhig – die anderen schlafen schon. Er bringt mich noch vor meine Tür. Dann schafft er es aber nicht, „Gute Nacht" zu sagen und zu gehen. Er kommt wie selbstverständlich mit in mein Zimmer und ich bin unfähig, ihn rauszuwerfen. Wir trinken noch ein Bier. Er nimmt hier, wo uns niemand sieht, wieder meine Hand und küsst sie.

„Ich fühle mich so wohl bei dir, Susn …"

Tausend kluge Einwände flattern durch meinen Kopf, vor allem, was er eigentlich die letzten Wochen so getrieben hat. Aber ich stelle ihm keine Fragen, weil ich weiß, dass er mir keine Antworten geben würde. Außerdem ist mir das auch seltsam egal – mein Herz siegt wieder. Verdammt, ich liebe ihn – ausgerechnet ihn, der sich nicht binden will und schon andere Frauen unglücklich gemacht hat. Doris und die anderen Frauen stehen mir warnend vor Augen. Und doch denke ich, dass es bei uns etwas anderes ist. Von Doris will er nichts und die anderen Herzchen sind mehr oder minder flüchtige Bekanntschaften, die er nachts irgendwo aufgabelt. Wir kennen uns dagegen jetzt schon besser und er scheint mich auch zu mögen, sonst würden wir nicht zusammen weggehen. Ich glaube fast, er respektiert mich so sehr, dass er sich mit mir nur näher einlassen will, wenn er sich sicher ist, dass es kein flüchtiges Abenteuer wird. Ob er sich allerdings an mich binden will, erscheint mir auch heute abend fraglich … Ich will ihn nicht ändern – ich liebe ihn so, wie er ist. Aber er müsste mir schon treu sein. Der Widerspruch fällt mir gar nicht auf. Ich streichle sein liebes Gesicht – er küsst mich. Für kluge Überlegungen ist es zu spät. Ich bin so blöd, ihm zu erzählen, dass ich ihn sehr gerne mag. Das habe ich noch nie getan. An sich lasse ich erst mal den Männern den Vortritt mit solchen Äußerungen. Bei Thorsten ist mir jegliche Taktierei zuwider. Ich bin so verliebt in ihn, dass mir auch jede Vernunft fehlt. Ich will zu ihm nur ehrlich sein und hoffe, dass er sich mir gegenüber genauso verhalten wird. Er grinst ein bisschen verlegen, drückt meine Hand, gibt mir einen Kuss auf die Wange und sagt: „Ob das so klug ist?" Wahrscheinlich gehören Gefühlsäußerungen nicht zu seinen Stärken – also was soll 's? Heute abend ist mir alles egal. Mein Herz ist frei von allen Alltagssorgen, die Kunstausstellung liegt in weiter Ferne und ich bin grundlos unverschämt glücklich. Er verspricht mir schließlich nichts, er macht mir keine Liebeserklärungen. Ich weiß noch nicht einmal, ob er überhaupt solo ist. Andererseits brauche ich ihm auch nichts zu erklären, was ich widerum ganz angenehm finde, wenn ich an Dirk denke … Als er die Gläser abräumt, fragt er nebenbei, ob er bei mir pennen könne. Er wirkt dabei wieder einsam und verletzbar – ganz anders, als tagsüber. Wir schlafen wieder Arm in Arm wie Geschwister ein. Seine Zurückhaltung rührt mich und meine noch viel mehr.

Am Morgen lädt er mich zu sich zum Frühstück ein. Er nimmt mich nicht in den Arm, als er geht. Er hat sich mit dem Essen viel Mühe gegeben. Wir frühstücken beide im Schlafanzug. Sein Fuß angelt versuchsweise nach meinem. Aber er zieht ihn bald nervös zurück, als überforderten ihn solche Aktionen am frühen Morgen. Wir reden über unseren Tagesablauf. Es stellt sich heraus, dass wir beide viel für die Uni tun müssen. Er gibt sich wieder so distanziert, dass ich ihm zum Abschied nur die Hand auf die linke Schulter lege, obwohl ich ihn gern umarmt hätte. Innerlich nenne ich ihn ‚Liebenswerter Taugenichts', weil er seine Freiheit genauso liebt wie die Frauen und sich auf seine Weise in seinem Dilemma anständig verhält. Ich bin total verwirrt und kann mir sein Verhalten nicht erklären. Ich bin mir ziemlich sicher, dass er mich wirklich mag, aber ob er mich auch liebt? Ob er selbst weiß, was er will? Und sein Verhalten gestern abend. Mit jedem anderen, den ich kenne, wäre die Nacht anders verlaufen. Findet er mich nicht attraktiv? Am besten ich rede mal mit meiner Schwester Beate darüber. Sie ist immer so vernünftig. Ich sollte ihrem Rat folgen.

5
Schwesterlicher Rat

Nachdem die Kinder endlich mit ihrem Vater im Garten verschwunden sind, setzen wir uns in Ruhe an den Kaffeetisch. Beate sieht leicht gestresst, aber glücklich aus. Ich erzähle ihr die ganze Geschichte von Thorsten und erkläre ihr, wie schwierig es ist, einen liebenswerten Taugenichts wie ihn zu verstehen und eventuell an sich zu binden. Sie hört zu, ohne mich zu unterbrechen. Ab und zu schenkt sie uns Kaffee nach. Ich bin sehr nervös und komme mir Thorsten gegenüber wie eine Verräterin vor. Solche Geschichten sollte man für sich behalten. Andererseits kennt er Beate nicht und wird sie wohl auch nie treffen. Zudem brauche ich einfach den Rat eines objektiven Menschen. Ich weiß nicht mehr, was ich tun soll. Ich hoffe, der Taugenichts würde mir meine Indiskretion verzeihen. Als ich fertig bin, sagt Beate erst mal gar nichts, sondern fixiert leicht abwesend die Kuchenkrümel auf ihrem Teller.

„Raten kann dir niemand besser, als du selbst. Du hast ja schon erkannt, wo die Probleme liegen – in eurer unterschiedlichen Lebensart. Aber ich habe sowas Ähnliches auch mal erlebt, bevor ich Martin heiratete. Daher weiß ich, dass Vergessen leicht gesagt ist …"

„Du hast … Das hast du mir nie erzählt."

„Aus den gleichen Gründen wie du – ich hatte auch Angst mich lächerlich zu machen. Das ist ja das Merkwürdige an den Taugenichtsen. Irgendwie schaffen sie es noch, dass man all seinen Kummer für sich behält."

„Und wie bist du darüber hinweggekommen?"

„Ich habe den Kontakt mit ihm abgebrochen. Außerdem war das nur eine recht kurze Geschichte. Ich habe ihn in Südfrankreich kennengelernt, mich in ihn verliebt und er hat mir geschrieben und mich einmal hier besucht. Dann hörte ich zufällig, dass er verlobt ist. Daraufhin brach ich den Kontakt ab. Ich schickte ihm weitere Briefe ungeöffnet zurück. Als er noch einmal herkam, habe ich mich verleugnen lassen."

„Aber dann war es ja Wolfgang …“

Dunkel erinnere ich mich an ihn. Beate sprach von ihm, allerdings ahnte niemand aus der Familie, dass es für sie mehr als ein Urlaubsflirt war.

„Ja Wolfgang … vielleicht erinnerst du dich, dass ich danach oft traurig war und dies mit einer unglücklichen Liebe auf der Arbeit erklärte. Die gab es nicht. Meine einzige unglückliche Liebe wohnte weit weg und taugte nichts.“

„Immerhin hast du ’s geschafft …“

„Es war schwer und tat weh. Im übrigen habe ich Wolfgang jetzt gerade vor ca. drei Monaten zufällig im Kaufhaus gesehen. Ich war mit der ganzen Familie unterwegs. Es ist jetzt sechs Jahre her und ich weiß, dass ich mit ihm nicht glücklich geworden wäre. Und doch, als ich ihn sah, fühlte ich sofort wieder eine unerklärliche Sympathie und Sehnsucht. Gefühle sind schon merkwürdig.“

Die Aussicht, nach sechs Jahren immer noch unglücklich an Thorsten zu hängen, stimmt mich nicht gerade freudig.

„Ein Kontaktabbruch wäre ja ganz gut – aber das ist bei uns unmöglich. Wir wohnen auf demselben Flur im Studentenwohnheim und sehen uns öfter.“

„Dann zieh aus,“ schlägt Beate unerbittlich vor.

„Der freie Wohnungsmarkt in Aachen ist mir zu teuer.“

„Soll ich dir Geld leihen?“ schlägt sie schelmisch vor.

„Nein, du brauchst es für deine Kinder.“

„Und es ist doch auch schön, ab und zu gezwungenermaßen den Taugenichts zu treffen, oder … ?“

Beate hat Recht. Wir müssen beide kichern.

„Aber tu mir einen Gefallen, Susi – versuche, das locker zu sehen. Ich möchte nicht, dass meine Schwester unglücklich wird. Dazu ist das Leben zu schön. Lass dir den Taugenichts einen guten, lustigen Kameraden sein, mit dem du jeden Blödsinn machen kannst. Aber achte seine Grenzen und setze ihm auch welche. Hör auf, ihn dir zurecht zu träumen. Er hat doch klar zu erkennen gegeben, was er will. Also lass ihn in Ruhe. Er scheint anständig zu sein."

„Ja, das ist er wirklich."

„Und denk dran, dass du auch eine eigene Persönlichkeit hast. Je mehr du ihm das Gefühl gibst, immer für ihn da zu sein, desto uninteressanter wirst du für ihn. Wahrscheinlich mag er dich, weil du auch recht unkompliziert bist und zu Blödsinn neigst. Aber er liebt dich nicht, sonst würde er sich anders benehmen."

„Warum hat er nicht mit mir geschlafen – meinst du, er hat Probleme im Bett?"

„Der doch nicht."

„Dann findet er mich wohl nicht besonders attraktiv?"

„Wahrscheinlich doch, sonst würde er nicht neben Dir einschlafen. Ich denke, er merkt, was los ist, will dich nicht verletzen und sich trotzdem noch mit dir treffen."

„Aber was soll das dann? Wie kann er dann neben mir einschlafen?"

„Er mag dich und er braucht, genau wie du, ein bisschen Wärme. Sei doch froh, dass er so anständig ist, nicht weiter zu gehen."

„Meinst du, ich habe gar keine Chancen bei ihm?"

„Das weiß man nie – aber es wäre besser, du würdest das so sehen. Im übrigen scheint dein Thorsten ja auch nicht so genau zu wissen, was er will."

„Ja eben."

„Sag das nicht so grollend, Susi. Es ist doch sein gutes Recht, sich in seinem Alter noch zu amüsieren. Und wenn er aus seinen Absichten keinen Hehl macht, ist das doch in Ordnung. Vielleicht solltest du das auch mal tun. Es gibt noch andere Thorstens. Am besten du lernst ein paar von dieser Sorte kennen und gehst mit allen unverbindlich aus."

„Mal sehen. – Aber jetzt noch eine blöde Frage, lach' jetzt nicht: Meinst du, dass ich jemals heiraten werde?"

„Damit wirst du keine Schwierigkeiten haben – nur frage ich mich manchmal, ob du das wirklich willst? Ich kann mir gar nicht vorstellen, dass du freiwillig Hemden bügelst und abends statt auszugehen auf die Kinder aufpasst."

Beate sieht mich prüfend an.

„Das werde ich auch nicht tun. Es gibt nämlich Putzfrauen und Babysitter. Es ist alles nur eine Frage des Geldes."

„Die kosten dann dein ganzes Gehalt."

„Dafür bin ich frei und im Übrigen wird mein Mann die Hälfte mitbezahlen. Schließlich wird auch seine Arbeit miterledigt."

„Wenn er das alles mitmacht …"

„Sonst heirate ich nicht."

„Hm, würdest Du Thorsten ein Hemd bügeln?"

„Ja, weil er es auch alleine kann und nicht von mir erwartet."

„Dann müsste dein Mann nur sämtliche Hausarbeiten allein verrichten können und einmal sagen, er erwartet das nicht von dir und schon würdest du alles freiwillig machen. Das ist ja eine lustige Einstellung."

„Wenn wir beide arbeiten sollten, dann werden wir uns auch den Haushalt teilen. Aber ich denke, solche Themen werden nicht besonders problematisch sein."

„Hoffentlich." Beate schaut mich ehrlich besorgt an.

„Bist du denn in deiner Ehe glücklich?"

„Ja. Die Kinder machen viel Arbeit und verlangen meine ständige Aufmerksamkeit, wenn sie zuhause sind. Aber es gibt so viele glückliche Momente am Tag, die alles wieder aufwiegen. Wenn die kleine Jutta Hunger auf Tomatensuppe hat, koche ich welche und freue mich, dass die Kinder einen gesunden Appetit haben. Überhaupt sind Kinder etwas Schönes. Du kannst ihnen beibringen, was sie fürs Leben brauchen. Sie sind so abhängig von dir und deiner Liebe und so leicht verletzbar, wenn du sie zurückweist. Jeden Tag erleben sie neue Abenteuer und plappern davon beim Essen. Ich bin froh, dass sie gesund und glücklich sind."

„Hast du auch noch eigene Interessen – oder geht das neben den Kindern nicht mehr?"

„Doch, ich lese gern abends, wenn die Kinder im Bett sind oder noch mit Kurt toben."

„Geht ihr zwei denn nicht mehr aus?"

„Seltener."

„Hmm ... Wahrscheinlich ist eine Familie in den nächsten paar Jahren doch noch nichts für mich. Obwohl ich deine Kinder wirklich süß finde."

„Sie können manchmal schon elend nerven und richtige kleine Satansbraten sein."

„Trotzdem ... ich mag Kinder."

„Ich weiß. Aber trotzdem: Genieß deine Ungebundenheit Susi, solang es noch geht."

6
Machtkämpfe

Ich bemühe mich, dem Rat meiner Schwester zu folgen, aber ich wäre lieber an den Taugenichts gebunden. Dieser zieht es seit unserem letzten Abend jedoch wieder vor, Abstand zu wahren und sein eigenes Leben zu führen. Auch ich vermeide es, ihn anzusprechen und lasse ihn in Ruhe. Ich glaube, er registriert es erleichtert. Nach kurzer Zeit kommt er aus seiner selbstgewählten Distanz zurück. Mir scheint, dass ihn meine Sprachlosigkeit mehr irritieren würde, als ihn ein Krach abgeschreckt hätte. Ich weiß, dass ich ihn verlieren würde, wenn ich mit ihm über die Widersprüchlichkeiten zwischen meinen Gefühlen und seinem Verhalten sprechen würde. Ich will von ihm nicht als „Stresslady" abgestempelt und in die Ecke gestellt werden. Langfristig will ich ihn behalten. Also muss ich mich anders geben, als seine üblichen Abenteuer. Für ihn lohnt sich der Aufwand, weil ich mich in seiner Gegenwart immer gut unterhalte, was mir viel wert ist. Freundschaftlich gehen wir öfter zu zweit los und essen oder trinken irgendwo etwas. Fast immer treffen wir in der Stadt Bekannte von mir oder ihm, die sich uns anschließen. Das stört uns nicht. Wir lieben beide die Geselligkeit und gegebenenfalls hängen wir andere Leute auch geschickt ab, wenn sie uns nerven. Wir führen keine Beziehung im üblichen Sinn, aber wir sind auch nicht nur Kumpel. Der Taugenichts nistet sich in unregelmäßigen Abständen bei mir ein und schläft in meinem Bett. Er achtet darauf, dass dies nur alle paar Wochen vorkommt, wenn es sich zufällig so ergibt und er spürt, dass ich nichts dagegen habe. Durch die zeitlichen Abstände vermeidet er, dass wir uns an die gemeinsamen Nächte gewöhnen. Er glaubt, er braucht dazu dann nichts zu sagen. Trotzdem werden es so viele, dass man sie nicht mehr als alkoholbedingte Ausrutscher abtun kann. Er beginnt langsam, mir zu vertrauen und wird im Umgang mit mir beständiger. Ich liebe seine kühle, samtene Haut, die er eitel mit Bodylotion pflegt, die den passenden Namen „Eisfeuer" trägt. Ich fühle mich von ihm wiedergeliebt und genieße die flüchtigen Momente, wo er sich zu verbotenen Liebkosungen hinreissen lässt. Wir begehren einander in diesen Nächten, aber unsere Vernunft ist stärker. Wir haben beide Bedenken, zu weit zu gehen und dadurch unsere Freundschaft zu gefährden. Und wenn sich einer doch ein bisschen zu weit vorwagt, dann schreitet der andere behutsam ein: „Heh, Loulou, lass uns keinen Unfug machen." Oder ich sage: „Ich habe Angst ..."

Eines Tages wird mir dieses Arrangement jedoch zu seltsam und ich nehme meinen ganzen Mut zusammen und organisiere eine kleine Weinprobe in seinem Zimmer. Dort frage ich unvermittelt, als wir allein übriggeblieben sind: „Sag mal Thorsten, findest du es eigentlich normal, wie wir miteinander umgehen?"

„Nein – durchaus nicht."

„Ich weiß oft nicht, wie ich mich dir gegenüber verhalten soll. Wir sind kein Liebespaar, haben keine Affäre, sind aber auch nicht nur einfach Freunde, irgendwie passt gar nichts. Oft denke ich, ich bin nicht die Einzige, bei der du Zuflucht findest und die Vorstellung finde ich nicht besonders aufmunternd."

„Das ist aber so. Ob du 's glaubst oder nicht, du bist schon etwas ganz Besonderes für mich. Aber trotzdem ginge eine Beziehung zwischen uns nicht gut."

„Warum nicht?"

„Ich habe mir das zigmal ausgemalt. Ich bin unfähig zu Beziehungen. Aber so wie es ist, kann es doch ruhig bleiben."

Ich war ratlos. Was soll ich dazu noch sagen? Seine ablehnenden Worte machen mich traurig. Es ärgert mich, dass er seine Einstellung noch nicht einmal begründet. Wenn ich es mir recht überlege, ist sein letzter Satz eine Frechheit. Was denkt er eigentlich, wer ich bin. Ich spüre, dass mir die Tränen kommen und ich wende mich beleidigt und abrupt mit einem knappen: „Na dann, schlaf mal gut." ab, mit Richtung auf mein Zimmer. Er hält sich an seinem Glas fest und schickt mir einen verstörten, leeren Blick aus seinen grünen Augen hinterher. Er kann sich wohl denken, was sich jetzt hinter meiner Zimmertür abspielt, aber er ist – wie die meisten Männer – unfähig, mit Tränen und Trauer umzugehen. Und ich bin zu stolz, um in seiner Gegenwart zu weinen.

Merkwürdigerweise ändert sich nach dieser „Aussprache" nicht viel. Wir gehen weiterhin zusammen aus. Ich habe mir ernsthaft vorgenommen, ihn nicht mehr in meinem Bett schlafen zu lassen. Wenn er sich nicht für mich entscheiden kann, dann soll er sich seine Streichel- und Kuscheleinheiten auch bei anderen Frauen holen. Mit diesen Vorzeichen versehen, bleibt mein Bett leer.

In dieser Situation erhalte ich eine Einladung zu seiner Geburtstagsfete im Haus seiner Eltern in Aachen. Ich erfahre, dass diese nicht zu Hause sind. Das kann ich mir nicht entgehen lassen und es kommt wie es kommen muss: Einige Freunde übernachten dort, weil sie von auswärts kommen. Auch diesmal hocken Thorsten und ich bis spät in der Nacht zusammen auf der Terrasse, während die übrigen Gäste bereits gegangen sind oder schlafen. Seit unserer merkwürdigen Unterhaltung waren wir uns nicht mehr so nahe gewesen wie jetzt. Ich atme seinen vertrauten Duft genauso sehnsüchtig ein, wie er mein gewohntes Parfum erschnuppert. Fast scheu nimmt er meine Hand und streichelt sie. Ich denke an unsere gemeinsamen Nächte. Trotz all der guten Vorsätze würde ich heute wieder gern neben ihm einschlafen. Aber heute geht es nicht. Seine Übernachtungsgäste würden dies mitbekommen und das möchte ich vermeiden, solange er nicht ganz offiziell zu mir als seiner (einzigen!) Freundin steht. So stehe ich auf und verabschiede mich.

Aber der Taugenichts will mich nicht gehen lassen. Er umarmt mich stürmisch: „Bleib doch hier, Loulou, geh nicht weg, bitte."

So habe ich ihn noch nie erlebt und denke bei mir: „Er kennt also auch die einsamen Nächte, in denen sich selbst der noch so lebenslustige Single einen warmen Körper herbeisehnt, an den er sich ankuscheln kann." Ich gehe trotzdem und versuche dem Taugenichts zu erklären, warum. Er versteht mich aber nicht. Er wird sicherlich seine Einladung auch nicht so gemeint haben, wie ich sie verstanden habe. Letztlich wird er sich um meinen Ruf bei seinen Freunden keine Gedanken machen. Mir ist deren Meinung aber nicht egal. Wortlos umarmen wir uns dennoch herzlich und fest und dann blickt der Taugenichts leicht fassungslos hinter mir her.

Schon an der nächsten Straßenecke heule ich wie ein Schloßhund. Ich sehne mich so sehr in seine Arme. Warum möchte er, dass ich bei ihm bleibe, wenn er keine Beziehung mit mir aufbauen kann? Wahrscheinlich weil heute kein anderer Lückenbüßer verfügbar war. Ich zwinge mich, alle Möglichkeiten zu bedenken, auch wenn es für mich nicht sehr schmeichelhaft ist. Warum gibt es solche Typen wie ihn überhaupt und warum musste ich ihn kennen- und liebenlernen?

In dieser Nacht weine ich noch lange und bitterlich in meine Kissen hinein. Das Schema ist mir wohlbekannt. Ich muss an Doris denken und werde noch trauriger.

Wir treffen uns am nächsten Abend in der Flurküche, wo unsere monatliche Wohnheimbesprechung stattfindet. Üblicherweise wird bei solchen Zusammentreffen z. B. das Gemeinschaftstelefon abgerechnet, es werden Feten geplant und sonstiger Verwaltungskram erledigt. Mittendrin sagt Doris völlig unpassend und unvermittelt in die Runde: „Gestern hat jemand ziemlich lange geweint. Habt ihr das auch gehört?"

Im ersten Moment sehe ich ertappt zu Boden, dann zwinge ich

mich zu einem Lächeln und sage: „Ich habe nichts gehört, aber ich war auch erst recht spät zuhause."

Die Anderen haben auch nichts bemerkt. Doris gibt sich schließlich damit zufrieden und meint: „Dann habe ich das vielleicht auch nur geträumt …"

Der Taugenichts sucht verstohlen meinen Blick. Ich schaue in meiner Not möglichst gleichgültig zurück. Soll er sich ruhig seinen Teil denken und ein schlechtes Gewissen haben, sofern er dazu überhaupt fähig ist.

Die nächste Zeit gehe ich ihm möglichst aus dem Weg. In seiner Nähe fühle ich mich unwohl. Der Umgang mit ihm bereitet mir seelisches Leid. Um mich abzulenken und wieder zu stabilisieren, beginne ich wieder Sport zu treiben. Ich liebe die körperliche Anstrengung bis mein Kopf hochrot ist, meine Beine puddingähnlich weich werden und ich nur noch aufs Durchhalten meiner Gymnastikstunde bedacht bin. Dann ist für andere Gedanken kein Platz und ich bin eine Weile wirklich abgelenkt. Unter der Dusche werden die Sorgen endgültig weggespült. Ich fühle mich unendlich wohl, kräftig und voll Energie, mein Leben zu meistern. Alle trüben Gedanken gehören bald der Vergangenheit an. Und wenn ich schließlich müde noch ein Bier trinke und dabei mit Bekannten plaudere oder allein in meinem Zimmer lese oder fernsehe, fühle ich mich pudelwohl. Mir geht es wieder gut und es kommt mir unwirklich vor, dass ich wegen Thorsten eine Nacht geweint habe. Offensichtlich bin ich überm Berg und da ich das Kapitel ja nun offensichtlich abgehakt habe, kann ich mich eigentlich wieder mit ihm treffen.

Als ich mich mit einigen Bekannten und ihm für den nächsten Abend im Maus am Dom verabrede, sagt er zwar sein Kommen zu, wirkt aber dennoch nicht gerade begeistert. Ich halte das für eine kurzfristige schlechte Laune – vielleicht hat er Unistress – und denke mir nichts weiter dabei.

Wie immer sind alle Anderen vor ihm da. Georg kommt als Vorletzter und bemerkt beiläufig beim Hinsetzen: „Übrigens, der Thorsten kommt ein bisschen später – ich habe ihn gerade noch im Wohnheim getroffen. Er hat noch was zu erledigen."

Diese Ankündigung gibt mir sofort Anlass zu düsteren Vermutungen, die sich bestätigen, als der Taugenichts mit einer Frau hereinkommt, die er uns als seine Begleiterin „Anja" vorstellt. Er gibt sich große Mühe, so aufzutreten, als habe er nichts mit ihr zu tun und wolle auch nichts von ihr. Er setzt sich demonstrativ ans andere Tischende und tut ganz unbeteiligt. Aber mir kann er nichts vormachen. Der small talk am Tisch befremdet mich. Thorsten ist nervös. Er sucht Zuflucht in rauhen Witzen mit den anderen und in harten Schnäpsen. Ich komme mir auf einmal deplaziert vor. Auf keinen Fall möchte ich mir vor ihm und der Anderen die Blöße geben, preiszugeben, dass er es soeben geschafft hat, alte Wunden aufzureissen. Ich ertränke meinen Frust in einigen Bieren und unterhalte mich mit allen – auch mit Anja, um sie ein bisschen kennenzulernen – aber mit ihm rede ich kein einziges Wort. Anja ist hübsch und sie wirkt sympathisch. Sie scheint älter als Thorsten zu sein und sitzt brav am anderen Tischende und unterhält sich. Sie spielt vor uns die Rolle der obercoolen Desinteressierten, aber ich bemerke die Zärtlichkeit in ihren Augen, wenn sie Thorsten anschaut. Ich habe genug und verabschiede mich. Der Taugenichts registriert mein ungewohnt frühes Gehen zugleich erstaunt und erleichtert. Ich habe wirklich kein Recht, auf ihn böse zu sein. Er darf doch eine Freundin haben. Im Gegensatz zu der aufgetakelten Cosima ist Anja natürlich und symphatisch. Ich gebe der Beziehung nicht lange, weil sie schon einigermaßen gesetzt wirkt und für die Eskapaden des Taugenichtses meiner Ansicht nach zu lieschenhaft ist, um ihm das nötige Contra zu bieten. Aber mein Herz tut trotzdem wieder weh. Und noch einmal vergieße ich bitterliche Tränen, vor allem in Erinnerung daran, dass er mir vor nicht allzu langer Zeit erklärte, er sei beziehungsunfähig. Dies bezog sich offensichtlich nur auf mich. Meine Lage ist aussichtslos und ich bin total unglücklich.

Am nächsten Tag fühle ich mich ausgelaugt. Als ich notdürftig frisch gemacht zur Uni gehen will, kommt der Taugenichts gerade nach Hause. Als er in mein trauriges Gesicht schaut, muss ich für ihn eine lebende Anklage sein, obwohl ich gerade diesen Eindruck vermeiden will. Ich wünsche ihm süffisant einen guten Morgen und verkneife mir im letzten Moment die Frage, ob er ausgeschlafen ist. Er steht unsicher vor mir, wie ein kleiner Junge mit schlechtem Gewissen.

„Wo gehst du denn hin, Loulou?" fragt er versuchsweise.

„Manche Studenten studieren auch ..." antworte ich patzig und verschwinde. Sein Anblick genügt, um mir wieder die Tränen in die Augen zu treiben, aber daran soll er sich nicht ergötzen. Ich bin rasend eifersüchtig und will ihn der Anderen nicht gönnen, egal wie lieb und nett sie ist. Nach der Vorlesung steht Thorsten vor der Tür des Hörsaals. Er tut so, als sei er zufällig dort. Aber das kann nicht sein, er muss mich absichtlich abgepasst haben. Er zwinkert mir zu, fragt, was los ist und will mit mir in die Mensa essen gehen. Ich lasse ihn mit einer lahmen Ausrede stehen und flüchte ins nächste Seminar. Warum wird er nicht einfach mit seiner neuen Freundin glücklich und lässt mich in Ruhe? Ich verstehe nicht, wieso er soviel Wert darauf zu legen scheint, dass wir uns aussöhnen. Eigentlich haben wir ja keinen Krach. Ich muss seine Freundin akzeptieren – warum will er mir das erklären? Warum steht er nicht einfach vor mir und seinen Freunden zu ihr? Noch einmal keimt in mir die irrsinnige Hoffnung, dass ihm an ihr weniger liegt als an mir, denn warum würde er sonst nach dem gestrigen Abend eine Aussprache mit mir suchen? Verzweifelt hin- und hergerissen zwischen Gefühlen und wirren Gedanken vermeide ich weitere Begegnungen.

Drei Tage später taucht ein neues Gesicht in seiner Begleitung zum Frühstück in unserer Flurküche auf. Diesmal berührt mich ihr Erscheinen kaum noch. Ich ignoriere sie und tausche mit dem Taugenichts nur belanglose Höflichkeiten aus.

Am Wochenende besuche ich eine alte Freundin aus meiner Schulzeit, die vor kurzem nach Düren gezogen ist. Wir haben uns schon Ewigkeiten nicht mehr gesehen und entsprechend viel gibt es zu bereden. Nach anfänglichem vorsichtigen Beschnuppern, um festzustellen, ob man sich nicht zu sehr auseinander entwickelt hat, stellt sich wieder unsere alte Vertrautheit ein. Erst dann platzt Silke schließlich mit dem heraus, was sie zur Zeit am meisten beschäftigt: „Du ich habe mich unheimlich verliebt. So glücklich bin ich schon lange nicht mehr gewesen. Und ich glaube, er liebt mich auch. Er ist ganz anders, als die meisten Männer, die ich kenne. Er ist romantisch und höflich. Stell dir vor, er hält öfter meine Hand wie in den besten Teenagerzeiten und wenn er sie küsst, dann geht es mir durch und durch. Und er ist so anständig."

Während Silke sich in begeisterten Einzelheiten ergeht, die auch aus meinem Mund stammen könnten, ahne ich, um wen es sich handeln könnte.

Schließlich fragt sie: „Vielleicht kennst du ihn sogar zufällig. Er studiert nämlich auch in Aachen, allerdings nicht dein Fach, sondern Architektur und er wohnt im gleichen Studentenwohnheim wie du. Er heißt Thorsten."

Erwartungsvoll schaut sie mich an. Verlegenheit und Wut machen sich in mir breit. „Eh – ja, ich kenne ihn."

„Findest du ihn nicht auch süß?"

Ich möchte nicht zuviel von mir preisgeben und antworte daher: „Ich kenne ihn eher flüchtig."

Ich fühle mich ein bisschen in der Klemme. Soll ich Silke im Gedenken an unsere Verbundenheit reinen Wein einschenken oder soll ich mich ihm gegenüber loyal verhalten? Am besten behalte ich alles für mich und mische mich da nicht ein. Verliebte wollen sowieso nichts Negatives über ihre Angebeteten hören, sonst richtet sich ihre Wut gegen diejenigen, die ihnen unerwünscht die Augen öffneten. Einen vorsichtigen Tipp gebe ich trotzdem: „Ich denke, er ist ganz nett, Silke, aber pass auf Dich auf, er scheint mir der typische Junggeselle zu sein. Halte dich bloß zurück und lass lieber ihn aktiv werden."

„Klar tue ich das. Aber ich kann mich nicht beklagen. Er besucht mich nächstes Wochenende."

Silke strahlt mich verliebt an und ich muss daran denken, was ihr mit dem Taugenichts an Liebeskummer bevorsteht. Silke ist genausowenig wie Anja eine Frau für ein Abenteuer. Ich versuche angestrengt, mir nichts nichts anmerken zu lassen, aber ich werde auf den Taugenichts unglaublich wütend.

Als ich wieder in Aachen bin, treffe ich Anja nochmals bei Thorsten. Offensichtlich ist sie tatsächlich eine etwas dauerhaftere Freundin von ihm, obwohl er nebenbei trotzdem noch andere „Gelegenheiten" wahrnimmt, von denen sie wahrscheinlich nichts weiß. In der Küche bekomme ich zufällig mit, wie Thorsten ihr erzählt, er fahre am Wochenende zu seinen Großeltern, um sie zu besuchen und könne sich daher nicht mit ihr treffen. Sie glaubt es. Thorsten kann sich meinen wütenden Blick in seine Richtung überhaupt nicht erklären. Ich rufe Silke an und sage ihr, dass ich gehört habe, dass Thorsten eine Freundin in Aachen hat. Sie sagt eine Weile nichts und legt dann nach kurzen Banalitäten sichtlich um Fassung ringend den Hörer auf. Ich konnte nicht mehr untätig zusehen, wie Thorsten seine Sturm- und Drangzeit auf Kosten anderer auslebt. Aber es tut mir auch ein bisschen leid und so informiere ich den Taugenichts kurz vor seiner Abfahrt, dass Silke eine alte Freundin von mir ist, wir uns über ihn unterhielten und ich u. a. erzählte, dass er hier eine Freundin hat. Was wir sonst noch besprochen haben und wie weit ich informiert bin oder indiskret war, lasse ich offen. Scheinheilig frage ich: „Das war doch nicht schlimm, oder?"

„Nööö," grummelt er und ist sichtlich schockiert. Wir mustern uns wie zwei Kampfhähne, bis ich übermütig hinzusetze: „Chancengleichheit, Schätzchen. Damit du weißt, was du ihr das nächste Mal erzählen musst."

In diesem Moment fühle ich mich ihm weit überlegen und lasse ihn stehen.

Ich beneide ihn um seinen derzeitigen Stress mit all seinen Liebchen nicht, eher amüsiert mich das. Ich scheine die Einzige zu sein, die seine vielfältigen Aktivitäten – zumindest teilweise – mitbekommt. Ich spare mir allerdings Bemerkungen dazu. Schließlich bin ich auch keine Heilige und im übrigen ist es sein Leben. Ich habe nur keine Lust, mich in die Riege seiner Frauen einzureihen und daher bin ich uns beiden dankbar, dass wir immer gewisse Grenzen beachtet haben. Obwohl die anderen Frauen ihn wahrscheinlich intimer kennen, habe ich den Eindruck, dass der Taugenichts gleichwohl mir mehr vertraut und wir uns persönlichere Dinge erzählen. Seine Abenteuer gehen oft wenig feinfühlig mit ihm um, nerven ihn, wollen an ihm rumerziehen und sich ständig mit ihm treffen, als hätten sie keine eigenen Freunde und Interessen. Er sagt dazu nichts, aber trennt sich bald wieder von ihnen. Ich beobachte sein Treiben am Rande und lebe mein eigenes Leben. Manchmal tut es noch weh, fremde Frauen in der Küche zu treffen, aber meist überwiegt mein Mitleid mit ihnen. Am Verhalten des Taugenichts lässt sich nämlich unschwer ablesen, dass sie ihm allesamt herzlich gleichgültig sind. Darum beneide ich sie nicht. Er macht allerdings auch keinen glücklichen Eindruck. Wenn ich ihm manchmal abends in der Kellerbar im Wohnheim begegne, wirkt er auf mich recht verlassen, auch wenn er inmitten einiger Leute sitzt, erzählt, trinkt und lacht. Seine Blicke bleiben auch beim Lachen distanziert und abschätzend. In solchen Momenten denke ich, dass ihm die Liebe einer Frau fehlt, die er auch achten kann und dass er sich dies niemals eingestehen würde.

Dann treffe ich ihn eines Abends in der Küche. Er schleicht hustend um den Herd und hat einen Wollschal um den Hals gebunden.

Heiser krächzt er: „Hallo Loulou – wo ist denn hier die verdammte Zitronenpresse?“ Er sieht recht elend aus.

„Du gehörst ins Bett,“ sage ich trocken, nehme ihm die Zitrone aus der Hand und schleife ihn an der Hand in sein Zimmer.

„Ab in die Falle. Ich hole ein Fieberthermometer, du hast ja wohl keins. Dann wird erst mal Fieber gemessen. In der Zwischenzeit mache ich dir deine heiße Zitrone.“

Ihm muss es wirklich schlecht gehen, denn er zeigt kaum Widerstand. „Och, sei doch nicht so streng. Im Bett ist es allein so langweilig ...“

„Uns fällt schon ein, wie wir dich beschäftigen. Jetzt hole ich erst mal das Thermometer.“

Dann koche ich ihm eine ordentliche heiße Zitrone, während er brav unter dem Arm das Thermometer einklemmt. Seine Stirn fühlt sich heiß und trocken an – er hat 39 Grad Celsius. Seine Augen sind klein und leicht gerötet. Er fröstelt trotz dicker Bettdecke und Schlafanzug.

„Soll ich einen Arzt holen?"

„Nee – ist nur Grippe."

„Dann mache ich dir fiebersenkende kalte Wadenwickel, aber wenn das Fieber auf 40 Grad Celsius steigen sollte, hole ich einen Arzt."

„Das ist Erpressung."

„Meinetwegen – jetzt trinke erst mal deinen Fitnessdrink."

Ich grinse ihm aufmunternd zu, als er kläglich das Gesicht verzieht. Dann hole ich zwei kaltnasse Handtücher und wickele diese um seine Waden. Er beschwert sich leicht: „Hui – ist das kalt. Muss das sein?"

„Ja."

Zuletzt stopfe ich überall die Bettdecke fest, lege noch eine Decke von mir darüber und fordere ihn auf, nun ordentlich zu schwitzen.

„Ja Schwester."

„Hast du Hunger?

„Nö."

„Wahrscheinlich hast du doch heute noch nichts gegessen, oder?"

„Erraten."

„Also, dann mache ich uns leckeren Tomaten-Thunfisch-Salat mit reichlich Vitaminen."

Als ich an der Tür stehe und gehen will, trifft mich ein unglaublich liebevoller Blick vom Taugenichts. Ganz überwältigt von seinen Gefühlen, sagt er recht verlegen: „Du – Loulou – mach dir doch nicht soviel Arbeit. Ich weiß sonst gar nicht, was ich sagen soll."

Ich bin so gerührt, dass ich patzig antworte: „Am besten du hälst einfach die Klappe."

In der Küche beim Tomatenschneiden bedaure ich, dass ich nicht netter reagiert habe. Aber ich will Gefühlsduseleien vermeiden und gebe mich dann eher schnodderig als lieb. Ich fürchte nur, der Taugenichts kennt mich so gut, dass er diese Reaktion durchschaut. Nun ja … Es wundert mich ein bisschen, dass keins seiner Herzchen ihren Liebling pflegt. Wahrscheinlich hat Thorsten ihnen nichts erzählt, weil ihre Anwesenheit ihn noch kränker macht oder sie ihn nicht krank erleben sollen. Vielleicht hat er seine Casanova-Phase auch mal wieder beendet und braucht seine Ruhe, um sich von seinem selbstverursachten Stress zu erholen. Wir reden natürlich nicht darüber. Er ist froh, dass ich bei ihm bin und ich bin selbst erstaunt über mich, dass ich mich gern um ihn kümmere. Wir essen recht schweigsam und friedlich den Salat mit Brot. Dazu gibt es Wein, den Thorsten beisteuert. Dann spielen wir Mühle, Dame und Go. Ab und an erneure ich seine Wadenwickel und kitzele ihn an den Füßen.

„Na warte, wenn ich wieder gesund bin,“ droht er gutmütig.

Zuletzt ist sein Fieber auf 37,5 Grad Celsius gesunken. Ich küsse ihn auf die heiße Wange und gehe rüber in mein Zimmer schlafen. In seinem leicht angeschlagenen Zustand scheint der Taugenichts zum ersten Mal eine Art Liebe oder Rührung für mich zu empfinden. Seine Blicke sind jedenfalls so liebevoll und zärtlich, wie ich es noch nie bei ihm bemerkt habe – insbesondere nicht gegenüber seinen vielen Abenteuern. Mir wird klar, dass er auch äußerst sensibel und herzlich ist, aber diese Empfindungen meist gut verstecken kann. So hat der Taugenichts also ein Herz!

Als er wieder gesund ist, gehen wir zum ersten Mal seit einigen Wochen wieder zusammen weg. Jetzt macht er auch im Wohnheim kein besonderes Geheimnis mehr daraus, dass wir uns gut verstehen. Er umfasst sogar einmal meine Taille, als wir zum

Aufzug gehen und gibt mir einen Kuss auf die Wange. Er hat ein nettes, thailändisches Lokal gewählt. Während wir uns durch eine zum Tassengrund hin stetig schärfer werdende Kokossuppe durchlöffeln, beginnt er unvermittelt, mir seine letzten Abenteuer zu erklären.

„Weißt du, Loulou – ich habe den Eindruck, du hast in den letzten Wochen ein falsches Bild von mir erhalten. Ich hatte keine tausend Abenteuer. Die Anja z. B., die war mir viel zu alt und zu langweilig. Und letztens die, die mich öfter mal besuchte, die hatte Krach mit ihrem Freund. Ich kenne sie schon ewig. Sie wohnt mit ihrem Freund zusammen. Wenn Krach war, durfte sie bei mir im Schlafsack auf dem Boden pennen."

„Eine Freundin hatte sie wohl nicht, bei der sie übernachten konnte?"

Unbeirrt redet er weiter: „Ja und die eine Blonde, das ist eine so radikale Emanze, also die würde ich nicht mit der Kneifzange anpacken."

„Und Silke – war mit der auch nichts?"

„Also, ich weiß nicht, was die dir erzählt hat, aber mit der hatte ich einmal einen harmlosen Flirt, sonst nichts. Was kann ich dazu, wenn sie die Situation falsch einschätzt?"

„Meinst du im Ernst, ich glaube dir das?"

„Ja, weil es die Wahrheit ist. Im Übrigen muss ich mich auch nicht vor dir rechtfertigen."

„Genau – darum frage ich mich auch, warum du mir sowas erzählst? Du kannst doch machen, was du willst. Ist mir doch egal."

„Ich will aber nicht, dass du denkst, ich wäre eine Art Casanova, das bin ich nämlich nicht. Aber wie sieht es denn eigentlich mit dir aus?"

„Ja – einmal. Und es hat Spaß gemacht."

„Was? Das passt mir aber gar nicht."

„Soll das ein Witz sein? Du amüsierst dich ständig mit anderen – und jetzt bin ich hier wohl das schwarze Schaf, was?“

„Ich weiß auch nicht, warum mir das nicht egal ist, Loulou.“

„Weil das deine männliche Eitelkeit verletzt. Es ist doch so schön fürs Ego möglichst viele Frauenherzen zu sammeln und unter Kontrolle zu haben. Und jeder Frau erzählst du das, was sie hören möchte, um weich zu werden. Das können Taugenichtse perfekt.“

„Was heißt denn hier Taugenichts? Ich bin schließlich kein Penner, sondern studiere und arbeite.“

„Ich habe dich schon lange heimlich ‚Liebenswerter Taugenichts‘ getauft.“

Ich erkläre ihm, wieso. Es macht ihn verlegen. Er beugt sich zu mir und küsst mich mitten im Lokal.

„Gerade jetzt merke ich mal wieder, dass ich dich unheimlich gern habe,“ stellt er einigermaßen verwundert fest.

„Ich mag dich auch sehr – trotz allem.“

Als wir nach dem Essen die altgewohnte nächtliche Kneipentour machen, legt Thorsten oft den Arm um meine Schultern, als müsse er mich beschützen. Und ich lehne vertrauensvoll meinen Kopf an seine Schulter und streichel seine Hand, die heute abend so fest auf meinen Schultern ruht, als gehöre sie dorthin. Wir haben uns soviel zu erzählen, dass wir bis in die frühen Morgenstunden durch Aachens Nachtlokale ziehen und zuletzt bei mir landen, um den üblichen Absacker zu trinken. Wir sind beide ziemlich gut dabei. Der Taugenichts hält ab und an meine Hand gerade, wenn mein Glas einen gefährlichen Neigungswinkel erreicht und lacht dabei.

„Thorsten, meinst du, ich trinke als Frau zuviel? Eigentlich gehört sich das ja nicht.“

„Ach, das interessiert doch keinen. Im übrigen ist das besser, als die Weiber, die sich zum Essen eine Flasche Wein bestellen lassen und dann am halben Glas rumnippen.“

„Wenn du meinst … Aber manchmal denke ich schon, ich sollte weniger trinken.“

„Soviel ist es doch gar nicht. Wenn ich da an meine abendliche Ration denke … das tut mir später sicher mal gewaltig leid.“

„Warum? Hast du Angst um deine Leber?“

„Die Werte sind O.K. Aber man altert schneller, wenn man sich saufend die Nächte um die Ohren schlägt.“

„Ich finde, wir sehen beide noch recht jung für unser Alter aus. Manchmal glaube ich, wenn man sich amüsiert und sich dabei gut fühlt, dann wirkt sich das eher positiv aufs Aussehen aus.“

„Wäre ja schön, wenn du Recht hast. – Sag mal, bist du nicht auch so langsam müde?“

„Doch – ich muss aber noch mal kurz verschwinden.“

Als ich zurückkomme, hat sich der Taugenichts einfach in mein Bett gelegt und grinst mich so verschlafen an, als würde er die fünf Schritte zu seinem Zimmer gegenüber nicht mehr schaffen. Er nimmt mich in die Arme, als ich mich neben ihn lege.

Ich flüstere: „Du alter Halunke …“ und wir kichern beide, sehr wohl wissend, was ich damit meine, bevor wir einschlafen.

Der Abend tut mir auch später nicht leid, als ich mal wieder Anja bei ihm treffe, weil ich nicht erwartet habe, dass er sich ändert. Trotzdem weiß ich mir keinen Rat mehr, wie ich ihn vergessen soll.

Ich dachte, nach unserer Aussprache seien die Fronten geklärt. Er würde nicht mehr bei mir pennen und ich ihn gegebenenfalls rausschmeißen. Doch nun passiert dies sogar, wenn er eine Freundin hat. Das zeigt mir, wie wenig ihm an ihr liegt, aber auch, wie egal es ihm ist, was ich dabei denke.

Meine Schwäche kann ich noch mit Liebe entschuldigen. Sein Verhalten ist mir dagegen unerklärlich. Daher sind meine Gefühle gemischt und eher traurig. Eines ist jedenfalls sicher: Seine große Liebe bin ich nicht. Aber vielleicht gibt es die ja auch gar nicht …

7
Paris mon amour

Die letzten Erlebnisse mit meinem Taugenichts haben mir klargemacht, dass es besser für mich ist, ihn weiterhin nicht zu sehen. Da er sich nicht für mich entscheiden kann und ich keine Lust habe, mir ständig andere Gesichter vorsetzen zu lassen, beschließe ich, ein Semester im Ausland einzuschieben. Ich finde unerwartet schnell ein passendes Aufbaustudium in Paris. Darauf freue ich mich. Da ein Teilnehmer ausfällt, klappt es überraschend schnell. Schon vier Wochen später reise ich ab.

Als ich mich von Thorsten kurz vor der Abfahrt verabschiede, mault er rum: „Du willst dir wohl einen schönen Lenz in Paris machen und ich soll hier versauern."

„Genau – ich lass dich hier in deinem Harem vergammeln."

„Mensch Susi – willst du mir das wirklich antun?", er flirtet wieder charmant, obwohl es ihm wahrscheinlich recht egal ist, wie oft er mich sieht. Er bedauert höchstens den Verlust der pflegeleichten Verrückten, die immer für ihn da ist ohne eigene Ansprüche zu stellen, sofern es dem Herren beliebt, ihr seine Gunst zu erweisen.

Zum Glück fällt mir das jetzt wieder ein, so dass ich völlig unsentimental antworte: „Keine Sorge Alter – du findest schon genug, die sich zur Verfügung stellen und dich pflegen, wenn du krank bist."

Er wird plötzlich ernst: „Bin ich so schlimm?"

„Schlimm ist das falsche Wort, ach warum reden wir immer so aneinander vorbei," ich habe plötzlich das Bedürfnis, ihm die Wahrheit zu sagen. Jetzt, wo ich sowieso schon in einer Stunde im Zug sitze und Richtung Paris fahre, fühle ich mich dazu mutig genug.

„Wieso – wir sind doch an sich recht ehrlich zueinander," sagt er und scheint es ernst zu meinen.

„An sich ehrlich – das stimmt … Mensch – ich weiß gar nicht, wie ich dir das sagen soll."

Er ahnt, dass es um grundsätzliche Dinge geht. Solche Gespräche sind ihm verhasst. So versucht er auch jetzt abzulenken: „Susel, doch nicht jetzt, so kurz bevor du fährst. Lass uns lieber noch einen Kaffee trinken gehen."

„Nein – gerade jetzt will ich an sich mal ganz ehrlich zu dir sein, ohne zu bedenken, ob dadurch unser Verhältnis gestört wird. Du hast eine Art an dir, am Wegesrand ständig gebrochene Herzen und Chaos hinter dir zu lassen – die finde ich einfach mies. Du bist nett, kannst lieb und charmant sein und sicher bist du auch prinzipiell kein schlechter Kerl. Aber du behandelst jede Frau, der du begegnest, wie ein austauschbares, nettes Accessoire. Ich habe es bisher noch nicht erlebt, dass dir mal jemand etwas bedeutet hätte. Liebe als Spiel, dazu bist du eigentlich zu alt. Das macht man aus Unsicherheit als Teenager."

Der Taugenichts guckt ganz unglücklich und unterbricht mich: „Ich habe halt meine Traumfrau noch nicht gefunden. Aber ich bin auf der Suche, das ist doch in Ordnung oder? Als Single lebt man nun mal zwangsläufig unsolider als in einer festen Beziehung."

„Dann gehörst du also auch zu den ewig Suchenden, die leider, leider immer an die Falsche geraten, aber eigentlich ja eine feste Beziehung wollen? – Nein, nein, das kannst du mir nicht erzählen. Solche Aktionen wie mit Cosima z. B. – was soll das? Die Frau ist total bescheuert und du wärest fast mit ihr im Bett gelandet, obwohl du nichts, aber auch gar nichts an ihr gefunden hast."

„Woher willst du das denn wissen?"

„Das sieht man an deiner Art mit ihr umzugehen. Genau wie deine Frühstücksdamen. Wenn dir an denen was gelegen hätte, dann hättest du sie nicht einfach morgens beim Frühstück allein in unserer Flurküche gelassen, obwohl sie außer dir niemanden kannten."

„Aber Susi ..."

„Nein, jetzt rede ich. Das waren nur zwei Beispiele – ich könnte beliebig fortfahren ... Das weibliche Wesen als Austauschware. Und immer die gleiche, bequeme Tour: Nichts versprechen, nicht drüber reden – dann kann man zum Schluss immer den Unschuldigen rauskehren: ‚Was wollt ihr Frauen denn, war doch klar, dass es eine lockere Sache war.' Oder die zweite Version beliebter Ausreden: ‚Ja weißt du, ich fühle mich noch zu jung für Eheknast und so.' Und zu guter Letzt die dritte Variante der altruistischen Verteidigung: ‚Ich muss so viel lernen, ich habe keine Zeit für was Festes. Du würdest nur unglücklich mit mir.' Oder, was am besten ist: ‚Ich bin nicht reif für eine Beziehung', statt zu sagen: ‚Ich will mich amüsieren.' Daher auch die vorsichtige Wortwahl. Sie sagt: ‚Ich liebe dich' – Du sagst: ‚Ich mag dich auch.' Sie fragt: ‚Wann treffen wir uns wieder?' – Du antwortest: ‚Mal schauen, wie das mit meiner Lern-AG klappt. Vielleicht muss ich auch am Wochenende was tun, am besten wir vereinbaren kurzfristig was. Ich melde mich bei dir.' Du hast immer tausend Hintertürchen und willst dich nicht einfangen lassen, weil du im Prinzip auch keine Traumfrau, sondern Abenteuer suchst. Das ist ja solange O.K., wie die Frauen das genauso sehen, also Blondie, Cosima und Konsorten. Nur solltest du die Frauen, die was Festes suchen, wie z. B. Anja und Silke, in Ruhe lassen und nicht auch noch so nebenbei mitnehmen. Sie haben es einfach nicht verdient, dass du ihre Gefühle, die sie dir entgegenbringen, ausnutzt und mit Füßen trampelst. Ich finde es wirklich das Allerletzte, dass dir ihre Gefühle völlig gleich sind, Hauptsache du kannst eine Szene vermeiden. Überhaupt ist es verwunderlich, dass du mit mir noch relativ korrekt umgehst. Das ist der einzige Punkt, den ich nicht ganz verstehe."

Der Taugenichts sieht langsam aus, als würde er gleich kommentarlos durch die Tür flüchten. Ich bin so wütend und weiß, dass es keinen Sinn hat mit ihm über sowas zu reden. Er sagt nichts. Ich gucke auf die Uhr: „Ich muss gehen – mach 's gut."

Er sieht ein bisschen traurig und einsam aus, scheint nicht zu wissen, was er tun oder sagen soll. Und ich bringe es nicht übers Herz, ihn einfach stehen zu lassen und zu gehen, immerhin für sechs Monate.

Mein Ärger ist auf einmal verflogen. Ich nehme ihn herzlich in die Arme: „Mein lieber Taugenichts, sorry für die Standpauke, es geht mich ja an sich nichts an. Wir wären doch besser Kaffee trinken gegangen."

Er umarmt mich ganz fest: „Ach Loulou, ist schon in Ordnung. Vielleicht hast du Recht, komm ich fahr dich zum Bahnhof."

Im Auto schmollt er noch ein bisschen: „Wieso bin ich eigentlich immer der Taugenichts? Guck' dir doch die Frauen an. Reihenweise sieht man ruinierte Männer und was ist der Grund: eine Frau."

„Ja, die Frauen sind an allem schuld," bekräftige ich und boxe ihn übermütig in die Seite.

„Und rabiat sind sie auch noch, die Weiber."

„Apropos – rabiat. Da fällt mir ein, in mein Zimmer zieht eine Pädagogikstudentin ein, die als Hobby Judo macht. Da kannst du mal eine wirklich rabiate Frau kennenlernen."

„Wieso hast du denn dein Zimmer aufgegeben?"

„Weil ich nicht sechs Monate lang zwei Buden bezahlen kann."

„Und wo ziehst du hin, wenn du wiederkommst?"

„Das wird sich finden."

„Aber dann fehlt ja unsere netteste Flurbewohnerin," der Taugenichts gibt sich ehrlich schockiert.

„Du wirst darüber weg kommen."

Er trägt meine Koffer ins Abteil und wuchtet sie auf die Gepäckablage. Seine schmeichelnde Art erleichtert mir den Abschied von ihm.

„Paris ist ja nicht weit, ich komme Madame mal besuchen," schlägt er vor.

„Mich oder die Pariserinnen?“

„Du bist doch auch Französin, Loulou. Und lass du die Franzosen in Ruhe.“

Kurz bevor er aussteigen muss, nimmt er mich in die Arme und küsst mich wenig brüderlich auf den Mund. Dann stellt er sich vor das Fenster. Der Zug fährt los.

„Ciao.“

„Ciao.“

Ich ziehe abrupt das Fenster zu. Das Abteil ist zum Glück leer. Ich krame energisch ein Buch über Paris aus der Tasche und beginne zu lesen. Nur nicht heulen. Ach, Paris, ohne ihn … Wie werde ich damit zurecht kommen? Wird es mir gefallen?

Der Sackbahnhof in Paris ist für eine Weltstadt erstaunlich klein. Bei der Einfahrt des Zuges erblicke ich kurz die weißen Umrisse des Sacré Coeur auf dem Montmartre, die aber bald hinter Häuserkulissen verschwinden. Müde und neugierig zugleich schleppe ich meine beiden Koffer in die Metroschächte, ängstlich darauf bedacht, mich nicht zu verfahren. Womit ich nicht gerechnet habe, sind die langen Treppen, die die z. T. untereinander liegenden U-Bahnlinien verbinden. Die U-Bahn heißt hier Metro. Wenn ich geahnt hätte, dass es nicht nur Rolltreppen und Aufzüge gibt, hätte ich den zweiten Koffer per Bahngepäck geschickt oder mir später mitbringen lassen. Unerwartet zeigen sich jedoch die Franzosen recht hilfsbereit und packen mit an, wenn sie zufällig den gleichen Weg haben. Die hohen, leicht vergammelten Häuser am Montmartre haben teilweise keine Hausnummern, so dass ich eine Weile suchen muss, bevor ich meine Adresse finde. Mein Domizil für die nächsten sechs Monate ist recht klein und dunkel, dafür sauber. Die Möbel sind unmodern, aber solide. Zwei schmale, hohe Lamellentüren führen auf einen winzigen Austritt zur Straße hin, der mit verschnörkelten schmiedeeisernen Gittern umgeben ist. Zwei winzige Holzstühle mit Bastbespannung passen darauf. Immerhin kann man so mal draußen sitzen. Die Flurdusche ist auch in Ordnung. Das französische Wasserstehklo befindet sich in einem Extraraum und ist gewöhnungsbedürftig. Als ich meine Sachen einräume, denke ich an meinen Einzug ins Aachener Studentenwohnheim. Dann probiere ich die Dusche aus, ziehe mich nett an, schnappe mir eine hübsche Tasche und gehe einkaufen. Auf dem Flur treffe ich eine Zimmernachbarin, die mir erzählt, wo hier die Geschäfte sind. Ich nicke lächelnd, obwohl sie für meine Sprachkenntnisse viel zu schnell gesprochen hat. Gut gelaunt gehe ich auf Entdeckungsreise. Jetzt hätte ich gern einen frechen, breitkrempigen Sommerhut. Ich beschließe, mir einen zu kaufen, wenn ich einen finde, der mir gefällt. Die Tasche füllt sich mit Baguette, Eiern, Butter, Rotwein, Wasser, Klopapier, Marmelade, Wurst, Joghurt, Obst und Gemüse, bis ich sie kaum mehr tragen kann. Im Flur steht ein größerer Gemeinschaftskühlschrank, wo jeder eine Etage zur Verfügung hat. Meine ist nun gesteckt voll. Mittlerweile habe ich aber auch Hunger. So setze ich mich gemütlich auf meinen Minibalkon, beiße voller Appetit in das krachend knusprige Baguette und schneide mir dazu Wurststückchen ab. Neben mir steht die erste Weinflasche, die ich mir in Paris leiste. Als es dämmrig wird, hole ich mir eine Decke auf den Balkon. Von der Straße klingen melodische Satzfetzen zu mir hoch. Ich kuschele mich ein und weiß: Paris ist meine Stadt. Ich fühle mich hier schon jetzt sehr heimisch.

Am nächsten Tag beginnt der sechswöchige Sprachunterricht, der mich sprachlich besser auf das Semester vorbereitet. Wir sind nur zu zehnt. Der Kurs ist anstrengend, weil jeder oft drankommt. Dementsprechend machen wir alle auch gute Fortschritte.

Wir kommen aus verschiedenen Ländern. Der Unterricht wird vollständig in Französisch abgehalten. Die Truppe ist recht lustig und unsere resolute, zierliche Sprachmadame sorgt geschickt dafür, dass wir uns bald recht gut kennenlernen. Jeder ist neugierig zu erfahren, wo die anderen herkommen. Die Lehrerin veranstaltet direkt am ersten Wochenende bei sich im Haus ein mehrgängiges Essen und eröffnet uns beim Aperitif: „So Kinder, und nun seid ihr dran. Jeweils zwei Leute dürfen sich zusammentun und sich für die verbleibenden fünf Wochenenden ein Programm überlegen. Wir können zusammen ins Kino gehen, uns Paris ansehen oder zusammen picknicken. Es besteht kein Teilnahmezwang, aber es sollte immer etwas angeboten werden." Dabei lacht sie uns charmant an.

„Hola Senora," sagt der Spanier Joaquim, „das wird aber schwierig."

„Das schafft ihr schon."

Und sie behält Recht. Mit der Zeit lernen wir auch Pariser Bürger kennen. Am besten komme ich mit Pierre und Marcel aus. Während Marcel mit seinen dunklen Locken und Augen typisch südländisch aussieht, könnte der blonde Pierre auch Deutscher oder Holländer sein. Marcel ist ein unkomplizierter Gesellschaftsmensch. Es macht ihm Spaß, uns seine Heimatstadt zu zeigen und uns seinen Freunden vorzustellen. Pierre ist dagegen eher ein eleganter Konservativer mit trockenem Witz. Stillschweigend wird es zur Gewohnheit, sich gegen 20.00 Uhr in einer Eckkneipe einzufinden, dort ein wenig zu trinken und mit den Erschienenen zu überlegen, was mit dem angebrochenen Abend zu tun ist. Wir sitzen draußen am Straßenrand an kleinen runden Eisentischen auf Korbstühlen, bestellen „bière pression, vin rouge, blanc, rosé oder limonade" und schauen zufrieden den vorbeigehenden Leuten nach. Dann erörtern wir, ob und wo wir essen gehen, ob wir uns mit Baguette, Käse und Wein auf die Treppen vor Sacré Coeur setzen und über das nächtliche Paris schauen oder ob wir uns in eine Disco stürzen und dort austoben sollen. Oft hat Marcel gute Ideen. Am letzten Tag unseres Sprachkurses schleppt er uns zu Chartiers, einem uralten, bahnhofsähnlichen Restaurant mit Tradition. Draußen steht eine Schlange hungriger Menschen, doch Marcel winkt ab: „Das dauert nicht lange."

Tatsächlich geleitet uns schon zehn Minuten später ein Köbes à la Degraa in Aachen zu einem gerade frei gewordenen Tisch. Die Essensreste kippt er beim Geschirrabräumen großzügig auf das Papiertischtuch, auf dem auch die Rechnung der letzten Gäste geschrieben steht. Dann wird alles zusammengefaltet und vom Tisch gezogen. Eine neue Papiertischdecke mit Gläsern, Tellern und Besteck und schon sitzen wir an einem neu gedeckten Tisch. Die Karten kommen zusammen mit einem Korb voll frischer Baguettescheiben. Es ist nett und hektisch. Die Ober tragen lange weiße Stofftücher, auf denen sich ihr Arbeitstag abmalt. Sie hechten nur so von Tisch zu Tisch und scheinen ständig drei Arbeiten gleichzeitig auszuführen. Sie brüllen sich quer durch den Saal ihre Bestellungen zu und sind recht aufmerksam beim Baguettenachfüllen und Weinnachschenken. Das Essen ist einfach, reichhaltig und billig.

„Heute müssen wir unbedingt noch zum Sacré Coeur hoch. Da ist Session," sagt Marcel, der wie immer bestens informiert ist.

Sally hat Stöckelschuhe an und besteht darauf, Metro zu fahren, obwohl wir lieber zu Fuß gehen würden.

Joaquim gibt sich als Gentleman: „Ja, lasst uns ruhig ein bisschen Metro fahren. Dafür sind ihre Schuhe auch hübsch."

Sally beeilt sich, peinlich berührt, zu sagen: „Also, das nächste Mal ziehe ich bequemere Schuhe an."

Joaquim mustert nach dieser Ankündigung bedauernd ihre hübschen Beine, deren Formen durch die Pumps wirkungsvoll unterstrichen werden und murmelt gedankenverloren: „Brauch 'ste nicht …"

Sally ist die einzige Engländerin in unserem Kurs. Sie lebt uns Höflichkeit in allen Lebenslagen vor, um die ich sie manchmal beneide. Während mir öfter Kommentare rausrutschen, die mir später leidtun, bleibt sie in jeder Situation gelassen. Allerdings ist sie sehr eitel und bringt damit manchmal den Rest der Clique zur Verzweiflung. Als wir wieder einmal hungrig auf sie warteten, gingen wir ohne sie. Sally verbringt ohne Mühe eineinhalb Stunden im Bad und vor ihrem vollen Kleiderschrank und jammert, sie habe nichts anzuziehen. Oder sie zieht sich in letzter Minute wieder um, obwohl sie bereits wie geleckt vor uns stand. Ansonsten ist sie aber sehr lustig und für alles zu begeistern.

In der Metro treffen wir zwei Gitarrenspieler, die ganz gut spielen. Wir nehmen sie mit zur Session. Am Rand der engen Straße, die zum Sacré Coeur hoch führt, hat um diese Zeit noch ein kleiner Gemischtwarenladen auf. Marcel schlägt vor, dort einige Weinflaschen einzukaufen. Bestens versorgt stiefeln wir die vielen Treppen hoch. Sally nimmt die Zahnradbahn, was ich angesichts ihrer hohen Absätze verstehen kann. Joaquim begleitet sie gutmütig.

Oben herrscht dichtes Gedränge. Fliegende Händler bieten Lederartikel und Schmuck oder Getränke feil und sind jederzeit bereit, ihre Decken zusammenzuraffen und das Weite zu suchen, falls sich ein Polizist nähern sollte, der ihre nicht vorhandene Gewerbeerlaubnis sehen möchte. Wir suchen uns ein freies Plätzchen. Unsere beiden Musiker klimpern vor sich hin und ich flegele mich mit einer Flasche Rotwein in der Hand zwischen Pierre und Marcel. Die Lichter von Paris leuchten vertraut herauf. Wir versuchen anhand der Lichter die großen Gebäude zuzuordnen, was nicht ganz einfach ist.

Marcel und ich teilen uns den Wein und schauen schweigend auf die dunklen Häuserumrisse. Irgendwann legt er den Arm um meine Schulter und ich kuschele mich an ihn. Wir sind wirklich gute Freunde und mehr nicht. Ich fühle mich sehr wohl in dieser Stadt und bin froh, unabhängig zu sein.

Flüchtig schicke ich dem Taugenichts in Aachen ein paar milde Gedanken. Ich hoffe, es geht ihm gut. Bisher habe ich ihm nicht geschrieben und er hat sich ebenfalls nicht bei mir gemeldet. Obwohl ich also seit sechs Wochen nichts von ihm gehört habe, lässt mich dies merkwürdig gleichgültig. Statt traurig zu sein, genieße ich mein Leben hier und insbesondere solche stillen Abende wie heute.

Trotz aller Freizeitvergnügungen kommt das Lernen nicht zu kurz. Ich schreibe recht gute Klausuren und beschließe daraufhin, mir im Kaufhaus „La Fayette" endlich den eleganten Sommerhut zu leisten, den die Pariserinnen tragen. Ich mag diesen Edel-Einkaufs-Tempel, auch wenn ich mir dort derzeit kaum etwas kaufen kann. Er bietet auf sechs Etagen stilvoll Markenware feil. In den schmalen Rundbogengängen kann man an den Vitrinen der unterschiedlichen Designer vorbeischlendern. Die Mitte des Kaufhauses ist frei wie in einem Theater mit Blick nach oben auf die blau-rote Glaskuppel, die eine kirchenartige Atmosphäre ausstrahlt. Begehrlich betrachte ich zarte Seiden-BH-Kreationen in Pastelltönen mit Spitze, Biesen, Geflecht und Schnörkeln. Mit ihnen wird der Körper zum Kunstwerk, wird der Busen noch attraktiver, für Männerblicke unausweichlich. Irgendwann möchte ich mal so viel Geld verdienen, dass ich hier einkaufen kann, ohne besonders auf die Preise zu achten. Wozu studiere ich sonst und verzichte jahrelang auf einen angemessenen eigenen Verdienst? Ich finde einen breitkrempigen, sattroten Hut, der sich unerwartet elegant auf meinem Kopf ausnimmt und gehe damit ganz glücklich nach Hause.

Manchmal schlendere ich abends allein durch die verwinkelten Gassen im Quartier Latin, trinke ab und an einen Café au lait oder fahre mit einem Boot über die Seine. Das französische Savoir-vivre kommt mir sehr entgegen. Ich liebe die Gärten mitten in Paris, die von hohen schmiedeeisernen Gittern umgeben sind und abends geschlossen werden. Tagsüber sitzen Mütter, Studenten, Touristen und Rentner auf den Bänken im Schatten alter Bäume und schauen beim Plausch den Kindern zu, die dort mit ihren Freunden spielen. Liebespaare umgeben sich mit der Aura: „Wir gegen den Rest der Welt" und wandeln mit entrückten Blicken über die weitläufigen Alleen. Es ist friedlich und ich lese hier gern, wenn ich nicht lernen will. So vergehen die Tage und Abende im Nu. Im Französischkurs verstehen wir uns gut und ich genieße eine stressfreie, unbeschwerte Zeit.

Als Marcel ungeschickterweise erzählt, dass er bald Geburtstag hat, wird er genötigt, uns einzuladen. Er will gar nicht feiern, kann nun aber keinen Rückzieher mehr machen und fügt sich gutmütig in sein Schicksal, als wir anbieten, dass jeder etwas zu essen und zu trinken mitbringt.

8
Achim

Wir treffen uns in Marcels Zimmer, kochen unter viel Gelächter und Weinkonsum und essen auf dem Boden sitzend, weil Marcel nicht genug Stühle für uns alle hat.

Meine Sprachfehler und mein Akzent erheitern die Franzosen. Mittendrin schneit Achim rein – wie immer kommt er zu spät. Achim ist ein alter Freund von Marcel, der beruflich alle zwei Monate in Deutschland und in Paris lebt. In einem betont unmodernen Trenchcoat mit Arbeiterfrisur der 50er Jahre flegelt er sich neben mich. Ohne uns zu fragen, will er sich eine Zigarette anzünden. Pierre nimmt sie ihm aber einfach aus der Hand.

„O.K. – hast gewonnen, Pierre," bequemt er sich zu sagen.

„Gar nicht eingebildet, was?" mische ich mich ein.

„Ich mag mich halt und ich will mein Leben genießen."

„Ich auch – aber nicht um jeden Preis."

„Du denkst zuviel."

„Kann sein – aber unterscheidet uns das Denkvermögen nicht von den Tieren?"

„Es tut auch mal gut, ein Tier zu sein."

Die Vorstellung gefällt mir, Achim übrigens auch, aber ich versuche, mir das nicht anmerken zu lassen.

„Kannst du Schach spielen?" fragt er in meine leicht abschweifenden Gedanken hinein.

„Ja."

„Marcel hat nebenan ein Brett stehen – komm lass uns spielen."

Wir gehen in den Nebenraum. Er gewinnt dreimal hintereinander, womit ich gerechnet habe, da meine letzte Schachpartie schon Jahre her ist und ich mich nur mühsam an die Spielregeln erinnere. Zuletzt besorgt er uns eine Flasche Rotwein und zwei Gläser. Wir setzen uns auf den kleinen bauchigen Steinbalkon mit dem schmiedeeisernen Gitter. Ich vergesse Marcel und die anderen. Achim gibt seine gespielte Rauhbeinigkeit mit jedem Glas Rotwein mehr auf und entpuppt sich als netter, lieber Junge, wie ich es erwartet habe.

„Warum bist du nicht immer so?“ frage ich ihn.

Zum Glück versteht er, was ich meine und versucht ehrlich zu antworten: „Das Leben verlangt von einem Mann eine gewisse Härte und Überlegenheit. Am leichtesten ist es, man gibt sich überlegen in allen Lebenssituationen. Schwäche kann sich kein Mann leisten, weder im Beruf, da wird er dann gleich abgesägt, noch privat, da gilt er dann als Softie.“

„Glaubst du wirklich, dass das männerspezifisch ist? Meinst du nicht, dass Frauen im Beruf auch recht hart werden? Oder welcher Mann ist begeistert, wenn eine Frau weint? Die meisten wissen doch dann gar nicht, was sie tun können, außer zu sagen: ‚Nun wein doch nicht. Wir kriegen das schon geregelt.‘ “

„Immerhin dürft ihr weinen, wir aber nicht und dabei ist uns manchmal auch zum Heulen.“

„Wir haben ein komisches Thema drauf. Die Nacht ist so schön.“

„Beklag dich nicht – du hast damit angefangen.“

„Hast recht. An sich wollte ich dir nur sagen, dass ich es schon lange aufgegeben habe, mich zu verstellen und damit ganz gut leben kann. Vielleicht solltest du das auch mal versuchen.“

„Was machst du mit Intriganten?“

„Das ist natürlich schwierig – aber auch denen gegenüber siegt letztlich die Ehrlichkeit.“

„Hmm.“ Achim schweigt und sieht gedankenverloren über das nächtliche Paris. Ich betrachte ihn erstmalig genauer. Er ist hübsch. Volle Lippen, dunkle Haare, dunkelbraune Augen und durchtrainierte Figur. Ich mag sportliche Männer. Sie gefallen mir viel besser, als schmächtige, bleichgesichtige Papiertiger. Langsam wird es auf dem Balkon kühl. Ich beginne leicht zu frösteln. Achim merkt es sofort, geht ohne ein Wort zu sagen eine Jacke holen und legt sie mir um die Schultern. Wir prosten uns zu, er legt den Arm um mich und erklärt mir die Sterne, angefangen beim Gürtel des Orion, der als schräge Grade von drei Sternen leicht erkennbar ist, bis hin zur Deichsel des Großen Wagens, die den Seefahrern als Orientierung dient. Davon hat er erstaunlich viel Ahnung. Ich frage mich, ob er sich dieses Wissen aus Interesse angeeignet hat, oder für solche Momente wie jetzt ... Eigentlich sollte mir das egal sein – ich fühle mich sehr wohl neben ihm.

„Frierst du noch immer?“ fragt er mitten in meine Gedanken hinein.

„Ist nicht so schlimm – ich sitze gerne draußen. Frierst du denn?“

„Ein bisschen, mehr innerlich.“

„Fühlst du dich etwa einsam?“

„Ja, und du?“

„Mir geht es heute abend genauso.“

Achim sieht mich mit einem gewissen Blick an, der ungeahnte Gefühle in mir weckt. Wir küssen uns lange und vergessen die nächtliche Kühle.

Dann sagt er: „Komisch – eigentlich bist du gar nicht der Typ für sowas.“

Ich weiß, was er meint, gehe aber nicht darauf ein. Unser stillschweigendes Einverständnis, die Einsamkeit gemeinsam zu vertreiben, fasst er noch in Worte: „Ich mag dich Susanne. Nicht denken, lieb' mich.“

Wieder küssen wir uns und ich spüre, wie ich seinen Vorschlag übernehme und nur noch meinem Bedürfnis nach Liebe und Nähe nachgebe. Ob nun echte oder falsche Nähe ist mir ganz egal, ebenso was morgen ist. Ich lebe heute und es zählt nur diese Nacht mit ihm. Wir verabschieden uns von den anderen und verschwinden Arm in Arm. Wir schämen uns nicht, unsere Gefühle offen vor den anderen zu zeigen. Die Nacht vergeht voller Zärtlichkeit und Leidenschaft. Müde und glücklich liegen wir nebeneinander. Achims

Augen sind voll Sehnsucht und versteckter Bitterkeit. Ich weiss, dass ich damit nichts zu tun habe.

So frage ich ihn: „Was hast du denn – Liebeskummer?"

„Ja, meine Freundin hat mich vor einer Woche rausgeschmissen."

Er schweigt eine Weile. Mir ist es völlig gleichgültig, ob Achim eine Freundin hat oder hatte. Diese Nacht steht so völlig außerhalb sonstiger Beziehungen, dass sie keine bestehenden Bindungen gefährden wird.

Achim redet traurig weiter: „Sie will mich vier Wochen lang nicht sehen, damit sie sich in aller Ruhe überlegen kann, ob sie mich noch haben will."

„Sie hat sicher ihre Gründe, oder?"

„Ja, ich lande schon mal ab und an in fremden Kisten."

„Und warum sagst du ihr das?"

„Ich sags ihr ja nicht, aber sie hat dafür irgendwie einen siebten Sinn und wenn sie mich fragt, kann ich sie nicht anlügen."

„Hmm – so hätte ich dich auch eingeschätzt."

„Wieso? Das steht mir ja nicht auf der Stirn geschrieben?"

„Für mich schon und jetzt sowieso. Überlege doch mal, wo wir gerade sind."

Wir müssen beide kichern

„Du gehörst halt zu den Männern, die ich liebenswerte Filous nenne. Du willst einerseits eine feste Freundin haben und andererseits auch noch andere Frauen kennenlernen. An deiner Dauerfrau liegt dir wahrscheinlich sehr viel – aber sie muss dir sehr viel Freiheit lassen, damit du dich von ihr nicht eingeengt fühlst. Sie soll deine Affären akzeptieren – am besten, sie erfährt nichts davon. Ansonsten muss sie tolerant sein. Und du betrachtest sie als deinen ruhenden Pol im Leben. Bei ihr brauchst du dich nicht zu verstellen. Ihr kennt euch sehr gut – auch eure Schattenseiten. Du weißt, dass du ihr mit deinen Affären wehtust und kannst es doch nicht lassen. Wenn sie sich jetzt von dir trennt, ist das für dich unvorstellbar.“

Achim sieht mich sehr traurig an: „Du bist eine gute Psychologin. So klar habe ich alles selbst noch nicht gesehen. – Sie tut dir leid, hm?“

Ich denke an meinen Taugenichts zu Hause, an all die schönen, lustigen Stunden, die wir verbracht haben und schüttle nur wortlos den Kopf.

Achim küsst meine Schulter und fragt: „Was soll ich tun?“

„Willst du einen praktischen Rat oder eine unrealistische Antwort?“

„Beides.“

„Die unrealistische Antwort lautet: Hör auf mit dem Fremdgehen, versuch dich zu ändern und heirate sie, denn sie liebt dich so sehr, dass sie es bisher vorzog, dich mit anderen zu teilen, als dich ganz zu verlieren. Mit dieser Frau hast du gute Chancen glücklich zu werden. Sie ist nicht nur sonnenscheintauglich. Und jetzt der praktische Rat: Da du dich noch zu jung fühlst, um dich zu binden, solltest du dir genau überlegen, was diese Frau für dich bedeutet. Du musst dir darüber klar werden, ob du mit ihr künftig jemals eine feste Bindung eingehen willst. Dies solltest du offen mit ihr besprechen. Dann kann sie sich entscheiden, ob sie sich weiterhin auf dich einlässt oder sich einen anderen sucht, der sich eher für sie entscheiden kann. Jedenfalls wird damit der für sie unerträgliche Schwebezustand beendet.“

„Du bist eine kluge Frau, Susanne und hübsch. Ich mag dich.“

„Du könntest mir aber auch eine Frage beantworten. Warum seid ihr Taugenichtse so? Das kann ich einfach nicht verstehen.“

„Was meinst du denn?“

„Mal ehrlich, Achim. Ich frage aus einem bestimmten Grund. Ich war bisher auch so eine Art heimliche Dauerfrau, allerdings rein platonisch. Das ging solange gut, bis ich mich in meinen Taugenichts verliebte. Letzteres war übrigens der Anlass meines Parisaufenthaltes. Ich wollte einfach weg von ihm."

„Warum verliebst du dich denn in so einen? Das hätte ich von dir nicht gedacht. Du wirkst so rational."

„Darüber habe ich auch viel nachgedacht. Vielleicht gerade deshalb. Er ist immer so lustig, wir haben so viele verrückte Sachen zusammen unternommen, z. B. eine idiotische Kunstausstellung progressiver Architekturstudenten mit anschließender Badeparty bei einem Kunstmäzen besucht. Mein Leben ist auch ohne ihn interessant gewesen. Ich habe selbst auch viele witzige Dinge erlebt, aber mit ihm macht mir alles mehr Spaß. Weißt du, Achim, ich habe mir mal überlegt, wie eigentlich mein Traummann sein sollte und bin dann gedanklich alle Bekannten und Freunde durchgegangen. Interessiert dich das überhaupt?"

„Ja – sogar sehr. Erzähl weiter."

„Nun, ich habe sehr schnell eine grobe Zweiteilung vorgenommen: Die einen sind zwar vielleicht objektiv die idealen Partner, solide, zuverlässig, treu, höflich, bringen dir kleine Geschenke mit, wenn sie dich besuchen, haben feste Zukunftsvorstellungen. Aber sie sind unglaublich langweilig: Sie wissen schon heute, wo sie mal arbeiten, wieviel sie ungefähr verdienen, haben einen Bausparvertrag (der kluge Mann baut vor), den sie für ihr höchstes Lebensziel, ein Einfamilienreihenhaus, nutzen wollen. Sie wollen nicht mehr als zwei Kinder haben, erwarten meistens, dass ihre Frau später zu Hause bleibt und sich freut, wenn sie von der Arbeit nach Hause kommen. Dann ziehen sie ihre Schuhe aus, erfreuen sich an der Sauberkeit des Hauses und erwarten geschmierte, liebevoll angerichtete Bütterchen mit einem Pülleken Bier und Erdnüssen, sonst ist ihnen der Abend versaut. Teilweise wissen sie schon, wo sie mal begraben sein möchten."

Achim grinst belustigt: „Mit anderen Worten: Der perfekte Nachwuchsspießer."

„Genau, aber solide!"

„So, und wie sind die anderen?"

„Das sind die Taugenichtse, die man nochmal in schlechte und liebenswerte Filous unterteilen kann. Die schlechten Taugenichtse lassen mich ebenfalls völlig kalt: Sie gehen total rücksichtslos durchs Leben, machen sich über nichts außer sich selbst Gedanken und sehen überall nur ihre Vorteile. Oft sind es narzisstisch veranlagte Schönlinge, die überaus großen Wert auf Äußerlichkeiten legen. Sie treiben Sport, um fit zu sein, aber nur Sportarten wie Ski, Tennis etc. Sie geben viel Geld für Mode und ihr Vergnügen aus. Sie leben gern auf Kosten anderer und finden das außerordentlich pfiffig, wenn sie auf diese Weise Geld sparen. Stolz besitzen sie wenig, außer was ihr Aussehen betrifft. Sie werden dir nie einen Gefallen tun und in Schwierigkeiten werden sie immer etwas anderes zu tun haben, als dir zu helfen. Muss eine Frau wegen ihnen abtreiben, ersparen sie sich sogar den Besuch im Krankenhaus. Der könnte unangenehm sein. Es sind mit anderen Worten richtige Charakterschweine."

„Aber ich zähle ja wohl nicht dazu oder?" fragt Achim leicht beunruhigt.

„Ich denke nicht – sonst wäre ich nicht hier. Und nun komme ich zu den liebenswerten Taugenichtsen: Sie sind unkompliziert, voller Charme, lieben die Menschen, sich selbst, das Leben, sind meist gütig und sozial eingestellt, was sie aber niemals zugeben würden. Sie handeln und helfen, wo es nötig ist, ohne dies an die große Glocke zu hängen. Sie sehen das Leben meist recht locker, nehmen Probleme nicht so ernst, sind von Grund auf Optimisten und haben auf die meisten anderen Menschen eine sympathische Ausstrahlung. Freizeit ist für sie schon sehr wichtig, aber wenn mal viel

Arbeit anliegt oder Freunde Probleme haben, verzichten sie auf ihr Vergnügen. Sie verdienen ihren Lebensunterhalt, Nassauertum ist ihnen zuwider. Sie haben wenig Respekt vor finanzieller Absicherung und geben auch schon mal zuviel Geld aus. Sie verleihen andererseits großzügig ihr Geld an Freunde und führen darüber kein Buch. Wenn sie ihr Geld nicht zurückbekommen, ist es auch nicht weiter schlimm. Sie planen ihr Leben recht kurzfristig."

„Und wo ist das Problem?" fragt Achim.

„Ihr Knackpunkt heißt Intimität. Sie haben eine unglaubliche Angst davor, andere Leute an sich herankommen zu lassen. Sie fürchten, sich lächerlich zu machen, wenn sie von sich selbst erzählen. Sie wollen ihre Probleme und wunden Punkte für sich behalten, um niemandem eine Angriffsfläche zu bieten. Ihnen geht es grundsätzlich gut, aber Nähe können sie nicht zulassen. Manchmal glaube ich, sie sind in diesem Bereich noch archaisch strukturiert. Jeder Freund könnte mal dein Feind werden und dann weiß er besser nichts von dir. Nur engsten Freunden vertrauen sie sich in seltenen Momenten einmal an, und dann auch nur, wenn sie vorher mit Samtpfötchen dazu gebracht werden oder schon ziemlich angetrunken sind. Daher haben sie auch ständig Theater mit Frauen. Als Ästhet und Lebensgenießer lieben sie Frauen. Sie schauen gern hinter ihnen her, empfinden sie als Bereicherung ihres Lebens und streben ständig nach Beziehungen zu ihnen. Nur wenn sie ihr Ziel erreicht haben, überwältigt sie wieder ihre Angst vor allzu großer Intimität. Sie haben den Frauen charmante Liebeserklärungen gemacht und das auch ernst gemeint, als sie es sagten. Nur tut ihnen dies bald leid, wenn die Frauen allzu verliebt sind. Sie fürchten sich vor allzu festen Bindungen, obwohl sie sich im Grunde auch danach sehnen. – Und nun sag mir, was kann eine Frau tun, die so einen Charmebolzen liebt, um ihn zu behalten?"

„Das ist nicht so einfach, vielleicht gar nichts. Wenn er immer so bleibt, nutzt der Frau ihre Liebe nichts, dann sollte sie ihn besser vergessen. Wenn er allerdings Ansätze der Änderung zeigt, dann hat sie nur eine Chance: Wie Oma schon riet: Ihm nicht auf den Pelz rücken, ihm seine Freiheit lassen, solange er ihr nichts verspricht, für ihn da sein, wenn er sie braucht, vorausgesetzt, ihr eigenes Leben wird nicht eingeschränkt. Ich würde so einer Frau raten, sich auch anderweitig umzusehen. Entlieben geht ja nicht so einfach, aber viele andere Leute kennenlernen, schadet nichts. Vielleicht wird er mal eifersüchtig?“

„Ach, Achim …“

Wir sehen uns beide an, nehmen uns fest in die Arme und schlafen irgendwann ein. Es tut gut, als Frau begehrt zu sein. Ich bin glücklich. Wir wissen beide, dass dieser Nacht keine Fortsetzung folgen wird.

Schon um 7.00 Uhr steht Achim vorsichtig auf, um mich nicht zu wecken. Ich werde aber trotzdem wach.

Als er es merkt, kommt er noch mal ans Bett zum Schmusen: „Ausgeschlafen, Susn?“

„Hmm – nicht ganz. Aber du ja wohl auch nicht, oder?“

„Nöö – ich muss leider arbeiten gehen.“

„Hätt 'ste was gesagt, dann hätte ich uns noch Frühstück gemacht.“

„Oder wärst nicht mitgekommen – aus lauter Rücksicht auf mich, hm?“

„Ja vielleicht.“

„Ach Susanne. Du bist wirklich eine herzensgute Frau, so eine trifft man heute selten. So, jetzt muss ich aber weg. – Schlaf dich aus und bedien dich beim Frühstück. Es ist alles da. Wenn du frische Brötchen haben willst, direkt an der Ecke rechts ist eine Boulangerie.“

Er gibt mir einen liebevollen Abschiedskuss und hält mich dabei sehr fest. Ich schlafe sofort wieder ein. Zwei Stunden sind einfach zu wenig, um fit für den Tag zu sein. Den Vormittagskurs lasse ich heute großzügig ausfallen.

9
Unverhoffter Besuch

Nachdem ich mich durch den Nachmittagskurs gequält habe, beschließe ich, recht früh schlafen zu gehen.

Schon um 20.00 Uhr liege ich flach, als es an der Tür klingelt. Ich habe keine große Lust zu öffnen, weil ich keinen Besuch erwarte. Aber es könnte ja auch einmal wichtig sein. Immerhin habe ich kein Telefon. So luge ich verschlafen aus meiner hohen Zimmertür, wer sich die knarrende Holztreppe hocharbeitet. Als ich ein fröhlich-unbeschwertes Pfeifen höre, werde ich plötzlich hellwach. Das kann doch nicht wahr sein. Und doch: Er ist es. Der Taugenichts strahlt mir entgegen, ein bisschen unsicher, was ihn bei mir ohne Voranmeldung erwartet.

„Hi, ich hoffe, ich störe nicht." sagt er.

Ohne an meine spärliche Bekleidung zu denken, öffne ich die Tür.

„Ca ne fait rien, mon cher. Mensch ist das eine Überraschung."

Er hebt mich hoch vor Freude. Als er mich fest in die Arme schließt und meinen Rücken streichelt, fällt mir auf, wie sehr ich ihn vermisst habe, ohne mir das einzugestehen.

„Was machst du denn in Paris?" frage ich überglücklich.

„Lass uns erst mal reingehen. Du solltest dir vielleicht etwas mehr anziehen. Soll ich solange auf dem Flur warten?"

„Lächerlich ..."

Ich ziehe mein elegantestes Kleid aus dem Schrank und er erzählt: „Ich muss hier einen Freund abholen, der hat eine Autopanne. Und da dachte ich, schau ich mal nach, was Loulou hier so treibt."

„Das ist ja lieb von dir. Wo ist denn dein Freund jetzt?"

„Er wartet unten in einer Kneipe. Ich wusste ja nicht, ob du zu Hause bist."

„Normalerweise wäre ich jetzt auch nicht hier, aber ich habe gestern nacht zuwenig geschlafen."

„Aha, erwischt! So sieht also dein Studium aus."

„Willst du nicht deinen Freund holen?"

„Wir sollten alle drei essen gehen. Wir haben beide ziemlichen Hunger. Ich bin auch erst seit zwei Stunden hier. Mittlerweile weißt du doch wohl, wo man gut essen kann, oder?"

„Ja, aber besser ist es, wir schließen uns meinen Freunden an. Die wollten heute essen gehen und dann kannst du die gleich mal kennenlernen."

„Nichts dagegen, Madame."

Während ich kurz Wimperntusche, Rouge, Lippenstift und Parfum benutze, schaut sich Thorsten interessiert mein Zimmer an.

„Ist ja ganz nett hier, vor allem der Balkon," stellt er dann zufrieden fest.

Ich schnappe mir meinen schicken Hut, er hat heute Premiere, und drehe mich kess vor Thorsten.

„Gefällt dir der Hut?"

„Willste Pariserin werden?"

„Du kannst mir ruhig mal was Nettes sagen."

„Hm, sieht ja ganz passabel aus, auch der neue Kittel, den du anhast."

Ich muss ihn nochmal umarmen, bevor wir losgehen. Ich freue mich so sehr, ihn zu sehen, ich bin ganz aus dem Häuschen. Seinen Freund habe ich noch nie zuvor bei ihm gesehen. Vielleicht hat er ihn auch erst vor kurzem kennengelernt. Thorsten ist es zuzutrauen, dass er Leute, die er mag, auch nach relativ kurzer Bekanntschaft schon aus Paris abholt. Seinen Freunden gegenüber ist er unglaublich hilfsbereit.

„Das ist Martin. Das ist Susanne. Susi lernt hier gerade Französisch und legt ein Aufbausemester Wirtschaft in Paris ein. Ansonsten studiert sie in Aachen."

Er sagt dies in einem Ton, als wäre er stolz darauf, mich zu kennen. Damit bezeugt er großen Respekt vor mir. Solche Gefühle hätte ich nicht erwartet. Manchmal befürchtete ich sogar, ich sei ihm eher lästig und überkritisch, was seinen Lebenswandel anbelangt. Zu Dritt schlendern wir zur Eckkneipe, wo sich die allabendliche lockere Runde gerade wieder einfindet. Wir werden johlend begrüßt, mein Hut wird bewundert und gelobt, die üblichen Begrüßungsküsschen werden getauscht.

„Lasst uns heute mal lecker essen gehen, damit meine Freunde einen guten Eindruck von Paris mitnehmen," schlage ich vor.

Marcel spielt mit einem Seitenblick auf Thorsten und dessen Freund den Charmeur und sagt mit extra dunkler Stimme: „Für dich tue ich doch alles, mein Augenstern."

Ich bin froh, dass niemand eine Bemerkung über die gestrige Fete bei Marcel macht oder nach Achim fragt. Dieser scheint sich auch schlafen gelegt zu haben. Jedenfalls ist er nicht hier. Wir essen in unserem Stammlokal, wo wir mittlerweile alle Kellner beim Vornamen nennen. Der kleine, eitle Jean-Marie hat mich besonders ins Herz geschlossen. Wenn er Dienst hat und uns kommen sieht, gibt er uns sofort den besten Tisch und bedient uns besonders aufmerksam. Egal, wie voll das Restaurant ist, wir erhalten umgehend unsere Getränke. Er verwöhnt uns mit Empfehlungen und bringt manchmal kleine Proben vom Koch, damit wir andere Gerichte testen können. Thorsten beobachtet unauffällig das Zusammenspiel in unserer Clique. Ich merke, dass er sich wirklich freut, mich zu sehen. Ist er erleichtert, weil er unser Treffen dem Zufall überließ? Da Martin sich prächtig mit Sally unterhält und die übrige Gruppe sich ebenfalls diskret untereinander amüsiert, können wir uns ungestört unterhalten. Wir besprechen die wichtigsten Ereignisse der letzten drei Monate. Nach drei Bierchen nimmt der Taugenichts unauffällig meine Hand unter dem Tisch und drückt sie fest. Dabei schaut er mir sanft in die Augen. Es gefällt ihm offensichtlich, eine unabhängige, gut gelaunte Frau vor sich zu haben.

Da kann er ja ohne die Gefahr einer Bindung wieder etwas auf sie zukommen.

Ich sage ihm dies auch frech ins Gesicht: „Na du Taugenichts, jetzt bist du wieder mutiger, hm?“

„Bitte?“

„Du-nix-verstehen, wie?“

„Nö …“

Als ich aber zu kichern beginne, stimmt er ein.

„Du lässt hier wohl die Sau raus, Loulou, oder? Und sowas nennt sich Aufbaustudium …“

Er rückt seinen Stuhl wieder einmal dichter neben meinen.

Ich warne ihn streng: „Werd nicht leichtsinnig – wir sind hier nicht alleine. Was sollen unsere Freunde denken?“

Thorsten grinst leicht verlegen.

„Was macht denn dein Harem in Aachen? Hast du ihn erweitert?“

„Wäre schön, wenn ich einen hätte. Habe ich aber nicht …“

„Na gut, dann erzähl mir über deine höchst soliden Bekanntschaften.“

„Och, da gibts nichts zu sagen. Ich habe keine Zeit für Weiber. Ich muss den Kopf frei haben zum Studieren und Arbeiten. Tja, und zum Saufen brauch ich sie auch nicht. Da stören die nur.“

„Na, dann geht es dir ja wie mir.“

„Hm, diese Runde sieht aber nicht so aus, als würdet ihr euch überarbeiten.“

„Das täuscht – vor lauter Frust müssen wir uns jeden Abend die nötige Bettschwere antrinken.“

„Du und betrunken allein in Paris. Das ist ja die reinste Katastrophe. Lass das besser sein.“

„Manchmal passierts halt. Aber mich bringt immer jemand nach Hause.“

„Ich hoffe, du schmeißt den dann auch raus …“

Zweifelnd sieht er mich an. Ich antworte nicht. Soll er sich doch seinen Teil denken. Martin scheint sein Bierkonsum die Sprache verschlagen zu haben, so dass er nun darauf drängt, nach Hause zu gehen. Die englische Konversation mit Sally fällt ihm zunehmend schwerer. Bedauernd erhebt sich Thorsten und steht unschlüssig vor mir. Ich bleibe jedoch sitzen, damit er sich überlegen kann, in welcher Form er sich von mir verabschieden will.

Er wählt die herzliche Variante und flüstert in mein Ohr: „Au revoir Kleines. Und pass auf dich auf."

Ich bin leider doch rot geworden, mag ihn wohl immer noch zu viel und sage leicht traurig: „Du auch, Schätzchen."

Als er geht, erwarte ich nicht, dass er sich in den übrigen drei Monaten noch einmal meldet oder mich besucht und genauso ist es. Trotzdem genieße ich die Zeit und bedaure den Abschied von Paris sehr, als ich endgültig wieder nach Aachen zurück fahre, obwohl ich mich auch auf diese liebenswerte Stadt mit meinen alten Freunden und Stammkneipen freue.

10
Versteckter Heiratsantrag

Dank der mitteilungsbedürftigen Doris habe ich ziemlich schnell alle Neuigkeiten im Liebesleben meines Taugenichts erfahren. Was meine neue Unterkunft betrifft, war es das erste Mal, dass ich von dieser Nervensäge profitiere. Ins Studentenwohnheim will ich nicht mehr zurück, nicht nur, um dem Taugenichts zu entgehen, sondern auch weil mich die ständige Unruhe im Haus und der ständige Besucherandrang nerven. Auch eine Wohngemeinschaft kommt für mich nicht in Frage – dort hätte man Wohnheimverhältnisse im kleinen, neuen Rahmen. Der Kampf um den Putzplan, die Regelung um Einkauf und Kochen, sowie die ständige Kontrolle des Privatlebens wären auch dort der Preis für eine Gemeinschaft. Geselligkeit hin und her, ich brauche auch mal Zeit für mich zum Lesen, Baden, Gammeln usw.. Ich ziehe es vor, selber zu bestimmen, wann ich Besuch habe. Auch jetzt will ich lieber allein wohnen. Ich habe in Paris gemerkt, dass ich dies gut kann. Da fällt mir der Taugenichts ein. Wie mag es ihm jetzt gehen? Komisch, ich habe ihn in Paris weniger vermisst, als ich befürchtet hatte. Ich bin im Gegenteil selbstbewusster geworden, habe mein Französisch aufpoliert und viele nette Leute kennengelernt. Vor allem der Charme der Franzosen hat mir gutgetan. Trotzdem kreisen meine Gedanken jetzt oft um Thorsten, den ich gern wiedersehen würde. Nur bin ich zu stolz, ihn anzurufen, nachdem er sich drei Monate auch nicht bei mir gemeldet hat. Die liebe Doris wird sowieso dafür sorgen, dass er unverzüglich von meiner Rückkehr aus Paris erfährt. Und wenn er mich sehen will, soll er doch aktiv werden. Ich habe mir in Paris mal wieder vorgenommen, dass ich künftig solche unglücklichen Eskapaden wie mit Thorsten vermeiden werde, indem ich einfach weniger nett zu den Leuten bin. Wenn sie wirklich an mir interessiert sind, sollen sie gefälligst die Initiative ergreifen. Schließlich halte ich mich für eine nette Frau mit gutem Charakter und Herz. Darüber sollte jeder meiner Herzbuben froh sein und nicht umgekehrt. Überhaupt habe ich ganz einfach meine Einstellung geändert. Ich werde mich künftig nicht mehr bange fragen, ob er mich noch sehen will, sondern ob ich ihn noch treffen will und warum. Initiative zu ergreifen, ist für diese netten Filous ja ganz ungewöhnlich, da die Frauen ihnen hinterherlaufen und sie mit Liebesbriefen und Anrufen bombardieren, so dass sich ihre Aktivität darauf beschränkt, die „verrückten Weiber“ abzuwimmeln. In diese Kategorie möchte ich nicht einsortiert werden. Mitten in meine Gedanken hinein klingelt es an der Wohnungstür. Ich erwarte keinen Besuch. Außer Doris kennt kaum einer meine neue Anschrift. Schließlich wohne ich die erste Woche hier und habe erst notdürftig die wichtigsten Kisten ausgepackt. Eine Weile überlege ich, ob ich überhaupt aufmachen soll, es kann ja wohl nur Doris sein und auf die habe ich jetzt überhaupt keine Lust. Andererseits sollte ich etwas netter zu ihr sein. Immerhin hat sie mir die Wohnung besorgt. Also öffne ich und stehe dem grinsenden Taugenichts gegenüber.

„Hi. Ich hab dich vermisst Loulou, sogar Rosen hab ich dir mitgebracht. Du findest sowas ja gut …“

Er steht da, wie ein unbeholfener kleiner Junge und hält mir einen riesigen Strauß Rosen entgegen.

„Hallo … “ ich bin so verduzt, dass es mir die Sprache verschlägt. Ich nehme einfach nur die Blumen. Ohne über die vergangenen drei Monate Sendepause auch nur ein Wort zu verlieren, nimmt er mich fest in die Arme und küsst mich herzlich auf beide Wangen. Mein Herz macht einen Sprung, das darf doch nicht wahr sein. Ich versuche kühl zu denken: „Susi – der Typ hat sich 12 Wochen nicht gemeldet, hat sonstwas in Aachen getrieben, kann auch jetzt eine Freundin haben. Lass ihn am langen Arm verhungern. Er kann doch nicht einfach so reinplatzen und schon wieder sind all deine guten Vorsätze über Bord geworfen.“ Aber ich fühle mich sofort so unbeschreiblich glücklich – was interessieren mich seine sonstigen Spiele, solange er micht küsst und mit Rosen hier auftaucht? Ich weiß, dass meine Einstellung unmöglich ist, aber ich kann sie nicht ändern. Thorsten guckt sich in meiner neuen Wohnung um, während ich in Gedanken mit dumm klopfendem Herzen und ratlosem Blick die Rosen ins Wasser stelle und mich natürlich steche. Das Blut läuft ins Waschbecken. Ich werde bleich. Ich vertrage sowas nicht. Thorsten sieht es, küsst den Finger, umarmt mich, tut Pflaster drauf, heute bin ich sein Kind.

Und er tröstet mich: „Na hör mal, du bist doch sonst so stark und emanzipiert. Was machst du denn, wenn sich unsere Kinder mal verletzen?"

Ich glaube zu träumen, „unsere Kinder", wie selbstverständlich er das sagt. War das etwa ein indirekter Heiratsantrag? Das wäre ja eine ganz neue Perspektive. Er als Ehemann und Familienvater mit Kindern. Ich sehe ihn stumm an. Wie beantwortet man einen indirekten Heiratsantrag? Ich könnte es missverstanden haben. Am besten ich sage gar nichts dazu.

Schon der Gedanke, ihn immer bei mir zu haben, macht mich glücklich. Aber gleichzeitig erheben sich schon leise Zweifel: „Könnte so jemand wie Thorsten, der ständig ungebunden und frei sein will, eigentlich in der Ehe treu sein? Müsste seine Frau nicht ständig seine Affären tolerieren? Wäre eine Scheidung auf Kosten der Kinder nicht schon vorprogrammiert?" Ich habe Angst. Könnte ich nur ohne Zweifel sein, würde ich auch sofort Ja sagen. So blöd sich das anhört, er ist der erste, den ich so gern habe, dass mir die Vorstellung, immer mit ihm zusammen zu sein, nicht verlogen vorkommt, sondern als Glück erscheint. Thorsten sieht mir warmherzig wie nie zuvor in die Augen. Mein Herz klopft heftig, meine Knie werden weich, ich strahle zurück. Wahrscheinlich grinse ich wie ein Honigkuchenpferd. Ich bin so überwältigt von meinen Gefühlen, dass ich im Stillen beschließe, ihn zu heiraten. Aber das behalte ich vorerst noch für mich.

„Siehst du, es hat aufgehört zu bluten."

Ich weiß noch immer nicht, was ich sagen soll. Es gäbe soviel zu erzählen. In den letzten drei Monaten ist viel geschehen. Mit Schrecken fällt mir ein, dass mich Achim bald schon hier besuchen will. Wer weiß, wie er sich den Besuch ausmalt? Andererseits kann es nichts schaden, mich mit anderen Männnern zu treffen. Wie oft war es umgekehrt? Da ich nichts Wesentliches zur Unterhaltung beitrage, erzählt Thorsten erst einmal belanglose Begebenheiten von gemeinsamen Freunden und früheren Mitbewohnern des Studentenwohnheims während meiner Abwesenheit. Wir gehen zusammen essen und halten im Restaurant Händchen, wie Frischverliebte. Er streichelt meine Hände, er küsst sie heute wieder unvorsichtig in aller Öffentlichkeit. Früher fanden solche Zärtlichkeitsbekundungen unter Ausschluss der Öffentlichkeit statt, wenn uns niemand sehen konnte. Das hätte mit Sicherheit seine Chancen bei anderen Frauen vermasselt. Thorsten sieht mich wärmer und herzlicher an als früher. Wie selbstverständlich spazieren wir Arm in Arm zu mir. Ich sinniere, was sich in meinem Gehirn abspielt: „Pass auf dich auf", ermahne ich mich selbst. „Du wirst diese Nacht seine Frau Nr. 39. Schick ihn fort." Ich weiß alles, was vernünftig wäre und fühle mich doch unfähig, entsprechend zu handeln. Als er mich zum ersten Mal seit dieser merkwürdigen Kunstausstellung richtig liebevoll küsst, werde ich schwach in den Knien, fast ohnmächtig. Ich habe Angst. Ich sollte Stärke beweisen, heute kann ich es nicht. Ich fühle mich bei ihm so schüchtern und unerfahren wie ein Teenager. Wir lieben uns leidenschaftlich. Wir stammeln und beteuern uns gegenseitig, wie gern wir uns haben. Wir machen uns Bekenntnisse, von denen wir nie geträumt haben. Ich weine vor Glück und er kann damit nicht umgehen, weil er sowas noch nie erlebt hat. Ach, ich doch auch nicht. Was soll ich nur gegen meine Tränen machen? Verdammt. Ich liebe ihn und habe Angst, verletzt zu werden. Aber heute nacht ist meine Liebe zum ersten Mal stärker als die Angst, weil es keine Spielregeln gibt. Er hat mir gesagt, dass er mich liebt. Er hat zum ersten Mal einer Frau ein Versprechen gegeben. Wie schwer mag ihm das gefallen sein? Wir sind verrückt aufeinander. Wir haben uns drei Monate lang nicht gesehen und jetzt benehmen wir uns wie Flitterwöchner.

„Halt mich fest und lass mich nie wieder los."

„Küss mich noch einmal."

„Nein, das reicht nicht – hundert Mal."

„Ich liebe dich."

„Ich liebe dich auch."

Am nächsten Tag ist alles anders: Als ich wach werde, weiß ich, dass ich mit meiner Angst Recht hatte. Er ist sicherlich entsetzt über das, was letzte Nacht passiert ist, fürchtet sich vor seinen Gefühlen mir gegenüber und weiß nicht so recht, wie er sich nun verhalten soll, ohne sich einer Szene auszusetzen. Ich glaube, dass er sich nur schlafend stellt, um sich einen stressfreien Abgang auszudenken. Ich streichle zärtlich seine Wange, als ob ich nicht ahnte, dass er längst wach ist. Brav reagiert er, schlägt betont verschlafen die Augen auf und versucht mich souverän anzusehen, kaum in der Lage, seine Panik zu verstecken. Eigentlich wollte ich so tun, als nähme ich seine nächtlichen Versprechungen beim Wort, aber nun, als er mich so verwundbar anschaut, ist mir das auf einmal unmöglich. Die Kälte in seinen Augen macht mir Angst. Im Stillen sage ich zu ihm: „Mein Gott, was ist nur mit dir los? Hast du keine Gefühle? Hat dich mal jemand so verletzt, dass du beschlossen hast, künftig unverwundbar zu sein?" Ich lege meinen Kopf in seinen Arm, schließe die Augen, träume sekundenlang, alles sei in Ordnung. Wir sind beide unfähig, etwas Vernünftiges zu sagen. Er besinnt sich auf seine schlechten Manieren, in der Hoffnung sich dafür einen Rüffel einzufangen, um dann Anlass für einen Streit zu haben. Dann könnte er sehr schnell gehen, etwa mit den Worten: „Wir verstehen uns halt doch nicht so gut, siehst du, schon nach einer Nacht gibt es Streit zwischen uns. Also Ciao." Und er könnte erleichtert die Treppen heruntertänzeln, über seine albernen Anwandlungen gestern lächeln und das nächste Abenteuer suchen. Jetzt im Sommer, wo an jeder Ecke schöne Beine zu bewundern sind, gerade das Richtige für ihn, um alle Probleme zu vergessen und sich selbst zu amüsieren. Er zündet sich eine Zigarette an und zieht angestrengt die Nase hoch. Ich sage aber nichts, weil ich es ihm nicht so einfach machen will und mir nichts Passendes einfällt.

So versucht er es auf andere bewährte Weise: „Mann-o-Mann, warn wir gestern blau!!", kurzer prüfender Seitenblick zu mir, versuchsweise schelmisches Grinsen, „also ich glaub, ich hatte einen Filmriss. Ich kann mich gar nicht mehr an alles erinnern. Habe ich mich sehr schlecht benommen? Muss mich wohl bei dir entschuldigen?" Sein Grinsen überdeckt kaum sein schlechtes Gewissen. Aber ich gehe darauf ein. „Oh, du auch? Also ich weiß nur noch, dass du bei mir geklingelt hast und mir Rosen mitbrachtest – danach ist alles wie benebelt." Er sieht mich zwar zweifelnd, zugleich aber auch sehr erleichtert an. Als ob er nicht genau weiß, dass ich vor dem Restaurantbesuch völlig nüchtern war. Aber das gehört zu unserem Spiel. Bisher legte er die Regeln fest: „Komm her, geh weg. Ich brauche dich heute, morgen würdest du nur stören. Ich bin für dich da, wenn du mich brauchst, vorausgesetzt, ich habe gerade zufällig nichts Besseres vor."

Jetzt lüge ich auch mal so, dass es direkt auffällt.

Unsicher steht Thorsten auf, streckt sich „Uuuaaaahh, ich mach' uns mal Kaffee."

Ich nicke stumm und gebe mir Mühe, nicht allzu anklagend hinter ihm her zu sehen. Während er sich in der Küche Mut anpfeift, versuche ich nüchtern nachzudenken. Ich müsste so wütend sein, ihn umgehend vor die Tür setzen, ihn nie wiedersehen, ihn bei seinen Freunden und Bekannten unmöglich machen, ihm neue Affären vermiesen, indem ich seine neuen Freundinnen über seine Luftschlösser-Mentalität aufkläre. Mir fällt da ein Spielfilm ein, in dem Sophia Loren aus Eifersucht die geliebte Plattensammlung ihres Taugenichtses aufkocht und die schwarze Brühe aus dem Fenster gießt, als er seine Sachen zurückfordert. Der Film gefiel mir und im Gegensatz zu meinen Eltern halte ich die Szene auch durchaus für realistisch. Ich sollte mich mal ehrlich fragen, ob ich überhaupt einen Grund zum Wütendsein habe?! Ich habe mich doch auch merkwürdig verhalten. Er lässt drei Monate lang von sich nichts hören, um dann den Soliden mit den lauteren Absichten herauszukehren. Ich kenne ihn doch eigentlich gut genug, um sein gestriges Verhalten als eine von vielen Maschen zu durchschauen, die er bei der Eroberung von Frauen einsetzt. Aber ich glaube immer noch, für ihn etwas Besonderes zu sein, vor allem, weil er bisher ehrlich zu mir war. Wenn ich ihn nur nicht so gern hätte, dann wäre so eine Nacht einfacher zu verkraften, halt ähnlich wie bei Achim, einfach nur ein schönes Erlebnis. Ist das der Unterschied zwischen Sympathie und Liebe? Ich weiß immer noch nicht, was ich sagen soll. Ich fühle mich in seiner Gegenwart so wohl wie nie zuvor und ich möchte ihn nicht verlieren. Vielleicht sollte ich mal mit Oma darüber reden, wie man einen Taugenichts einfängt. Sie hat manchmal überraschend gute Ideen, gerade weil sie jenseits von Gut und Böse ist. Bei diesem Vorsatz schlittert der Taugenichts wieder ins Zimmer, ist verwundert und erleichtert über mein spitzbübisches Lächeln. Gut, dass er meine Gedanken nicht lesen kann.

„Madame, Frühstück ist angerichtet. Darf ich bitten?“ er verbeugt sich leicht, nimmt formvollendet meinen Arm und wir schreiten gemessen, beide in alten T-Shirts und weißen Turnsocken von mir, zum Frühstückstisch.

„Sogar Eier hast du gemacht – das ist aber lieb von dir," lobe ich ihn und nehme ihn noch mal ausgiebig in die Arme, was er sich nun auch wieder gern gefallen lässt. Und plötzlich reden wir über tausend Dinge der letzten Monate.

„Sag einmal, wie war es eigentlich in Paris? Du hast noch gar nichts erzählt?" fragt er nun doch neugierig.

Ich denke an Achim und lächele ihn verschmitzt an: „Einfach schön, das Zimmer war recht einfach und unmodern möbliert, dafür natürlich unverschämt teuer. Du kennst es ja. Aber wann ist man in Paris schon mal zu Hause? Das Sprachstudium war schon recht anstrengend. Dafür kann ich jetzt fast perfekt Französisch."

Er verkneift sich im letzten Moment eine anzügliche Bemerkung und grinst nur entsprechend in meine Richtung.

„Und, wie sind so die Franzosen? Besser als die Deutschen?" Das interessiert ihn nun doch.

Ich spiele die Unschuldige.: „Ja meinst du, dazu habe ich noch Zeit gehabt? Im übrigen müsstest du mich langsam so gut kennen und wissen, dass ich keine One-Night-Aktionen mag, seit es Aids gibt."

„Ich ja auch nicht," beliebt er zu bemerken.

Wir sehen uns beide unschuldig in die Augen. Dann ist es aus mit der Komödie und wir fangen beide an zu lachen.

Er nimmt wieder eine Hand von mir, drückt sie fest und erklärt nüchtern: „Ich mag dich wirklich gern, das musst du mir glauben."

„Und ich liebe dich," ergänze ich in Gedanken und sage: „Pass auf, was du sagst, immerhin hast du nichts getrunken, also kannst du dich diesmal nicht mit einem Filmriss herausreden, aber ich habe dich auch sehr gern, leider, leider."

„Warum leider, was ist an mir auszusetzen?" fragt er leicht gekränkt.

„Nun, z. B. dein voller Terminkalender."

„Wieso, du hast doch auch immer viel zu tun."

„Stimmt. Erzähl du mal lieber über deine Zeit hier," lenke ich ab, „Wie viele gebrochene Herzen hast du hinter dir gelassen?"

„Also höre mal, wie oft soll ich dir noch sagen, dass ich nicht so bin. Und überhaupt, was kann ich denn dafür, wenn die Weiber sich in mich verlieben?"

„Tja, was kannst wohl du dafür, immer so verfolgt zu werden? Da müsste man glatt mal eine Diplomarbeit drüber schreiben, was?"

Er mustert mich streng: „Außerdem ist das auch noch anstrengend. Erst rennen sie dir die Bude ein und sind todunglücklich, wenn du nicht mit ihnen ausgehst und hinterher dann immer das Gezeter. Das kann einem auf Dauer ganz schön auf die Nerven gehen."

„Ach ‚Ausgehen' heißt das jetzt. Ich bin wohl mit der neuesten Szenesprache noch nicht up to date."

„Ja – Ausgehen," bekräftigt er noch einmal.

„Und überhaupt, was fasziniert die Weiber eigentlich an einer festen Bindung? Erklär mir das mal, du bist doch sonst so pragmatisch."

„Oh danke dafür, dass du mich für ein intelligentes Wesen hälst."

„Na komm, nun sei nicht gleich beleidigt. Du weißt ganz genau, dass mir deine Meinung wichtig ist," bekräftigt er und strahlt mich charmant an.

Unter dem Tisch angeln seine Tennissocken nach meinen Tennissocken. Ich bin vorsichtig mit meiner Antwort, habe keine Lust, meine persönliche Lebenseinstellung preiszugeben.

„Frauen wollen heute bestimmt nicht aus moralischen Gründen eine feste Beziehung haben, aber z. B. für die Kinder. Oder sie fühlen sich ohne Freund einsam. Wenn man jemanden lange genug kennt, beredet man doch viel persönlichere Dinge miteinander und diese intime Atmosphäre lässt sich nicht über eine Nacht aufbauen. So eine feste Bindung hat also gewisse Vorteile. Mal ganz davon abgesehen, dass es auch im Bett besser läuft, weil man sich einfach gut kennt. Die erste Nacht ist doch meistens nicht so berauschend, wenn du mal ehrlich bist."

Er überlegt einen Moment: „Ja, stimmt. Darüber habe ich noch nie nachgedacht. Aber du hast Recht."

Mein Telefon klingelt, er geht einfach dran und meldet sich mit: „Katholischer Güterverschiebebahnhof – Amen. Das war die Botschaft zum heutigen Tage. Wenn Sie dazu etwas sagen wollen – sprechen Sie nach dem Pfeifton." Er pfeift übermütig in den Hörer und reicht ihn dann an mich weiter.

Ich höre nur unheilvolle Stille am Ende der Leitung. Auf mein vorsichtiges „Hallo" – meldet sich säuerlich mein Exfreund. „Robert, überzeugter Atheist. Sag deinem Pfarrer, dass mich seine Botschaft nicht sehr überzeugt hat."

„Oh Robert, wie nett, dass du dich mal meldest," girre ich zuckersüß in den Hörer, die Gelegenheit, dem Taugenichts zu zeigen, dass er nicht konkurrenzlos ist.

„Was heißt hier mal wieder meldest? Von Doris musste ich erfahren, dass du wieder zurück bist. Du hättest dich auch mal melden können. Schließlich warst du fort und hast dich in Paris bestimmt gut amüsiert," tönt es beleidigt aus dem Hörer.

Etwas unpassend werfe ich ein: „Aber das ist ja zauberhaft."

„Was ist zauberhaft? Sag mal, spinnst du?"

„Aber Robbi, ich werde ja ganz rot, wenn du sowas sagst."

Ich lüge das Blaue vom Himmel herunter. Thorsten gibt sich auch schon betont gelangweilt, als höre er nicht zu. Dabei spitzt er sehr wohl die Ohren. Er kann es nicht leiden, wenn nicht er sondern ein anderer Mann im Mittelpunkt steht. Ich versuche, Robert die Situation diplomatisch zu vermitteln, ohne dass mein Publikum es merkt: „Du meinst also, wir sollten ins Zimmertheater gehen und uns die Komödie ansehen?"

„Ach so, Fräulein," versteht Robert, „Du musst mal wieder Telefonschauspielern. Gott, wann wirst du endlich erwachsen, Kind?"

Ich hasse seinen väterlich-überlegenen Ton und erteile ihm eine gehässige Scheinabfuhr: „Also wirklich Robert, das finde ich aber geschmacklos und was würde erst … Also nein."

Und knalle wütend den Hörer auf. Dann wende ich mich mit meinem charmantesten Lächeln wieder an den Thorsten: „Wo waren wir stehengeblieben?"

Er sieht betont auf seine Uhr. „An sich müsste ich schon längst weg sein."

„Und was hält dich? Soll ich dir etwa beim Anziehen behilflich sein?"

„Nee, höchstens beim Ausziehen,"schlägt er vor.

„Stimmt, du solltest vor deinem nächsten Date Duschen und Zähneputzen. – Deine Fahne ist unübertünchbar. Im übrigen muss ich langsam wieder mal Wirtschaft lernen," plane ich den Tag und täusche die Souveräne vor, obwohl mir die Vorstellung, mit wem er sich wohl als nächstes treffen wird, durch den Kopf geht und mir diese Frage gar nicht so egal ist.

„Ich habe keine Zahnbürste mit."

„Ich habe noch eine neue im Bad rumliegen."

Für diese Bemerkung könnte ich ihn umarmen – wenn er jetzt noch lässig seinen Kulturbeutel aus der Tasche gezogen hätte, dann ließe das wohl auf eine entsprechende Vorausplanung schließen. Er macht sich sorgfältig wieder fein, pfeift fröhlich vor sich hin, steht mir beim Abschied wieder unsicher gegenüber und weiß nicht, welche Floskel nun angebracht wäre.

Ich erlöse ihn: „Der Name, den ich dir damals gab, passt noch immer: Liebenswerter Taugenichts. Ciao."

Er mag den Namen noch immer nicht, aber ist froh, nun gehen zu können: „Ciao kleine Loulou."

Küsschen auf die Wange, kurzer Blick die Treppe hoch, Augenzwinkern und weg ist er.

Allein mit mir schmeiße ich meine Pläne über den Haufen. Es fällt mir niemand ein, mit dem ich über die Situation reden könnte. Ich würde mich nur selbst lächerlich machen. Trotzdem ist Alleinsein heute nichts für mich. So rufe ich einen alten Freund an, der wie immer sofort Zeit für mich hat, alle anderen Termine absagt und hocherfreut verspricht, mich in einer Stunde abzuholen. Der liebe Archibald, vom Taugenichts auch schon mal als „Arschie" bezeichnet. Während ich mich nun ebenfalls restauriere, denke ich mal wieder darüber nach, wieso ich mich nicht in Archibald verliebe. Er wäre der ideale Partner: aufmerksam, nett, rücksichtsvoll, zuverlässig und treu, aber so abgrundtief langweilig. Gewöhnlich rede ich bei unseren Treffen und er hört zu. Er hat meist nicht viel zu sagen und wenn er mal was erzählt, dann geht es meist um Neuigkeiten in seiner Firma, wo er seit Jahren tätig ist. Ab und zu macht er mir Komplimente über mein Aussehen. Aber die würde Archibald mir auch machen, wenn ich im Müllsack bei ihm auftauchte, ganz einfach, weil er so erzogen ist. Er hält es für höflich und unumgänglich, einer Frau Komplimente über ihr Aussehen zu machen. Ich mag seine Gesellschaft hin und wieder, darf ihn aber nicht zu oft um mich haben. Pünktlich klingelt er.

„Hallo Susanne, wie geht es dir?" seine ehrliche Wiedersehensfreude rührt mich.

„Gut wie du siehst," lüge ich und füge scherzhaft hinzu: „Nach sechs Monaten Paris muss es einem gutgehen."

„Erzähl, was hast du alles angestellt?" interessiert setzt er sich.

„Lass uns lieber spazieren gehen – ich war heute noch nicht draußen," schlage ich vor und er willigt ein.

Die neugierige Vermieterin hängt am Fenster, als Archie und ich das Haus verlassen und gießt wie zufällig die Blumen. Wahrscheinlich bin ich für sie ein Paradebeispiel verdorbener Jugend. Diese Ansicht deutete sie schon an, als sie mit hochgezogenen Augenbrauen bemerkte, wie außerordentlich sie es fände, dass ich so viele attraktive männliche Umzugshelfer hätte. Statt ihr nun einzeln die Bekanntschaften zu erklären, hatte ich nur knapp geantwortet: „Ja, das finde ich auch."

Irgendwie vergeht auch dieser Tag. Ich erzähle Archibald viele Nebensächlichkeiten über Paris, über die neue Wohnung und die noch anstehenden Einrichtungsfeinarbeiten. Es tut gut, in netter Begleitung an der frischen Luft zu sein. Am Abend beschließe ich, Archie zum ersten Mal in meine Stammkneipe mitzunehmen. Eigentlich passt er da nicht hin, aber ich möchte dort heute ordentlich einen trinken. Und allein stelle ich mich ungern an die Theke, weil ich keine Lust auf ein Abenteuer habe. Die meisten Gäste scheinen es aber für selbstverständlich zu halten, dass eine Frau, die dort alleine hingeht, solche Ambitionen hat. Daher muss man sich allein ständig gegen irgendwelche blöden aufgezwungenen Gespräche wehren. Manchmal ist es ja ganz witzig, Männer auf Freiersfüßen zu treffen. Was bekommt man da nicht alles angeboten: „Ich bringe dir Tennis bei. Wir können Schach spielen. Ich koche für dich. Ich bin Heißluftballoner. Flieg mal mit mir." Die Palette ist groß und ebenso groß sind die unausgesprochenen Erwartungen, die mehr oder minder unverhohlen dahinterstehen. Hier passt der Spruch, dass Männer an Stelle des Herzens nur ein finsteres Loch haben, aber lieb, lieb sind sie doch. Denn was sollen sie auch anderes tun, als hier herumzubaggern, wenn sie sich allein fühlen. Sofern sie aber eine Absage humorvoll akzeptieren, finde ich das O.K. Trotzdem bin ich froh, nicht allein hier zu sein. Archie tapert tapfer aber unbeholfen hinter mir her mitten hinein in das Leutegewühl. Samstag abend, die Kneipe besteht nur aus schlechter, warmer Luft, Rauch, Alkoholfahnen, mehr oder weniger betrunkenen Gästen, die sich fast alle für besonders fortschrittlich halten, weil sie hier und nicht nebenan im Neon-Yuppie-Treff absteigen. Mir ists egal, hier ist es nur etwas billiger und da ich heute unendlich viel trinken werde, ist das schon entscheidungsrelevant. Archie bestellt ein kleines Pils. Ich trinke in derselben Zeit zwei Hefeweizen. Archie ist zu höflich, um etwas zu sagen, aber er ist erstaunt. Bisher konnte ich ihm das Image einer braven, strebsamen Wirtschaftsstudentin vermitteln.

„Also Archie – jetzt müssen wir mal unbedingt auf unsere Freundschaft anstoßen. Kennst du Sambuca?"

Natürlich nicht.

„Also – zwei Sambuca."

Die Bedienung schaut mich fragend an – ich nicke. Sie zündet den Schnaps an.

„Jetzt auspusten, Archie. Achtung, der Rand ist heiß und auf Ex. Los!"

Wir kippen den ersten. Nach dem fünften wird es langsam lustig, Archie taut auf.

„Du Sssuussel," lallt er, „ssach mal, was i-ich dir sssagen wwollte, schschon immer … äh sssagen wwwollte, ssach mal, wwwillste mich heiraten?"

„Aber Aaarschiiii, ich bin doch noch vviel zzu jung. Proscht."

„Nee – ddas sseh ich anders."

„Egal – Kklappe – Proscht."

Ich habe heute keine Lust mehr auf schwierige Diskussionen. In dem Moment taucht der Taugenichts auf, hat eine durchgesträhnte Blondine dabei. Er sieht uns, stutzt, ist aber auch schon blau, stellt Blondie in der Ecke ab und kommt zu uns. Er klopft mir leutselig auf die Schultern.

„Hallooo – so eifrig lernst du also Wirtschaft, Susi?"

Archie lallt dazwischen: „Du – sei 'n Kumpel – sssach ihr, sie ssssoll mmich heiratn."

Der Taugenichts hält das für einen Riesenspaß und hat die Situation sofort durchschaut.

„Ja – warum heirateste ihn denn nicht, Susi?" fragt er scherzend.

Ich könnte ihn umbringen.

„Zzzzur Nnnachahm'g emmpfohln," bringe ich noch stotternd heraus.

Er zieht ab zu Blondie und kommt wieder. „Du Susi, sie hat ‚Ja' gesagt. Was soll ich jetzt machen?"

„Doch nnnicht bei dddeeeerr," stöhne ich entnervt.

Nun mischt sich auch noch Archie ein, der nur die Hälfte mitbekommen hat „Ssseii ein Kkkumpl … ."

Doch der Taugenichts geht nicht drauf ein. Ich lasse beide stehen, zahle, nehme ein Taxi nach Hause. Für heute habe ich genug von allen Männern dieser Welt.

11
Komm her – geh weg

Am nächsten Tag packt mich der Katzenjammer. Mir ist den ganzen Tag über schlecht. Ich habe keine Lust, aufzustehen. Das Durcheinander in der erst halb eingerichtete Wohnung stört mich nicht. Ich heule wie ein Schlosshund, fördere die Konjunktur der Papiertaschentuch-Hersteller und schmeiße die benutzten Tücher Richtung Altpapierkiste. Dann hole ich mir ein Glas Orangensaft, lege meine Antifrustkassette ein und setze mich grimmig in meinem Bett hin. So kann es nicht weitergehen. Ich muss nachdenken. Bei aggressiver Musik geht das in solchen Situationen am besten. „Love is a battlefield" – wie wahr, nur bin ich keine Kriegerin. Die Stones gröhlen ihre Macholieder, ich gröhle mit. Heute bin ich auf dem besten Weg, eine weibliche Macha zu werden. Was findet Thorsten nur an dieser blöden Blondine? Ich habe noch nie mit ihr gesprochen, aber für mich steht trotzdem fest, dass sie blond und doof ist. Ich war noch nie so eifersüchtig wie jetzt. Wahrscheinlich haben sie eine nette Nacht verbracht … schon der Gedanke daran treibt mir wieder die Tränen in die Augen. Wie vielen Frauen hat Thorsten schon indirekte Anträge gemacht? Was denkt er sich eigentlich dabei? Wahrscheinlich kommt er sich als vielbegehrter Frauenheld unwiderstehlich und toll vor. Hätte ich ihn doch vorgestern rausgeschmissen oder erst gar nicht mit nach Hause genommen. Steht er auf Blondinen? Soll ich mir die Haare färben? An der Haarfarbe sollte die Liebe ja wohl nicht hängen. Wie kann er so eine Aktion nach so einem Abend bringen? Ich komme mir vor ihm so bloßgestellt vor, so erbärmlich klein und ausgenutzt. Meine Gefühle für ihn sind echt und seine entspringen wohl nur einer Laune. Er kann sich freuen, nach sechs Monaten Paris steht es sofort wieder eins zu null für ihn. Ich dachte, ich hätte dieses Theater hinter mir. Deshalb bin ich doch auch nach Paris gegangen. Jetzt scheint es eher schlimmer zu werden. Meine gebrauchten Taschentücher liegen verstreut auf dem Zimmerboden, weil ich die Altpapierkiste nicht immer treffe. Cosima würde daraus glatt einen Beitrag zur Kunstausstellung „Beziehungskisten" machen, frei nach dem Motto: „Alleine zu Hause mit Liebeskummer". Ach, was denke ich jetzt auch noch an den Feuermelder … Beate mit ihrem Familienleben fällt mir ein. Sie hat zwar viel Arbeit mit den Kleinen und ihr Mann wäre nicht unbedingt mein Fall, aber irgendwie hat sie zumindest ein geordnetes Leben. Was habe ich dagegen erreicht? Ständig Chaos und Theater mit Männern. Vielleicht ist eine Weile ohne Chaos mal ganz gut, um mit mir selbst ins Reine zu kommen. Dunkel erinnere ich mich, dass ich diesen Vorsatz schon mal vor zwei Jahren gefasst habe, als ich nach Aachen kam. Und wie effektiv das war … Das Telefon klingelt. Mit Grabesstimme melde ich mich. Es ist der Taugenichts.

Betont fröhlich kaspert er am anderen Leitungsende herum: „Hi – kann ich mal vorbeikommen?"

„Ja", ich lege auf.

Na der wird sich wundern! Ich bin es leid, das geduldige Lamm zu spielen. Mir ist nach einem handfesten Streit.

Ich suche mir schon mal zwei kaputte Teller zum Schmeißen aus dem Schrank, sammle Argumente und dusche mich. Ohne mich zu schminken ziehe ich mir einen bewegungsfreundlichen Overall an. Ich könnte ihn die Treppe runterprügeln und Blondie direkt hinterher. Die Taschentücher räume ich schnell weg. Er braucht sie nicht zu sehen, um sich nicht einzubilden, dass ich ihm auch nur eine Träne hinterher weine. Leider sieht mein Gesicht rotgeschwollen und verheult aus. Ich klatsche mir Eiswürfel unter die Augen. Angeblich soll das helfen. Sie bewirken aber nur noch mehr Rötungen. Na egal – ich hatte halt heute Probleme mit den Augen, eine kleine Bindehautentzündung, zuviel gesoffen gestern. Es klingelt. Ich gehe ins Treppenhaus und spähe nach unten. Der Taugenichts kommt pfeifend die Treppen hoch. Die Hände hat er lässig in den

Hosentaschen. Aber ich sehe, wie gespielt seine Unbekümmertheit heute ist. Er ist das verkörperte schlechte Gewissen. Noch überlege ich, wann ich ihm die erste Ohrfeige geben soll, da biegt er um die letzte Treppenkurve und sieht mich erstmals an. Seine hellen grünen Augen sind so voll von Entschuldigung und Bitte um Verzeihung, dass sein ganzer überlegener Auftritt in den Hintergrund rückt. Wie ein sonniger Frauenheld wirkt er nicht. Ich vergesse meine Taschentücher und meine Wurfgeschosse. Meine Rachegefühle sind schon besiegt, bevor er nur ein einziges Wort sagt. Ich lasse ihn eintreten und gucke an ihm vorbei. Er geht wie selbstverständlich in die Küche und macht uns zwei Vitamindrinks. Wir setzen uns an den wackeligen Küchentisch.

„Kleiner Vitaminstoß gefällig, das macht wieder fit."

„Hmm," ich nehme grimmig mein Glas und schlürfe.

Ich will mich heute vor ihm extra daneben benehmen. Er sitzt am Tisch wie ein Angeklagter, die Beine nebeneinander gestellt, die Hände gefaltet, den Rücken gerade durchgestreckt.

Er schaut mich leicht nervös und abschätzend an: „Du Susn … gestern da war nichts … ehrlich. Ich mag sie nicht. Sie ist viel zu aufgedonnert und sie mag keine Hunde. Das mit dem Heiratsantrag, das war doch nur so ein Gag."

„Du bist mir keine Rechenschaft schuldig."

„Ja, das finde ich auch. Aber glaubst du mir denn nicht?"

„Ehrlich gesagt, nein. Du erzählst doch jeder Frau, gerade das, was sie hören will."

„Och Susi, aber dir doch nicht. Außerdem, ich kenne sie gar nicht näher …"

„Na umso besser für dich. Dann gibts hinterher kein Theater. Im Übrigen: Hast du was? Du hängst hier rum wie ein Chorknabe. Das passt doch gar nicht zu dir."

Ich verschwinde im Bad und überlasse den Taugenichts sich

selbst. Wie lange halte ich diese Komödie noch durch? Ich finde es rührend, dass der Taugenichts irgendwelche Frauenbekanntschaften zu erklären versucht. Das hat er bisher bestimmt noch nicht oft getan, sonst wäre er darin nicht so ungeschickt. Warum will er sich bei mir nun schon das zweite Mal rechtfertigen? Ich weiß nicht, was er damit bezweckt. Ich umarme gedankenvoll meinen Bademantel, der noch ganz nach der vorletzten Nacht und nach Thorsten riecht und schließe die Augen. Die Badezimmertür wird aufgerissen.

Thorsten fragt: „Was machst du da?"

Unverschämtheit, hier hereinzuplatzen. Der Typ hat offensichtlich wenig Anstandsgefühl. In dieser blöden Situation hilft nur die Wahrheit.

Ich lasse den Bademantel wieder friedlich am Haken hängen und antworte peinlich berührt: „Ich umarme die vorletzte Nacht ..."

Ich bin plötzlich wieder sehr traurig und sehe zu Boden, damit er meine Verletztheit nicht merkt. Er nimmt mich ungestüm in die Arme, drückt mich so fest, dass es mir weh tut und küsst wie ein Verrückter mein Gesicht und meinen Hals. Ich halte ihn auch ganz fest. Ich weiß, dass ich mich mal wieder falsch verhalte. Aber wenn wirklich etwas mit Blondie war, kann ich es sowieso nicht mehr ändern. Ich bin gerührt, dass es ihm so wichtig ist, sich mit mir zu versöhnen. Er ist erleichtert, ich bin ihm nicht mehr böse.

„Ich muss gehen," flüstert er mir ins Ohr.

„Hmm," ich lächele ihn zum Abschied an und fühle mich so allein, als würde er in der Antarktis zurückbleiben. Ich frage ihn nicht, wo er hingeht und er erzählt es auch nicht. Trotzdem bin ich erleichtert. Egal, was gestern war, an ihr liegt ihm nichts. Wieder siegt das Prinzip Hoffnung. Wir haben mal wieder über nichts gesprochen. Irgendwie kriegt er das immer so hin. Mir fallen Achims Worte ein: „Ein Taugenichts hat Angst sich zu verlieben, je mehr er auf eine bestimmte Frau zukommt, umso mehr muss er sich seine Unabhängigkeit von ihr beweisen."

Ich schätze, so lange wie mit mir hat er sich selten mit einer anderen Frau getroffen, wenn auch unterbrochen von anderen „Gelegenheiten". Eigentlich sollte das allein sein Problem sein. Nur machen mir seine Gefühlskonflikte mehr zu schaffen als ihm. Wenn ich ihm nur helfen könnte, sich mal zu entscheiden. Letztlich tut er es ja nicht. Ich kann nicht behaupten, seine Freundin oder Geliebte zu sein. Wer weiß, wen er morgen aufgabelt ... Wir haben uns wie immer nicht verabredet. Er kann sein Leben gestalten, wie es ihm passt. Er hasst Kontrollen. Ich muss mich immer sehr zusammenreissen, um nichts zu fragen, was er als Kontrolle verstehen könnte. Wenn ich ihn bloß nicht so lieb hätte ... An sich ist sein Benehmen unmöglich. Jedem anderen hätte ich schon längst den Laufpass gegeben. Aber er hat so einen lieben Charakter. Ich kann seine Konflikte genauso gut verstehen wie meine. Ich rufe Beate an.

Ihr Kommentar lautet: „Was suchst du dir auch ausgerechnet so einen Heini aus? – Dann beklag dich nicht."

Wie immer hat sie Recht.

Ich überlege, ob Thorstens Benehmen noch normal ist oder eher auf eine psychische Störung hindeutet. Seine Angst vor Gefühlsäußerungen scheint mir doch etwas extrem zu sein. Ich beginne psychologische Ratgeber zu lesen, um ihn zu verstehen. Später findet Thorsten zwei dieser Bücher. Er blättert amüsiert in dem Bestseller: „Wenn Männer sich nicht binden wollen", liest die fünf Stufen von Bindungsgraden einmal quer (lose Bekanntschaft bis Ehe) und kommentiert das Buch: „Ich bin Stufe sechs!" Bei dem zweiten Buch genügt ihm schon der Titel: „Männer lassen lieben", um scheinbar missvergnügt rumzumaulen: „Wenn das nur mal so wäre ..." Irgendwie reizt er mich immer zum Lachen. Alles, was ich mit ernsten Hintergedanken tue, um unser Verhältnis oder ihn zu analysieren, zieht er sofort ins Absurde und Lächerliche. Leider entspricht das auch eher meiner Einstellung, so dass ich letztlich mit ihm lache, statt den schlauen Ratgebern zu folgen. Thorsten kommt jetzt öfter vorbei. Er ruft an und erzählt, was er tut, einfach nur so, ohne besonderen Grund. Er scheint sich bei mir wohl zu fühlen, benimmt sich wie zu Hause und hat seine Distanz am Morgen danach aufgegeben. Wir gehen zu zweit fort – früher trafen wir uns in Cliquen. Ich hake mich bei ihm ein, wenn wir spazierengehen und er lässt es geschehen. Ich tue es nicht, um meine Besitzansprüche zu demonstrieren, welche auch?, sondern weil ich in der wenigen Zeit, in der wir etwas unternehmen, einfach seine Nähe spüren will. Nutzte er anfangs jede Gelegenheit, Nase putzen, Taschentuch suchen, Portemonnaie ziehen, um danach merklich distanziert neben mir herzugehen, so lässt er es sich nun gern gefallen. Er scheint bloß unfähig zu sein, von sich aus meinen Arm zu nehmen. Selbst die Gefahr, dass wir Bekannte treffen und diese uns so sehen könnten – früher ein Alptraum für ihn – scheint ihm heute gleich zu sein. Der Taugenichts hat sich also in gewisser Weise positiv entwickelt. Nur geht das bei ihm so langsam. Andererseits unterscheidet ihn das von den Casanovas, die rücksichtslos von Frau zu Frau wechseln und jeder den Himmel auf Erden versprechen. Sie geben sich von Anfang an so, als lebe man schon lange zusammen, um dann genauso plötzlich wieder zu verschwinden. Thorsten nennt das „Verbrannte Erde hinterlassen", irgendwie eine passende Umschreibung. Gleichzeitig scheint er sich durchaus auch Gedanken darüber zu machen, was er tut, sonst käme er nicht auf so einen Vergleich. Offenbar kümmert er sich also auch um die Wirkung seines Handelns auf das andere Geschlecht. Ich rechne es ihm hoch an, dass er mir nichts verspricht, was er nicht halten kann. Dadurch hält er sich zwar den Rücken frei, aber ich kann mir auch überlegen, ob ich damit leben kann. Nach dem beengenden Verhältnis mit Robert, das nun auch schon einige Jahre zurückliegt, finde ich es an sich ganz angenehm, so viel Freiraum wie möglich zu behalten. Ich bin mittlerweile froh, allein zu leben. Ich kann kommen und gehen wann ich will, bin niemandem Rechenschaft schuldig. Langsam arrangiere ich mich mit dem Taugenichts so, dass es mich freut, ihn zu sehen, ich aber auch nicht traurig bin, wenn wir uns eine Weile nicht treffen. Ob er noch bei anderen Frauen übernachtet, weiß ich nicht. Danach frage ich auch nicht. Trotzdem ist die Situation irgendwie komisch, so dass ich beschließe, nun doch mal meine Oma um Rat zu fragen, natürlich auf der Basis einer gemäßigteren Geschichte. Von Doris erfahre ich zwischenzeitlich, dass Thorsten mit einer gewissen Louisa zusammen ist. Doris weint bitterlich, als sie mir das berichtet. Mein Herz ist dagegen wie versteinert.

12
Tipps aus der Mottenkiste – Discofever

Ich fühle mich wie ein kleines Kind, als ich Oma besuche. Ich freue mich darauf, sie wiederzusehen. Sie lebt allein in einem großen hübschen Haus mit einem riesigen Garten, der zugleich ihr Hobby ist. Sie liebt es rumzugammeln. Hektik und Stress sind zwei Fremdwörter für sie – abgesehen von den beiden Weltkriegen, die sie miterleben musste. Als ich ankomme, gießt sie gerade ihre roten Geranien auf dem Balkon. Im Haus ist alles wie immer; alte Möbel, wuchtiges Plüschsofa, weiße Spitzengardinen, viele Pflanzen und Bücher, alles leicht altmodisch und gemütlich. Wir richten gemeinsam eine gepflegte Kaffeetafel für uns beide her. Mir fällt zum ersten Mal der Gegensatz zu meinen chaotischen Esstreffen mit Freunden auf. Hier strahlt alles eine gediegene Gemütlichkeit aus. Natürlich gibt es ein gebügeltes und gestärktes Tischtuch mit Servietten, passendes geblümtes Porzellan, Silberbesteck, Milchkännchen, Zuckerdose mit Zuckerzange und Kuchenplatte. Mein Tisch ist abwaschbar, daher schenke ich mir eine Tischdecke, außerdem habe ich gar keine. Im Notfall behelfe ich mir mit einem weißen Bettlaken. Mein Geschirr ist bunt zusammengestellt von allen möglichen Gelegenheiten, Flohmärkten und Haushaltsauflösungen verstorbener Verwandter. Das Besteck ist ein biegbares Sonderangebot der weißen Woche nach Weihnachten. Und Servietten werden meist durch eine Rolle Haushaltspapier ersetzt, die im Bedarfsfall die Runde macht. Früher hätte eine Frau meines Alters schon längst alles Passende im Rahmen ihrer Aussteuer zusammen gehabt. Die Ärmsten mussten sich dann wohl zu allen möglichen Schenkanlässen Aussteuergegenstände wünschen. Ich ziehe dagegen Schmuck, Kleidung, Parfum und Bücher vor. So wenig ich derzeit für schöne Haushaltsgegenstände übrig habe, genieße ich es doch, an einem hübsch gedeckten Tisch zu sitzen. Oma setzt sich bedächtig hin und zelebriert das Kaffeeeingießen. Kaffeetrinken ist ihr heilig.

„Nun – wie geht es dir denn in Aachen? Bist du auch nicht zu alleine? Ist dein Studium schwer?"

„Nee, nee, es geht mir gut. Aachen ist eine wirklich schöne Stadt mit vielen tollen Brunnen, Plastiken und Kneipen."

„Kneipen? Da gehst du doch wohl nicht hin, oder?"

„Doch, aber das sind Extrakneipen für Studenten. Da kann man schon hingehen."

„Aber du trinkst doch wohl nicht viel?!"

„Es geht, also Oma, das ist heute alles ein bisschen anders als früher."

„Eine Frau trinkt nicht, da musst du die Männer überlisten. Ich habe mich früher den ganzen Abend an einer Pikkoloflasche Sekt aufgehalten, schon aus Kostengründen. Dein Opa hatte als Studiker nicht viel Geld."

„Heute zahlt jeder selbst, aber beruhige dich, ich benehme mich schon anständig."

„Brauchst du denn Geld?"

Ich denke an mein überzogenes Konto und sage tapfer: „Nein – ich komme schon hin."

Aber sie steht trotzdem auf, kramt in ihrer altmodischen Handtasche und legt mir großzügig einen Geldschein auf den Tisch. Dabei lächelt sie wissend und gütig: „Ach komm – Studenten sind immer pleite."

Ich muss lachen, als ich das Geld einstecke: „Stimmt, aber so direkt wollte ich das jetzt nicht sagen."

„Hast du denn wieder einen?" fragt Oma indiskret. „Ist ja eigentlich schade, dass das mit Robert nichts mehr ist. Er war so ein netter Junge. Aber wenn du ihn nicht mehr magst, kann man nichts machen. Trotzdem würde ich gern noch meine Urenkel kennenlernen … Gibt es denn gar keinen, der dir gefällt?"

„Doch, es gibt einen, der mir viel zu gut gefällt. Nur ist das leider so ein Filou, der sich nicht für eine bestimmte Frau entscheiden kann. Und ein Familienleben mit Kindern ist für ihn die reinste Horrorvorstellung. Er will angeblich irgendwann auch mal Kinder haben, aber derzeit meint er, wenn er erst mal den Kinderwagen schiebt, sei für ihn sein Leben vorbei. Er heißt Thorsten und studiert in Aachen Architektur. Wir wohnten auf dem gleichen Flur im Studentenwohnheim."

„Hat er dich denn nicht gern?"

„Doch, ich glaube schon. Aber das ist alles nicht so einfach. Als er einmal betrunken war, hat er mir sogar mal gesagt, dass er mich liebt. Aber was zählen schon die Worte eines Betrunkenen?"

„Viel mein Kind. Betrunkene sagen die Wahrheit. Früher hat man immer gesagt, man soll den Zukünftigen vor der Heirat auf jeden Fall betrunken machen und gucken, wie er dann so ist. Insofern ist doch alles gar nicht so schlecht. Er mag dich doch!"

Oma sieht mich nachdenklich an: „Du scheinst ihn wirklich gern zu haben."

„Derzeit hat er gerade wieder eine andere Freundin – eine rassige Spanierin. Ich bin so eifersüchtig. Er liebt sie nicht, aber es tut mir trotzdem weh."

„Wahrscheinlich muss er sich seine Unabhängigkeit beweisen. Mach ihn doch auch eifersüchtig, das ist immer noch die wirksamste Methode. Im übrigen gibt es noch viele andere nette Männer."

„Ja, das sage ich mir auch immer. Nur sind die mir zur Zeit allesamt egal."

„Nun guck nicht so traurig. Du bist doch eine hübsche, intelligente, nette Frau, bist ja auch meine Enkelin. Auf dich passt doch unser Spruch von früher ‚Sie machte sich Locken und blieb trotzdem hocken' gar nicht. Im übrigen kriegst du von den vielen Sorgen nur graue Haare und Färben ist teuer. Denk dran, dafür hast du kein Geld."

Ich muss unwillkürlich lachen.

„Wie habt ihr denn früher Männer eifersüchtig gemacht?"

„Lass ihn zappeln, mach dich rar. Und nimm alles nicht so ernst. Hock nicht rum und grübel, damit änderst du nichts. Unternimm etwas, was dir Spaß macht. Wenn du deprimiert bist, ist das für ihn auch nicht gerade ein Anreiz, sich in dich zu verlieben. Du warst doch früher immer so fröhlich. Depressionen passen nicht zu dir. Jeder Liebeskummer geht zum Glück vorbei. Es tut schon weh, ich weiß. Glaub nicht, dass ich nie darunter gelitten hätte. Es ist zwar eine ernste, aber zum Glück heilbare Krankheit."

„Ja, du hast Recht. Nur dachte ich, ich bin jetzt so alt, ich brauchte das ganze Theater mit rar machen, keine Zeit haben, eifersüchtig machen usw. nicht mehr mitzuspielen. Warum soll ich denn jemandem, den ich sehr gern habe, das nicht auch zeigen?"

„Das sollst du doch tun, aber geschickt. Du musst es so machen, dass es für ihn nicht so klar ist, wie du zu ihm stehst. Soll er doch rausfinden, woran er mit dir ist. Jede Frau sollte ein wenig das geheimnisvolle unbekannte Wesen sein. Dazu brauchst du gar nicht intrigant oder verlogen zu sein, es genügt, wenn du ihm nicht dein ganzes Leben erzählst. Unterschlag ihm ein paar Freunde, mit denen du dich triffst. Das können die harmlosesten Schulfreunde sein. Er wird dir auch nicht alles erzählen und auch bei ihm brauchst du nicht ständig gleich an Affären zu denken. Auch wenn ich eine alte Schachtel bin, eins ist wohl gleich geblieben: Männer brauchen das Gefühl, Eroberer einer Frau zu sein. Wenn du ihnen diese Möglichkeit nimmst, bist du für sie uninteressant. Gleichwohl kannst du dir vorher überlegen, von wem du dich erobern lassen willst und ihm dazu scheinbar zufällig die Gelegenheit geben. Kennst du nicht den weisen Satz: ‚Die Frauen, von denen Männer meinen, sie seien ihnen zufällig über den Weg gelaufen, haben sich ihnen meist in den Weg gestellt'?"

Ich schüttle den Kopf, überraschend, was Oma so alles erzählt.

„Und wie zeigt man diskret seine Sympathie, ohne sich anzubiedern?“

„Das schaffst du schon, da habe ich gar keine Bedenken. Also, wenn dein Thorsten nicht allein vom Anschauen merkt, was los ist, ist er wirklich blöd. Du strahlst ja mich schon an, wenn du nur über ihn redest.“

„Das finde ich aber peinlich, Oma. Kennst du keinen Trick, das abzustellen?“

„Nein. Aber du brauchst dich doch für dein Herz nicht zu schämen. Ich denke, wenn er dir gefällt, hat er einen lieben Charakter.“

„Ja, sonst hätte ich ihn schon dreimal abgehakt.“

„Na bitte, dann aber Kopf hoch.“

Als ich später gehe, sehe ich mich in Omas altmodischem Garderobenspiegel mit neuer Zuversicht an.

Ich beschließe, Omas Rat zu folgen und überlege, was ich ohne den Taugenichts gern machen würde. Ich könnte mal wieder in die Disco gehen. Da war ich schon lange nicht mehr. Entsprechend lange habe ich auch meinen Discohallodri Sascha nicht mehr gesehen. Wir verabreden uns am kommenden Samstag. Sascha ist genau der Richtige für einen ausgelassenen Tanzabend. Er jobt neben seiner Ausbildung zum Industriekaufmann in allen möglichen Discos als DJ, kennt daher die Szene und weiß auch sofort, wo „man“ gerade hingeht. Er ist ein unkomplizierter, lebenslustiger Typ, der sein ganzes Leben dem Zufall überlässt. Zwei abgebrochene Lehren hat er bereits hinter sich, was ihm aber völlig egal ist. Er lebt in einer Wohngemeinschaft nicht weit von meiner Wohnung. Da ich ihn dort noch nicht besucht habe, bittet er mich vorbeizukommen. Discolike im roten Ledermini mit hochhackigen Schuhen und tiefausgeschnittenem Oberteil kreuze ich bei ihm auf. Sascha ist noch mit den letzten Feinheiten seines Outfits beschäftigt. Derweil sehe ich mir sein Zimmer an. Sein „Bett“ besteht aus zwei übereinander gestapelten Matratzen auf dem Boden, die er, wie er mir mal anvertraute, schnell zu einer breiten Spielwiese umfunktionieren kann. An der Wand hängen Spiegelscherben. Eine teure Musikanlage mit riesigen Boxen, Unmengen an Platten und Kassetten, sowie eine Menge Alkoholika vervollständigen das Bild.

Sascha kommt aus dem Bad, küsst mich auf den Nacken: „Schön dich zu sehen, Susi. Du siehst gut aus. Wie gefällt dir meine Bude?“

„Sehr zweckmäßig eingerichtet, hm?“

Er antwortet zufrieden: „Man tut, was man kann. – Wollen wir uns noch einen Cocktail gönnen oder direkt los?“

Diese Frage kenne ich schon: „Lass uns lieber direkt gehen.“

„Ooch, habe ich immer noch keine Chancen bei dir? Du bist ja wirklich eisern.“

„Doch, du hast Tanzchancen.“

Bei Sascha weiß ich nie, ob er solche Sprüche ernst meint oder nicht. Jedes Mal, wenn wir uns sehen, kommt er in irgendeiner Form auf Erotik und uns beide zu sprechen. Entweder er schmeißt sich auf sein Bett, klopft auf den Platz neben sich und sagt: „Komm her, Susel und mach es dir bequem.“ Oder er tätschelt meine Knie und wundert sich, wenn ich es ihm verbiete. Andererseits ist er nie ernsthaft verstimmt, wenn ich nicht darauf eingehe. Wahrscheinlich ist das seine Art zu flirten. Er probierts halt bei jeder Frau und verheimlicht das auch nicht, was ich wiederum sympathisch finde. Heute ist er ganz in schwarz gekleidet mit gerade geschnittenem offenen Mantel und weichem Schlapphut. Das nennt er „gemäßigten Gruftie-Look“. Wir gehen ins „Mad life“.

Nach dem Eintritt befragt, meint Sascha gleichgültig: „N’ Zwannie muss ‘te schon abdrücken.“

Zu studentischen Geldsorgen hat er als guter Nebenverdienstler keine Beziehung. Dankbar denke ich an Omas unerwarteten Zuschuß. Ich wäre zwar auf jeden Fall heute mit Sascha tanzen gegangen, aber hätte vielleicht doch wegen des Geldes ein schlechtes Gewissen gehabt. So aber tauche ich voller Ungeduld ins nächtliche Discogewühl. Vor der Disco steht eine Warteschlange, ein Beweis dafür, dass es wirklich eine In-Disco ist. Sie scheint eher zur Kategorie der Edelschuppen zu gehören. Während Sascha schon einige Bekannte begrüßt, schaue ich mir in Ruhe die Discobesucher an. Ein Studium, das sich immer wieder lohnt. Jeder verkörpert einen bestimmten Typus. Solange man das als Spaß betrachtet, mache ich gerne mit. Nur wer in seiner Rolle auch noch ernst genommen werden will, macht sich in meinen Augen eher lächerlich. Die meisten Wartenden geben sich lässig und der Situation gewachsen. Der „Winner" ist hier angesagt. Selbst die auf den ersten Blick nicht so durchgestylten Leute haben gerade auf diese Wirkung viel Zeit verwendet. Die lässig ungeordnete Tolle eines Schönlings in einfachster Kleidung hat ihn mindestens soviel Aufwand gekostet, wie die Sonnenbräune die Strahlefrau neben ihm. Zudem weiß jeder, der auch schon mal betont einfach kommen wollte, dass die Klamotten im second-hand-shop auch ihren Preis haben. Man trägt gepflegtes Understatement zur Schau. Make-up, viel Lippenstift, grelle Farben, gefärbte Haare, verlängerte, mit Strasssteinchen verschönerte Lacknägelchen blitzen bei jeder gewohnheitsmäßigen Geste, mit der das Haar gekonnt lässig aus dem Gesicht gestrichen wird in den Abendlaternen. Hier ist kaum jemand, der allein wartet. Viele Freundinnen verbergen ihre Nervosität vor ihrem Auftritt in der Disco durch alberne Flüstereien, verstohlene Blicke nach rechts und links und intime Kichereien. Cliquen sind sowieso recht ausgelassen; männliche Freunde taxieren eher das weibliche Material, worüber sie sich meist ohne viel Worte mit entsprechenden Blicken und Gesten austauschen. Nun gibt es aber vorne Unruhe.

Ein massiger Türsteher will einem sportlich gekleideten Jungen den Eintritt verwehren. Als der den Geschäftsführer verlangt, klappt der Türgorilla dessen Mantel auf, schaut verächtlich auf den Herstellernamen und sagt wie zur Bekräftigung seiner Entscheidung: „Billigware – sowas kommt hier nicht rein."

Statt wütend zu werden, fühlt sich der Mantelbesitzer dermaßen blamiert, dass er kommentarlos mit seiner Freundin geht. Solche Methoden gefallen mir nicht. An sich sollten wir uns alle mit ihm solidarisch zeigen und den Laden boykottieren. Wenn dies meinen Freunden passierte, würde ich freiwillig nicht mehr hierherkommen und mich beschweren. Da ich das Paar jedoch nicht kenne und heute gerne tanzen möchte, übergehe ich wie alle den Vorfall. Ich gebe dem Türsteher nur im Vorbeigehen den dezenten Tipp, dass mein Ledermini auch Billigware ist und frage betont blöde, ob ich nun wieder gehen müsse.

Er kapiert erst nach 10 Sekunden den Zusammenhang, grinst dann schmierig und meint gönnerhaft: „Nein – schöne Frauen kommen immer ins Haus. Das wäre doch anders geschäftsschädigend für uns."

„Ah so, na dann vielen Dank und sagen Sie 's nicht weiter."

„Eh, nä." Der Typ ist noch doofer, als ich vermutete.

Sascha drängt zum Weitergehen.

„Komm, gleich fängt die Lasershow mit Eröffnung an, da müssen wir unbedingt oben sein. Heute hat der Lachsack Dienst, dann ist es immer besonders witzig."

Er zieht mich eine Treppe hoch, wobei wir uns unverschämt durch Warteschlangen und Gästestaus drängeln.

„Guck hier," Sascha quetscht mich in eine freie Nische und zeigt mir den riesigen Discoraum mit stolzem Lächeln, „unten auf der Bühne mit Spiegeln ist die Haupttanzfläche, drum rum sind Bars. Hier oben auf der Galerie kann man lustwandeln und Leute checken, zumindest, wenn es weniger voll ist. Nebenan gibt es ein Schwimmbad mit Rutsche und Poolbar und daneben einen weiteren Tanzraum mit anderer Musik. Außerdem gibt es noch ein Café und einen Imbiß. Und gleich fangen hier gegenüber an der Wand die Videos an, allerdings irgendwelche, nicht die von der Musik, die dann gerade läuft. Manchmal kommt auch ein versauter Zeichentrickfilm, je nachdem, wer DJ ist."

Ich bin zufrieden, die Disco gefällt mir. Wrap, Acidhouse, Hipp-Hopp, alles leichte Unterhaltung, aber egal, wie schlecht der Song im Radio kommt, hier wird jedes Schrottlied dank der Technik zum Klangerlebnis. Ich fühle mich im HiFi-Rhythmushimmel und muss einfach tanzen. Laute Musik übt eine drogenartige Wirkung auf mich aus. Es ist zu laut zum Reden, zum Denken, ich bin nur noch Musikkonsumentin, Tänzerin und Beobachterin. Sascha kommt auch mit auf die Tanzfläche. Wir tanzen, flirten mit anderen Tänzern und lächeln uns glücklich an. Indirekte Spiegelblicke, verheißungsvolle Augen, betont zufälliges Anstoßen beim Tanzen, harmlose Flirts. Durch vertraute, unauffällige Gesten weisen Sascha und ich uns gegenseitig auf besonders sehenswerte Discogäste hin. Neben mir tanzt beispielsweise ein angepunkter junger Mann mit Westernstiefeln, mit einer Kette an den Absätzen. Hinten sind die Stiefel mit gefährlich wirkenden Metallsporen versehen. Ich zeige Sascha eine der typischen Frauen, die ich nicht leiden kann, die bei affektiertem lasziven Tanzstil ständig cool ihre dauergewellte Löwenmähne anderen Gästen ins Gesicht wirft. Dabei kaut sie lässig Kaugummi und verströmt noch zwei Meter weiter aufdringlichen Parfumgeruch. Sascha lächelt dazu nur. Ich weiß, was er denkt: „Frauen unter sich …" Manchmal mag er Recht haben. Frauenspezifisch ist der Konkurrenzkampf allerdings nicht, Männer wenden nur andere Methoden an, um den Rivalen um eine Frau oder um einen Job auszuschalten. So zeige ich Sascha zum Ausgleich einige

Frauen und Männer, die ich attraktiv finde und er tut dasselbe. Natürlich haben wir beide völlig unterschiedliche Geschmäcker. Von Zeit zu Zeit müssen wir auch mal was trinken. Da Sascha schon einige Cocktails intus hat, für die er hier als DJ Sonderpreise zahlt, fängt er an, den Tanzclown zu mimen. Er spielt Tanzroboter, Breakdancer, Eintänzer, aber alles, weil es ihm Spaß macht und nicht als ernste One-Man-Show. Ich versuche, ihn zu imitieren, aber mir fehlt die Übung. Er bringt mir spielerisch einige Breakbewegungen bei. Dann fällt mir erstmalig das quer durch den Raum gespannte Drahtseil mit dem baumelnden Reifen daran auf.

„Was ist das denn? War das hier früher ein Abenteuerspielplatz und der Reifen stand unter Denkmalschutz?" brülle ich Sascha ins Ohr.

„Oh, das kennst du nicht? Na dann wollen wir mal," schreit er zurück.

„Wie?"

Ich befürchte Schlimmes. Sascha quetscht sich aufgekratzt zur Theke und bestellt eine Flasche Sekt.

Ich muss schon wieder an meine Finanzen denken: „Hör mal, lass das, das ist doch Wucher. 100,– DM für eine Flasche Sekt, schließlich zahle ich davon auch die Hälfte mit."

„Schätzchen, beruhige dich, ich zahle nur den Einkaufspreis plus 10 Prozent."

Der DJ unterbricht das Programm plötzlich für eine Mitteilung: „Liebe Gäste, gerade wurde wieder eine Flasche Sekt gekauft, also Bahn frei für den Tarzanschrei."

Die offensichtlich besser informierten Gäste johlen. Mir schwant Übles. Ich will mich gerade diskret auf die Damentoilette verdrücken, als Sascha mich schon Richtung Autoreifen zieht, wo nun auch ein Scheinwerfer hinstrahlt.

Er sagt beruhigend: „Ist nur ein Spaß und du brauchst gar nichts zu machen, außer mir Glück wünschen. Wir können noch eine zweite Sektflasche dazu gewinnen."

Dann schwingt er sich geübt auf den Reifen, rast quer durch die Disco, pendelt am Ende stark aus und stößt sich kräftig von der Wand ab. Er äfft den Tarzanschrei nach und landet ca. drei Meter vor mir. Fünf Meter von mir weg ist eine rote Brüstung, offensichtlich eine zu überwindende Grenzmarkierung. Das Publikum gröhlt begeistert und alkoholisiert nach Zugaben.

Sascha fällt mir um den Hals: „Supergeil, wir kriegen eine zweite Flasche Sekt."

Der Discobetrieb geht weiter. Langsam sind wir aber zu betrunken und zu müde, um weiterzutanzen. Wir gehen eine Weile ins ruhigere Café nach nebenan. Die Sitten und die Moral aller Discobesucher lockern sich zusehends.

Neben mir sitzen drei Schülerinnen, die plötzlich von einem Mann im zweiten Frühling gefragt werden: „Na – wer von euch drei Hübschen geht denn jetzt mal mit? Nur Ausziehen – sonst nichts. Und dafür 100,– DM."

Die drei Schülerinnnen kichern unsicher. Der Mann fühlt sich ermutigt und erhöht auf 200,– DM. Nun wird es den Schülerinnen aber zu bunt.

Eine sagt: „Verpiss dich, sonst ist aber was los."

Erstaunt und widerspruchslos verschwindet der Typ.

Am Tisch hinter mir läuft ein fachkundiges Männergespräch – einzelne Fetzen dringen an mein Ohr. „Habt ihr es denn nicht bemerkt, bei der lag doch praktisch schon die Unterhose auf der Theke …" „Wenn sie überhaupt eine anhat." Allgemeines Gelächter und Gläseranstoßen. Die drei Schülerinnen beschäftigen sich nunmehr damit, sich gegenseitig auf süße Jungs aufmerksam zu machen und zu überlegen, wie man diese wohl zufällig kennenlernen könnte. Eine andere Frau sitzt mir mit völlig abwesendem Blick gegenüber. Ein stark angetrunkener Mann setzt sich zu ihr, starrt in ihren Ausschnitt und legt versuchsweise den Arm um sie. Als sie es geschehen lässt, flüstert er ihr was ins Ohr. Sie gucken sich beide in die angetrunkenen Augen. Er lehnt sich nun weit von ihr weg, um zuletzt mit ihr zu knutschen. Als er beginnt, ihr in den Ausschnitt zu greifen, gehen sie zusammen schwankend fort. Was das wohl noch wird? Eine der Schülerinnen klärt unterdessen stolz ihre Freundinnen auf, wie man diskret herausfindet, ob ein Süßer ein Auto hat und welches. Natürlich lohne sich ein Miteinandergehen nur mit Auto. Man frage den Ausgeguckten, ob es sein Cabrio ist, was vorn den Discoeingang versperrt und wohl bald abgeschleppt wird. Die erste Reaktion sei immer: „Ne, ich habe überhaupt kein Auto" – oder „Ne, ich hab 'n VW-Käfer." Ich wundere mich über die Selbstverständlichkeit, mit der die Schülerin sowas erzählt. Sie scheint es normal zu finden. Ich bin froh, meine Pubertät hinter mir zu haben. Die Autofrage war mir zwar schon immer egal, aber es hat sich wohl jeder in dieser Zeit aus Unsicherheit ab und zu mal wie eine Wildsau benommen. Ich bin nun doch sehr müde, Sascha auch. Er bringt mich noch bis vor die Haustür und verabschiedet sich mit Küsschen auf die Wangen.

„Gute Nacht Sascha. War wirklich schön, mal wieder mit dir tanzen zu gehen."

„Ich fands auch gut. Gute Nacht Susi und träum was Schönes, natürlich jugendfrei."

13
Neue Freundin und neue Pläne

Eines Tages lerne ich an der Uni Karla kennen. Von Anfang an gefällt sie mir. Sie ist lustig, meist gut gelaunt, kontaktfreudig, trägt flippige Graffity-Hosen. Wir beschließen, gemeinsam für unser Vordiplom zu lernen. Eigentlich halte ich von privaten Lern-AGs nicht viel, weil jeder selbst pauken muss und die „Lerngruppen", die ich kenne, eher „Schwatztreffen" sind. Ich koche uns Tee. Karla bringt einige Tests mit. Wir stellen uns drei Stunden lang gegenseitig Fragen. Wenn ich etwas nicht weiß, blinzelt sie mir aufmunternd zu: „Na komm – denk mal nach. Ich gebe dir ein Stichwort …" Wir können erstaunlich effektiv zusammen arbeiten. Trotz der lockeren Atmosphäre bleibt etwas hängen. Zuletzt genehmigen wir uns ein Glas Sekt, um unser erfolgreiches Arbeitstreffen zu feiern.

„Du hast eine schöne Wohnung." Karla läuft mit ihrem Sektglas durch die Zimmer und betrachtet interessiert die Kunstplakate an den Wänden und die Fotos.

„Warst du in der Macke-Ausstellung in Bonn?"

„Ja, sogar dreimal. Ich war total begeistert und bin mit verschiedenen Bekannten hingefahren. Allein die Entwicklung von Macke ist interessant. Anfangs malte er ziemlich dunkle Bilder und zuletzt dann diese schönen, bunten, freundlichen Bilder. Es gibt auch nette Aquarelle von ihm und Zeichnungen mit Stilübungen."

„Ich war leider nicht in Bonn. Aber ich male selbst. Ich plane demnächst mal eine Ausstellung in einer Studentenkneipe."

Karla schaut gedankenverloren aus dem Fenster.

„Hoffentlich willst du dies nicht im ‚Schrotthaufen' machen. Da war ich mal, schrecklich."

„Nee, nee, woanders."

„Was malst du, in Öl, mit Kreide oder Tusche? Hast du bestimmte Hauptmotive?"

„Ich male meist in Öl oder mit Bleistift. Angefangen habe ich erstmal mit Gegenständen, die sind einfacher hinzukriegen als Menschen und Tiere. Dann habe ich mich mit Farbenlehre beschäftigt und mit Farbkompositionen herumgespielt. Die Motive waren eher nebensächlich. Nun habe ich mit Aktzeichnen begonnen. Ich bin in einer Künstlergruppe. Wir treffen uns einmal in der Woche für vier Stunden und malen ein Modell, dessen Kosten wir uns teilen."

„Zeigst du mir mal deine Bilder?"

„Klar, nur sind die meisten aus Platzgründen bei meinen Eltern."

„Ich habe früher auch mal gemalt. Es ist schon lange her."

„Fang doch wieder an."

„Ja, sollen wir mal zusammen malen?"

„Gerne, wir können das Atelier unserer Künstlergruppe benutzen. Ich kann dich ruhig mitnehmen. Was malst du denn?"

„Ich habe früher meist Radierungen und Litographien gemacht. Aber ohne die entsprechenden Maschinen, Druckwalze, Säurebad etc. hat das ja alles keinen Sinn. Solange ich noch zu Hause studiert habe, konnte ich den Kunstraum meiner alten Schule benutzen. Aber seit ich hier bin, klappt das nicht mehr. Wenn ich nach Hause fahre, ist Wochenende und die Schule hat geschlossen. Ich hätte mich natürlich hier mal umhören können, aber auf die Idee bin ich bisher nicht gekommen."

„Bei uns steht alles rum," sagt sie trocken.

„Wann sollen wir das mal machen?"

„Sonntag."

„O.K., sagen wir morgens?"

„Zwölf Uhr, ich will ausschlafen. Wer weiß, wie lange der Samstag wird."

Als Karla geht, bin ich voller Vorfreude auf Sonntag. Ich merke, dass es mir fehlt, kreativ zu sein. In übermütiger Sektlaune rufe ich den Taugenichts an. Ich habe Glück, denn er ist zu Hause.

„Na, wie gehts dir, Schätzchen,“ frage ich ohne meinen Namen zu nennen.

„Bitte?“

„Na nun tu nicht so blöd …“

„Aach, Susi, jetzt erkenne ich dich an der Stimme. Gut und dir?“

„Auch gut, sogar hervorragend. Ich habe seit kurzem eine neue Freundin, mit der ich mich bestens verstehe. Wir lernen zusammen für die Klausuren des Vordiploms. Es klappt gut. Aber das Beste ist, dass sie nebenbei in einer Künstlergruppe malt. Nächsten Sonntag gehe ich mal mit. Dann kann ich endlich wieder eine Aquatinta-Radierung machen. Ich freue mich darauf.“

„Das hört sich ja alles gut an.“

„Und wie läuft es bei dir?“

„Och, ich …“, er will nichts sagen. Wahrscheinlich fürchtet er, er könne sich verplappern und etwas von Louisa erzählen. Oder ich störe ihn gerade. Warum habe ich ihn nur angerufen? Ich wollte seine Stimme hören, weil er mir fehlt. Offensichtlich war es jedoch ein Fehler, meinen sentimentalen Gefühlen nachzugeben.

„Bist du noch dran, Susi?“

„Ja, aber gleich nicht mehr. Du sagst ja nichts.“

„Es gibt halt nichts Besonderes …“ ich höre seinen Atem durch die Leitung und denke an unsere gemütlichen Nächte. Meine Sehnsucht ihn zu sehen, wird übermächtig.

„Sollen wir uns nicht mal wieder treffen?“ frage ich.

„Doch, warum nicht. Wann denn?“

„Morgen abend um 23.00 Uhr bei Degraa?“

„O.K., warum so spät?“

„Ich bin vorher noch auf einer Fete.“

„Hm, gut, dann mal sehen …“

„Ja, Ciao.“

„Ciao.“

Es passt ihm wohl nicht, dass ich vorher noch etwas Anderes ohne ihn mache.

Als ich am nächsten Abend pünktlich im Degraa sitze, warte ich vergebens auf ihn. Selten habe ich mich so blamiert gefühlt. Nach einer Viertelstunde gehe ich und es ist mir egal, ob er irgendwann noch kommt. Ich habe das Gefühl, alles falsch gemacht zu haben. Die Fete war zwar, wie vorauszusehen war, äußerst langweilig, so dass ich froh war, zu gehen. Trotzdem war der Gastgeber sauer, als ich mich mit einer weiteren Verabredung entschuldigte. Ich hätte besser Müdigkeit vorgetäuscht. Und der Taugenichts hat mir heute abend einmal mehr bewiesen, wie gleichgültig ich ihm bin. Mittlerweile ist der Konflikt so alt, dass ich über solche Schlappen noch nichtmals mehr besonders deprimiert bin. Ich registriere sie nur und beschließe wieder einmal, den Taugenichts aus meinem Herzen zu streichen. Am nächsten Tag schreibe ich eine Klausur und die wird recht gut. Einigermaßen erleichtert stelle ich fest, dass mein versteinertes Herz es nicht zulässt, durch belastende Gefühle in wichtigen Ausbildungssituationen abgelenkt zu werden.

Es lässt mir keine Ruhe, ich muss wissen, ob Thorsten mich anlügt. Ich rufe an und entschuldige mich, ich sei doch auf der Fete geblieben und nicht ins Degraa gekommen. Er ist zum Glück ehrlich, als er ohne Gewissensbisse antwortet: „Macht nichts, ich war eh den ganzen Abend mit nem alten Kumpel unterwegs. Aber so fest waren wir doch auch nicht verabredet, oder?"

Stimmt, er sagte „Mal sehen" und nicht „Ich komme".

Trotzdem beschließe ich in diesem Moment, ihn bei der nächsten Gelegenheit auch zu versetzen, damit er merkt, wie schön das ist.

Die Möglichkeit ergibt sich schon am Samstag.

Da ruft er um 22.00 Uhr an: „Helloo – sag mal, komm 'ste noch ins Degraa aufn Festbock?"

„Bist du da jetzt?"

„Nee, noch nicht, aber in zehn Minuten."

„Ja, O.K. Bis gleich."

„Bis gleich."

So und jetzt gehe ich nicht hin! Nach einer halben Stunde tut er mir leid und ich mache mich auf den Weg. Vielleicht reicht es ja auch, wenn er eine Weile alleine dort rumhängt, wobei ich immer damit rechne, dass er noch „etwas abgeholt" hat und sowieso nicht alleine dort wartet.

Aber heute sitzt er tatsächlich recht einsam oben auf der Galerie und trinkt sein Bier. Er ist heilfroh. mich zu sehen. Mir genügt meine kleine Rache. Er ist heute in einer recht nachdenklichen Stimmung. Er hilft mir aus der Jacke, als ich komme, weil er weiß, dass ich solche Höflichkeiten als Ausdruck von Respekt mir gegenüber schätze.

„Was möchtest du trinken?"

„Festbock."

„O.K. – ich hole uns eins. Das dauert sonst zu lange."

„Warte doch, da kommt schon ein Kellner."

„Wenn du meinst …"

Thorsten bestellt für uns beide und fragt, ob ich Hunger habe.

„Nöö, du etwa?"

„Ja, ich nehme dann noch eine Schlachtplatte."

Als der Kellner am nächsten Tisch ist, entschuldigt sich Thorsten fast für seine Bestellung: „Ich muss jetzt mal etwas richtig Fettes essen, da habe ich total Hunger drauf."

„Warum nicht, schmeckt doch auch lecker. Ich mag deftige Hausmannskost sowieso lieber als überkandidelte Spezialitäten. Bei den meisten kann ich mir sowieso nichts drunter vorstellen. Oder kannst du mit Gerichten wie ‚Bärentatzen' und ‚Schwalbennester' etwas anfangen?"

Thorsten grinst amüsiert: „Nöö, ich ziehe auch ‚Krabbenzahnfleisch' vor."

Über Louisa fällt natürlich kein Wort.

„Susn überlegst du dir manchmal auch, was du bisher schon alles gemacht hast und was du künftig tun willst und ob das bisher so alles richtig war?"

„Ja, das macht doch wohl jeder ab und zu mal. Ich glaube, vor allem in Prüfungs- oder Stresszeiten, weil man dann dazu neigt, sich selbst kritisch zu sehen. Beschäftigst du dich jetzt mit solchen Gedanken?"

„Ja, öfter. Weißt du, ich frage mich, ob es richtig war, Architektur anzufangen. Wieviele Architekten stehen hinterher auf der Straße ..."

„Hast du heute deinen no-future-Tag? Das heißt doch nichts. Du musst nur an dich glauben."

„Tue ich ja. Wenn ich es mir so überlege, was ich schon alles gemacht habe, auch neben dem Studium, dann steche ich schon aus der Masse der Studenten hervor. Aber ob es nicht eher auf die Abschlussnoten ankommt? Und die werden bei mir bestimmt nicht hervorragend ausfallen. Ich bin nun mal kein Theoretiker, sondern eher ein Praktiker und ich kann auch nicht zwölf Stunden am Tag lernen wie einige Studienkollegen. Manchmal habe ich schon ein schlechtes Gewissen, wenn ich in der Kneipe hocke und die Mitstudenten lernen am Schreibtisch. Nur würde es bei mir dann sowieso nichts mehr bringen, weiterzulernen. Mein Maximum sind sechs Stunden."

„Vielleicht arbeitest du in dieser Zeit effektiver als andere in zwölf Stunden. Da ist doch jeder anders und die Lernzeit sagt über das, was du behälst, gar nichts aus. Ich finde es besser, wie du das machst, vielleicht, weil ich es genauso mache. Dann behält man wenigstens seine gute Laune und macht auch noch andere Dinge. Und wie deine Abschlussnoten werden, das kannst du doch heute noch gar nicht wissen. Es interessiert sowieso niemanden. Ich habe jedenfalls noch nie ein Architektenbüro gesehen, wo das Dipolom malerisch über dem Schreibtisch hängt. Im Übrigen," ich nehme seine Hand und streichle sie, „ich glaube an dich, uneingeschränkt. Ich denke sogar, dass du auch ohne Architekturabschluss im Leben zurechtkämst. Du gehörst zu den Leuten, die den Abschluss nicht für ihren Erfolg brauchen. Du könntest dein Geld genau so gut als Geschäftsmann oder Politiker verdienen."

„Meinst du? Ich habe mir das auch schon mal überlegt. Aber da soll man sich nichts vormachen, diese Laufbahn ist hart. Außerdem erschreckt mich die Vorstellung, für den Rest meines Lebens irgendeinen eintönigen Job zu machen."

„Mir gehts genauso. Aber wir können ja gegebenenfalls wechseln, die Welt steht uns offen. Was ist mit dir heute abend, hast du Kummer?"

„Ich labere dich ziemlich voll, sorry."

„Blödsinn."

Thorsten erhebt sich und küsst mich quer über den Tisch auf den Mund.

„Loulou, du bist eine so liebe Frau, so herzensgut. Das findet man heute selten."

„Och, meine Freundinnen sind auch alle so."

„Dann stell sie mir mal vor."

„Ich bin doch nicht verrückt."

Wir müssen beide kichern.

„Doch, vielleicht sollte ich das mal tun. Im Gegenzug kannst du mich mal mit deinen netten Freunden bekannt machen."

Von diesem Vorschlag ist Thorsten allerdings nicht so begeistert.

„Susi, ich hab dir noch gar nicht erzählt, dass ich ein Klavier bekommen habe. Möchtest du es dir mal anschauen?"

„Klar, aber was willst du denn damit?"

„Spielen natürlich."

„Du kannst Klavier spielen? Das wusste ich ja noch gar nicht."

„Doch, sogar ziemlich gut. Aber jetzt muss ich erstmal wieder üben. Ich habe mir früher mit Auftritten in Cafés, Jazzkellern und auf Privatfeten Geld verdient. Heute reicht mir der Unijob. Ich brauche ja auch noch Zeit zum Studieren."

„Dann kannst du mir ja mal etwas vorspielen."

„Klar."

„Weißt du, was komisch ist: Wir fangen jetzt beide zur gleichen Zeit an, uns wieder kreativ zu betätigen, du mit deinem Klavier und ich mit meinen Aquatinta-Radierungen."

„Die kannst du mir auch mal zeigen. Im Übrigen wusste ich auch nicht, dass du sowas mal gemacht hast."

„Wahrscheinlich wissen wir voneinander einiges nicht …"

„Kann schon sein, aber gerade das ist ja eher interessant."

„Gehen wir?"

„Ja, lass nur, du bist heute abend eingeladen, Loulou."

„Gut, dann zahle ich nächstes Mal."

Draußen schleichen wir wieder wie zwei Katzen um den heißen Brei. Keiner sagt „Tschüss" und keiner läuft wie selbstverständlich mit dem anderen zu seiner Wohnung.

„Mir ist kalt," sage ich, um die Sache etwas zu beschleunigen.

„Dann lass uns gehen."

„Fragt sich nur wohin …" ich muss schon wieder kichern.

„Zu mir, das Klavier begucken."

Ich hake mich bei ihm ein, als wir wie in alten Zeiten einträchtig durch das nächtliche Aachen stromern. Auf seinem Klavier liegt malerisch ein langes, gelocktes Haar. Offenbar erfreut der Taugenichts jetzt als romantischer Klavierspieler seine Verehrerinnen. Ich übergehe das Haar dezent. Und er ist heute abend wieder so liebevoll, dass ich mich wieder wie seine ungekrönte Prinzessin fühle.

Zu Karla komme ich am nächsten Tag komplett zu spät. Das Modell ist bereits gegangen und die Kreativen sitzen beim Wein zusammen. Zum Glück regt sich niemand darüber auf. Es gibt noch genug andere Gelegenheiten. Karla lädt mich zu sich ein. Sie wohnt in einem Miniappartement auf 27 Quadratmetern, das sie als „Puppenstube" bezeichnet. Hinter zwei Küchenschranktüren befinden sich eine Spüle, zwei Platten, Geschirr und ein Backofen. Ihre Möbel stammen zum Teil von ihrer Oma, zum Teil vom Sperrmüll. Vor den kleinen Fenstern stehen viele Minikakteen. Ich fühle mich bei ihr sofort wohl und werfe mich in einen alten Ohrensessel, dessen schäbiges Äußere sie mit einem indischen Überwurf geschickt kaschiert hat. Karla erzählt von ihrer gestrigen Fete, ich von dem Treffen mit einem alten Bekannten. Viel sage ich dazu nicht. Schließlich will ich mich vor ihr nicht lächerlich machen und ich denke, sie würde das alles nicht gutheißen. Karla entkorkt eine Weinflasche und ich stelle amüsiert fest, dass sie nach zwei Gläsern schon recht angeheitert ist. Ich fühle mich noch total nüchtern, was mir natürlich auch zu denken gibt.

Zum ersten Mal erzählt Karla zögernd, was sie bewegt: „Susie, ich bin froh, dich kennengelernt zu haben. Du bist anders als die meisten Wirtschaftsstudenten. Ich vertraue dir, ich hoffe, du … Ich erzähle dir jetzt mal etwas, das habe ich noch nie jemandem erzählt."

Versonnen schaut sie in ihr Glas. Ich bin mittlerweile solche Situationen gewohnt. Manchmal denke ich, ich sollte Psychologin werden und Gebühren nehmen. Offenbar habe ich auf andere Leute eine so vertrauenerweckende Ausstrahlung, dass sie mir ihre geheimsten Probleme anvertrauen. Es ist schon komisch: Jeder dürfte wissen, dass ich recht direkt bin und meine Meinung sage, auch schon mal recht geschwätzig bin. Dennoch ahnen die anderen, was auch stimmt, dass es eine Grenze gibt. Es gibt Dinge, die ich niemals weiter erzählen würde, weil ich die Intimsphäre und das Vertrauen der Leute, die sich mir offenbaren, sehr achte. Karla guckt mir vertrauensvoll in die Augen.

„Versprich mir, dass du mich nicht für bescheuert erklärst …"

„Klar."

„Also, ich habe vor ungefähr einem Jahr in einer Kneipe einen Mann kennengelernt, der mir auf Anhieb total gefiel. Das beruhte wohl auf Gegenseitigkeit, denn er sprach mich direkt an. Wir unterhielten uns gut und er brachte mich nach Hause, total anständig. Er bekam meine Telefonnummer, rief mich an. Wir trafen uns ein paar Mal, bevor wir zusammen schliefen. Er war so zärtlich und so lieb, ich war im siebten Himmel. Und dann erzählte er plötzlich von seiner Frau und seinen Kindern. Anfangs wollte er sich scheiden lassen, das hat er mir zumindest gesagt. Ich habe es geglaubt. Ich war wirklich total bescheuert. Also war ich tolerant und pflegeleicht. Ich nahm Rücksicht auf das laufende Verfahren, in dem sich Untreue manchmal in erhöhten Unterhaltszahlungen rächen kann, so erklärte er mir jedenfalls seine Vorsicht im Umgang mit mir. Dann bekam ich heraus, dass alles gar nicht stimmte. Er plante keinesfalls eine Scheidung. Ich fand mich also in einem richtig miesen Ehebruchverhältnis wieder, als kleine Gespielin neben der faden Ehefrau. Ich kam mir seiner Frau und den Kindern, aber auch mir selbst gegenüber total schlecht vor. Du hättest jetzt gewiss die Sache beendet …"

Karla schaut mir kurz in die Augen. Ich kann sie nicht anlügen und sage besser nichts.

Sie lacht zynisch und fährt fort: „Aber die liebe Karla war dazu nicht in der Lage. Ich habe diesen Mann so sehr geliebt, ich habe ihm nie gesagt, dass ich alles wusste, dass er mich anlügt, wenn er mir über unangenehme Verzögerungen seines Scheidungsverfahrens erzählte und habe ihn noch bemitleidet. Ich habe die Wahrheit ignoriert. Sowas ist mir vorher noch nie passiert. Ich dachte immer, dass ich sowas nicht nötig habe. Aber ich habe ihn so sehr geliebt, dass mir das plötzlich egal war."

Karla wirft mir einen langen Blick zu und ich versuche sie souverän anzuschauen, obwohl mir schon lange unangenehme Parallelen zum Taugenichts bewusst werden.

„Hast du heute noch Kontakt mit ihm?"

„Nein, aber erst seit zirca zwei Monaten nicht mehr. Irgendwann erfuhr ich durch Zufall, dass er auch noch andere Gespielinnen hat und dafür war ich mir dann wirklich zu schade. Aber wenn ich ehrlich bin, er ist mir heute noch nicht so egal, wie er mir sein müsste."

Bitter sieht Karla aus dem Fenster und wischt sich verstohlen über die Augen. Ich hasse diesen Mann ohne ihn zu kennen. Im selben Moment höre ich zaghaft die Frage: „Nun Schätzchen, sieht denn dein Leben in dieser Hinsicht um so vieles besser aus?" Ich vermeide es, mir eine Antwort darauf zu geben, aber Zweifel erwachen und bescheren mir in der Folgezeit manchen Alptraum. Ich rede mir ein, dass die Sache mit Thorsten nicht vergleichbar ist. Thorsten ist nett und außerdem ist zur Zeit alles mit ihm optimal geregelt und belastet mich nicht weiter.

Aber dann sehe ich ihn eines Tage händchenhaltend mit einer mir unbekannten Frau, die ihn anhimmelt, im Café. Er bemerkt mich nicht. Mir wird schlecht. Ich gehe schnell weiter. Und ich merke, dass alles wohl doch nicht so optimal geregelt ist, wie ich dachte. Das Problem ist nun zwar so alt, dass ich nicht mehr weinen muss, aber weh tut mir dieses Bild, das mir nicht mehr aus dem Kopf geht, trotzdem. Zuhause stelle ich mich kritisch vor den

Spiegel. War die andere hübscher? Ach, woran denke ich. Vergiss ihn. Er taugt halt nichts. Soll er sich doch amüsieren. Ich werde es auch tun. Noch am selben Abend gehe ich mit einem Studienkollegen ins Bett. Zum Glück sieht er das ebenso als Episode wie ich.

Kurz darauf bin ich mal wieder so pleite, dass ich drastische Sparmaßnahmen beschließen muss. Also verbringe ich häufiger die Abende zuhause. Leider komme ich dabei mehr und mehr ins Grübeln. Der Taugenichts hat sich jetzt schon einen Monat nicht bei mir gemeldet. Was ist bloß mit ihm los? Vielleicht hat er eine etwas längere Beziehung mit Louisa … Die Vorstellung, er könnte eine andere Frau lieben, ist mir unerträglich, aber ich zwinge mich, der Realität ins Auge zu sehen. Jedenfalls rufe ich ihn nicht an! Soll er doch tun, was er will! Langsam wird mein Herz weniger verwundbar. Na, viele Narben passen auch nicht mehr hinein. Ich werde gegenüber den Problemen und Sorgen meiner Mitmenschen gleichgültiger und unterscheide genau, wer meine Freunde sind und wer nicht. Am besten sind meine klugen Ratschläge bei Liebeskummer. Wenn ich die mal selbst befolgen könnte … In akuten Notlagen reiche ich Tempos und Bier und fühle mich angesichts des Gefühlschaos' anderer Leute als Kummerkastentante eisig berührt. Oft erinnern die Szenen an solche mit dem Taugenichts. Dann gehe ich gar nicht näher darauf ein, sondern rate nur, den Typen zu vergessen. Und wenn hundert Erklärungen kommen, um sein Verhalten zu entschuldigen und ich mich in all ihnen wiedererkenne, dann steigt Bitterkeit hoch und ich bestehe darauf, dass sie ihn in Ruhe lassen.

„Wie kannst du so sicher sein?"

„Es ist das einzig Vernünftige, glaube mir."

Dann wechsle ich das Thema und trotzdem erreicht mich noch die letzte Frage: „Wann werde ich es schaffen, ihn zu vergessen?"

„Wenn Du einen anderen kennnenlernst. Also geh oft aus."

Ich weiß nur zu gut, dass eine ehrliche Antwort ganz anders lauten müsste, nämlich: „Geheilt bist Du erst dann, wenn sich der Typ dir gegenüber dermaßen viele Unverschämtheiten geleistet hat, die dir alle zeigen, wie egal du ihm bist, dass du das eines Tages nicht mehr ertragen kannst. Aber ich warne dich: Ein verliebter Mensch erträgt viel …"

An diesem Punkt angelangt, ziehe ich es vor, weiter pleite zu gehen, als alleine trüben Gedanken nachzuhängen. Ich rufe Karla an. Wir treffen uns in unserer Stammkneipe. Mit einem frisch gezapften Pils vor uns sieht das Leben schon freundlicher aus. Im Spiegel prüfe ich kurz mein Abbild. Ich sehe erstaunlicherweise noch nicht mal traurig aus. Zwei gemeinsame Bekannte vom Taugenichts und mir gesellen sich zu uns. Einer ist schon etwas angeheitert und erzählt mir vom derzeitigen holländischen Engagement des Taugenichts. Auch diese Indiskretion lässt mich merkwürdig kalt. Wer weiß, was der Bekannte damit für Hoffnungen verbindet, wenn er sowas preisgibt. Ich lehne seine Begleitung nach Hause ab und gehe allein. Und dann fühle ich mich wieder so elend, als ob der Schmerz aller Völker auf meinen Schultern lastet. Ein alter Mann kommt mir aus einer Seitenstraße entgegen. Ich sehe in die andere Richtung, um ihm nicht meine verweinten Augen zu zeigen. Aber er stellt sich vor mich, so dass ich stehenbleiben und ihn ansehen muss. Dann tritt er wieder etwas zurück, legt die alte Hand aufs Herz und schaut mich mitfühlend an. Ich nicke stumm. Er bedeutet mir etwas zu warten und holt einen bunten Stoffwurm aus der Tasche, den er geschickt um seine Arme, in seine Jacke und aus seinem Kragen laufen lässt. Es sieht so komisch aus, dass ich lachen muss. Da lacht er auch. Er zwinkert mir zu und zieht Grimassen. Ich zwinkere zurück. Ach, es geht schon wieder. Wir marschieren noch eine Weile gemeinsam durch Aachen.

Unvermittelt erzählt er: „Weisst du, ich darf doch du sagen? Ich habe meine Frau über alles geliebt. Ich fand sie sehr schön. Du ähnelst ihr ein bisschen. Die letzten fünf Jahre war sie querschnittsgelähmt. Ich habe ihr ein Strohbett mit Galgen zum Hochziehen gebaut, sie gebadet und alles für sie gemacht. Ich bin mit ihr nach Llourdes zur Wallfahrtsstätte gefahren.

Aber sie starb vor zwei Jahren … Kurze Zeit später traf ich hier am frühen Abend ein altes Mütterchen auf der Bank, die weinte sich die Augen aus dem Kopf. Ich habe mich zu ihr gesetzt und sie gefragt, was sie hat. Ihr Mann war auch gerade gestorben und sie fühlte sich so allein. Da habe ich sie gefragt, womit man ihr eine Freude machen kann. Sie meinte, sie hätte so gerne getanzt, aber damit sei es ja nun wohl vorbei. Ach Muttchen, auch wenn wir alt sind, wir beide können doch zusammen tanzen gehen. Und das taten wir auch. Weisst du, ich gehe ungern tanzen, aber ich kann keinen weinen sehen und wenn das alles ist, um der Frau eine Freude zu machen …"

„Sie haben mir heute abend auch eine Freude gemacht."

„Nun, nun …"

Dann trennen sich unsere Wege. Die Großherzigkeit dieses alten Mannes beschämt mich zutiefst.

Als ich später dem Taugenichts davon erzähle, natürlich ohne den Anlass des Kennenlernens zu erwähnen, ist auch er gerührt. Von seiner holländischen Bekannten erfahre ich von ihm nichts, aber wohlweislich behalte ich mein Wissen auch für mich. Ich registriere nur, dass er Geheimnisse hat und beschließe, vorsichtiger zu sein. Solange er mir nicht erzählt, er habe seit Wochen keine Frau mehr angerührt, ist es ja O.K.

Als er sich verabschiedet, sagt er: „Ich geh mal spazieren …"

Thorsten steht lässig im Türrahmen und tut so, als blättere er angestrengt in seinem Terminkalender. Er wartet darauf, dass ich mitkomme oder dies zumindest anbiete, damit er entscheiden kann, ob er das will.

Ich bleibe ruhig sitzen und sage freundlich: „Na dann …“

Er kramt weitere fünf Minuten im Zimmer herum und macht völlig sinnlose Sachen. Dann fragt er, wo hier ein guter Friseur ist. Ich sage es ihm und weiß genau, dass er dort nicht hin will. Zuletzt sieht er mich kurz und scharf an und geht. Verdammt, ich bin es leid, als sein Anhängsel neben ihm her zu traben, ohne zu wissen, woran ich mit ihm bin. Wenn ich ihm noch nicht mal so viel bedeute, dass er mich wie einen vernünftigen Menschen fragen kann, ob ich mitkommen möchte, muss er künftig ohne mich losziehen. Er muss lernen, mich respektvoll zu behandeln und ich muss lernen, in ihm nicht den kleinen erziehbaren Jungen zu sehen.

Wir sind beide erwachsen und uns in gewisser Hinsicht sogar recht ähnlich.

14
Trennung

Nach Karlas Bericht habe ich über mich und den Taugenichts nachgedacht und festgestellt, dass ich mich in einer genau so unbefriedigenden Situation befinde wie sie und diesen Zustand endlich einmal beenden müsste. Nachdem ich nun wieder unruhig und schlecht geschlafen habe und meine Gedanken und Träume ständig um den Taugenichts und seine anderen Frauen kreisten, fühle ich mich so unglücklich, dass ich dem Taugenichts alles erzählen werde, egal ob es nun klug ist oder nicht. Meinetwegen blamiere ich vor ihm, vielleicht sehen wir uns nie wieder, aber alles wird besser sein, als weiterhin traurig darauf zu warten, dass er sich ändert.

Ich habe endgültig genug geweint, genug Verständnis für ihn gezeigt und ihn, wie ich nach der Indiskretion von Silke weiß, offensichtlich falsch eingeschätzt. Es tut mir sehr weh, mir einzugestehen, dass ich mich wie eine verliebte Idiotin benommen habe und sein Verhalten immer nur zu seinen Gunsten interpretiert habe.

Ich glaube zwar noch immer, dass er mich sehr gern hat, vielleicht sogar lieber als jede andere Frau, die er kennt und zu der er keine Beziehung unterhält. Aber ich bilde mir nicht länger ein, in seinem Leben eine Sonderstellung einzunehmen. Er ist alt genug, um selbst zu erkennen, ob er eine Frau liebt oder nicht und wenn dies bei uns der Fall gewesen wäre, dann hätte er mir dies längst zu verstehen gegeben.

Ob er mir betrunken seine wahren Gefühle zeigte, wird sein Geheimnis bleiben. Ich denke, er müsste mir auch nüchtern zeigen können, dass er mich mag. Mir ist völlig klar, dass Thorsten wissen wird, wie mir zumute ist, und trotzdem will ich es ihm einmal sagen, damit er sich künftig anderen Frauen gegenüber überlegt, wie sein Verhalten wirken kann. So verabrede ich mich schweren Herzens mit Thorsten. Da das kein Kneipenthema ist, lade ich mich bei ihm ein.

Als er die Tür öffnet und mich in die Arme nimmt, kommt mir die wahnsinnige Idee, alles so zu lassen wie es ist. Seine Hände sind so vertraut, mir weht der bekannte dezente Rasierwassergeruch entgegen und seine Augen ruhen liebevoll auf mir. Auf dem Wohnzimmertisch liegt eine Karte, die der Taugenichts lässig in den Papierkorb schmeißt. Trotzdem habe ich den einen Satz, der draufstand, noch unfreiwillig gelesen: „Wann meldest du dich wieder?" Ach ja, es ist schon der richtige Weg … wenn es nur nicht so weh täte, ihn aufzugeben. Und so erzähle ich ihm ganz ehrlich, wie ich mich gegen meinen Willen in ihn verliebt habe und wider meine Vernunft nicht in der Lage war, dies bis heute zu ändern. Ich beschreibe ihm, welche Schlüsse ich aus seinem bisherigen Verhalten mir gegenüber gezogen habe und dass ich seine Widersprüchlichkeiten nicht verstehe. Zuletzt bleibt nur die Frage: „Habe ich denn Recht und du liebst mich auch, aber willst jetzt noch deine Freiheit genießen?" Thorsten ist völlig überrascht und nervös, weil er wie immer solche Gespräche hasst. Aber diesmal gebe ich ihm nicht die Chance, davor zu fliehen. Er soll einmal live miterleben, was Liebe anrichten kann, wenn sie sich auf ihn bezieht. Er soll mir meine Fragen beantworten. Er soll endlich von seinen Gefühlen reden und nicht immer alles im Dunklen lassen. Er soll einmal an einem verhassten „Stressgespräch" teilnehmen, ohne in Ruhe den Zeitpunkt abwarten zu können, wo sich die Frau wieder beruhigt hat. Er braucht keine Angst zu haben, ich werde nicht zornig, nicht laut, nicht keifen oder ihm Vorwürfe machen. Ich will nur, dass er sich einmal die Mühe gibt, über dieses Thema zu reden. Aber selbst dies scheint ihn zu überfordern. Er steht erstmal auf und geht unter irgendeinem Vorwand aus dem Raum. Ich weiß genau, dass er jetzt überlegt, was er sagen soll. Einerseits traut er sich nicht, mich einfach rauszuschmeißen, andererseits hat er keine Lust, sich mit seinen Gefühlen auseinanderzusetzen. Als er wieder hereinkommt, hat er sich etwas von dem Überraschungs-Angriff erholt und wirkt gefasster.

„Mensch Loulou, das kam jetzt aber wirklich aus heiterem Himmel. Nun, ich habe sowas geahnt, aber ich dachte, das wäre nur eine Laune von dir. Immerhin habe ich dir nie etwas versprochen."

„Weißt du, was du sagst, wenn du betrunken bist?"

„An sich schon …," unsicher schaut er mich an.

„Na dann ist ja gut …"

„Aber Loulou, ich mag dich doch wirklich sehr gern, nur ich liebe dich nicht."

„Was hälst du von meiner Theorie, dass du zu feige bist, dir das einzugestehen. Überleg doch mal wieviel Spaß wir zusammen haben, wenn wir unterwegs sind. Hast du dich bei mir nie wohl gefühlt?"

„Doch, klar, sonst würde ich nicht mit dir weggehen. Im übrigen hast du ja Recht …, aber deine Theorien sind mir schlicht zu kompliziert."

„Eine gute Ausrede, mein Schätzchen …" Jetzt widerspricht er sich schon selber: Wenn ich Recht habe, liebt er mich, aber das streitet er ja gerade ab.

„Was passt dir denn nicht an mir?"

Er schweigt. Er ist so feige, wenn es um die Kritik an anderen Leuten geht. Später denke ich, er könnte aus Höflichkeit geschwiegen haben. Nun wechselt er das Thema.

„Hmm … und was Heiraten anbelangt, frag ich mich, wozu das gut sein soll? Das Versprechen, nur eine einzige Frau bis ans Lebensende zu lieben und ihr treu zu sein, muss im Laufe der Jahre zwangsläufig zur Lüge werden. Wer weiß, wie die sich entwickelt. Hinterher hat man sich nichts mehr zu sagen, aber die Alte am Hals und die schreit nach Unterhalt und ist versorgt. Ich dagegen bin pleite. Nee, danke. Aber wenn du unbedingt heiraten willst, dann such dir doch einen anderen Mann, es gibt doch genug. Überhaupt verstehe ich nicht, warum Frauen heutzutage noch so wild aufs Heiraten sind?"

„War ich bisher auch nicht."

„Gerade du kannst dich doch alleine versorgen, da brauchst du doch gar nicht zu heiraten."

„Ich würde aus Liebe heiraten und weil ich gern Kinder hätte."

„Denk an die Arbeit, die Kinder machen. Du gehst doch genauso gern aus wie ich. Willst du die dann immer mitschleppen? Und die sind teuer. Da kannst du dir keine schicken Kleider mehr kaufen und teure Parfums sowieso nicht. Dann sind Windeln und Kinderwagen angesagt."

„Ich würde damit ja noch ein paar Jahre warten."

„Na bis dahin hast du bestimmt einen anderen Typen gefunden, mit dem du Kinder haben kannst."

„Ich hätte sie lieber von dir gehabt."

Thorsten nimmt mich in die Arme: „Guck nicht so traurig. Ich hab dich doch trotzdem lieb. Aber soll ich dir jetzt die große Liebe vorspielen? Ich glaube, dazu bin ich gar nicht fähig. Lass uns Freunde bleiben, das ist im Zweifel eine dauerhaftere Grundlage als Liebe. – Ich kann dir ja mal ein paar Freunde vorstellen, die auch allein sind …"

„Vielen Dank, ich bin erstmal bedient."

„War doch nur so eine Idee …"

„Ich weiß …"

Ich will doch keinen anderen und heute kann ich mir nicht vorstellen, dass sich dies mal ändern könnte. Zum ersten Mal weine ich an seiner Schulter. Das ganze Theater ist zu Ende. Ich schäme mich meiner Tränen nicht. Er legt tröstend den Arm um mich und reicht mir unbeholfen ein Taschentuch. Männer und Frauentränen, zwei Welten begegnen sich.

„Ich versteh 's ja selbst nicht. Ich hab dich doch auch so unheimlich gern. Du bist wirklich eine tolle Frau. Du hast immer zu mir gehalten. Und du hast Herz … ich …“

Es gibt nichts mehr zu sagen. Nach einer Zeit, die mir endlos lang vorkommt, setze ich mich wieder vernünftig neben ihm hin. Er nimmt meine Hand, welch altvertraute Geste. Ich weiß, dass es heute das letzte Mal ist.

Ich nehme meinen ganzen Mut zusammen und sage mit verschnupfter Stimme: „Ich will dich eine Weile nicht sehen. Ich brauche Abstand.“

„Wie soll das gehen? Wir sehen uns doch sowieso an der Uni und auf Feten. Soll ich künftig an dir vorbeigehen und dich nicht mehr kennen?“

„Ich weiß es nicht, aber wenn ich dich ständig sehe, kann ich dich nicht vergessen. Und ich will nicht noch länger traurig sein. Ich muss mich anders orientieren. Und ich will wieder ohne diesen Klumpen im Magen aufwachen und mich einfach am Leben freuen. Ich möchte, dass wir uns nicht mehr treffen – zumindest nicht zu zweit.“

Er versucht nicht, mir das auszureden.

„Soll ich uns was zu essen machen?“ schlägt er vor.

„Ich helfe dir.“

Wir kochen schnell Nudeln mit Hackfleischsauce und trinken dazu Rotwein. Meine Henkersmahlzeit. Ich sollte gehen, aber es ist trotz allem so schön, bei ihm zu sein. Außerdem ist es wohl für lange Zeit der letzte Abend mit ihm. Das Telefon klingelt.

Er meldet sich knapp: „Ja? Ich bin müde. Also eher nicht. Ja vielleicht – Ciao.“

Sehr aufschlussreich. Wahrscheinlich wollte sich jemand mit ihm treffen oder er war verabredet. Er lügt ohne rot zu werden, heute mir zuliebe. Aber wie oft hat er mich schon so angelogen? Wir halten den ganzen Abend Händchen, trinken Rotwein und sehen zu, wie es draußen dämmert. Wir reden nicht viel und wenn, dann über andere Dinge als uns. Zwischen uns ist Frieden, es besteht ein stummes Einverständnis. Wir kennen uns so gut und die Fronten sind endgültig geklärt. Er bringt mich nach Hause und verabschiedet sich unten vor der Haustür.

Ich sage leise: „Ich bin dir nicht böse."

Wir umarmen uns so fest, dass es weh tut. Er küsst mich ein letztes Mal auf die Wange: „Machs gut Loulou."

Als er geht, sieht auch er traurig aus.

Die nächsten Wochen vergehen mit vielen Höhen und Tiefen. Zuerst bin ich erleichtert, endlich eine Entscheidung herbeigeführt zu haben, von der mir vorher klar war, wie sie ausfällt. Dann zweifele ich, ob das richtig war. Er fehlt mir so sehr. Ich dachte, ihn nicht mehr zu sehen, sei besser, als ihn ständig mit anderen zu teilen. Aber es ist genauso schlimm. Mit wem soll ich weggehen, der ihn ersetzen könnte? Keiner findet Gnade vor meinen immer noch verliebten Augen. Ich bin ungerecht und ungeduldig zu meinen Freunden und sie können sich das gar nicht erklären. Sie wissen ja nichts von ihm, und das soll auch so bleiben. Ich bin froh, dass er nicht anruft. Wenigstens ist er nicht so egoistisch, sich weiter mit mir treffen zu wollen. Wenn er anriefe, wüsste ich nicht, ob ich so standhaft bliebe. Das dürfte er auch wissen. Er nutzt es nicht aus. Ich meide seine Kneipen, er meidet meine Kneipen. Meine letzte Hoffnung, er könne es sich doch noch anders überlegen, hat sich damit allerdings auch erledigt. Ich kenne ihn als so anständig mir gegenüber, dass er sich nur dann mit mir treffen würde, wenn er uns als Paar eine Chance gäbe, oder der Ansicht wäre, ich sei nicht mehr in ihn verliebt. Ich habe ihn einige Jahre zu früh kennengelernt. Auch Taugenichtse heiraten schon mal, aber erst mit Mitte Dreißig oder später, manche auch nie. Solange will ich nicht warten, zumal völlig ungewiss ist, ob er jemals heiraten wird, und nach unserem Gespräch ist eigentlich klar, dass ich nicht seine Auserwählte bin. Ich weiß, dass ich mich richtig entschieden habe. Ich lebe zu gern, um an einer sinnlosen Liebe festzuhalten. Solange ich ihn weiterhin treffen würde, hinge ich noch zu sehr an ihm und könnte mich nicht frei für andere entscheiden. Das Schwierige ist nur, jemanden aufzugeben, mit dem ich mich bestens verstehe und der mich auch sehr gern hat. Die Grenze zur Liebe ist fließend und ich bin noch immer der festen Überzeugung, dass ich für ihn auch mehr als nur ein guter Kumpel bin. Ich gehe fast jeden Abend aus. Es tut gut unter Freunden zu sein, die mir zeigen, dass sie mich mögen. Verabredungen zu zweit vermeide ich. Ich möchte eine Weile allein sein, will niemanden als Lückenbüßer für den Taugenichts um mich haben.

15
Weltschmerz und ein neues Abenteuer

Oft habe ich schon morgens wenig Lust, den Tag zu beginnen. Das Aufstehen fällt mir schwer. Der Taugenichts fehlt mir. Ich bin in der letzten Zeit traurig, habe schlecht geträumt. Die Tatsache, dass er nicht mehr anrufen wird und wir uns endgültig nicht mehr treffen werden, ist gerade in den Morgen- und Abendstunden überwältigend schmerzhaft. Meist sorgt nur der Alltag mit seinen vielfältigen Anforderungen dafür, dass der Seelenschmerz hinter handfesten Problemen zurücktritt. Ich lerne wie eine Verrückte, denn Beschäftigung bedeutet Verdrängen meiner Sehnsüchte. Dennoch bin ich anfällig für traurige Verstimmungen. Jede zärtliche Geste zwischen Liebespaaren verdeutlicht mir meine eigene Einsamkeit. Normalerweise kann ich nach solchen intensiven Arbeitstagen gut schlafen. Aber eines abends steigt der ganze Kummer wieder hoch. Ich bin müde und zugleich aufgewühlt. Draußen treffen sich Regenwolken am Himmel. Ich gucke bis zum Sendeschluss Fernsehen und weiß hinterher nicht mehr, was ich gesehen habe. Dieser sinnlose Zeitvertreib ist besser als irgendwelche Bekanntschaften ersatzweise aufzubauen. Ich brauche Zeit, um wieder mit mir selbst ins Reine zu kommen. Es fängt an zu regnen und zu gewittern. Mittlerweile ist es 3.00 Uhr nachts. Ich stehe am Fenster und schaue hinaus, ein Glas Bier in der Hand, die wievielte Flasche zähle ich schon nicht mehr. Ich weiß, dass es sinnlos ist, mich hinzulegen, ich würde nur schlaflos im Bett liegen. Die Fenster der umliegenden Häuser sind dunkel. Ich öffne mein Fenster weit und setze mich schräg aufs Fensterbrett. Vereinzelte Regentropfen treffen mich. Ich liebe Regen. Ich gehe gern bei Regen spazieren, auch ohne Regenschirm. Um diese Zeit ist niemand mehr unterwegs. Ich stelle leise und ohne Bässe meine Musik an und gucke aus dem dunklen Zimmer in das nächtliche Unwetter. Meine Traurigkeit wird immer größer. Ich fühle mich so elend, dass mir die Tränen über das Gesicht laufen. Überarbeitet, müde und schlaflos ohne jemanden, der mich tröstet, mich streichelt, mich liebt. Wie soll ich das Leben ohne Liebe ertragen? Kann ich jemals wieder einen anderen lieben? Was Thorsten jetzt tut, ob er in einer Kneipe oder bei einem seiner kurzfristigen Abenteuer hängt, oder ob er allein pennt, ist mir fast schon egal. Zum ersten Mal mache ich mir Sorgen um mich selbst. Warum bin ich immer noch so traurig? Warum kann ich ihn nicht einfach vergessen? Werde ich das jemals können? Ich lebe doch so gerne. Ich will fröhlich sein, aber mein Kummer überdeckt alles. Mir fehlt die nötige Unverschämtheit, um diese Zeit eine Freundin anzurufen. Es gibt Situationen, mit denen man selbst klar kommen muss. Eigentlich könnte ich in dieser Stimmung auch mit niemandem reden. Was sollte ich denn auch erzählen? Ich glaube, dass mich heute, zwei Monate nach unserer „Trennung" sowieso niemand verstehen würde. Am liebsten würde ich den Taugenichts anrufen, aber der könnte mir am wenigsten helfen. Es ist genug Zeit vergangen, um meinen Schmerz zu überwinden. 4.00 Uhr und ich kann immer noch nicht schlafen. Ich höre BBC, um meine Englischkenntnisse zu verbessern, versuche die News zu verstehen und höre die new entries der Top Fourty. Was soll ich nur tun, um den Taugenichts zu vergessen? Die Zeit mit ihm erscheint mir plötzlich so kostbar, dass ich mich selbst nicht mehr verstehe, wieso ich sie durch unsere Aussprache beenden konnte. Ich fühle mich so schutzlos meinen sentimentalen Gefühlen ausgesetzt. Ich versuche mir klarzumachen, was er sich bisher an Unverschämtheiten geleistet hat, um mich wütend zu machen. Ich weiß noch immer, dass ich richtig gehandelt habe. Aber ich verzeihe ihm noch immer alles. Wahrscheinlich ist es sowieso keine Frage der Vergebung, denn er hat es schließlich nicht forciert, dass ich mich in ihn verliebe und er hat mir nie etwas versprochen. Es wäre leichter, wenn wir uns nicht so gut verstanden hätten, wenn er ein Arschloch gewesen wäre. Das Eingeständnis, doch keine Sonderrolle im Leben des Taugenichts gespielt zu haben, sondern eine von vielen gewesen zu sein, tut schon weh. Aber wenn ich ehrlich bin, es ist die Wahrheit, alles Andere war die Beschönigung einer Verliebten. Was hätte ich also davon, wenn alles so weiterliefe? Es würde mir genauso weh tun. Der blöde Satz: „Lieber ein Ende mit Schrecken, als ein Schrecken ohne Ende" fällt mir ein. Irgendwie passt er. Ich glaubte früher schon zweimal, mich unsterblich verliebt zu haben. Jedesmal ging es vorbei. Die Erinnerung tröstet mich. Vergessen ist eine reine Zeitfrage. Bei ihm auch? Ich bin voller Zweifel. Und Omas schlauer Spruch: „Nicht nur einen Mann hat das Land, nein soviel wie Sandkörner am Strand" tröstet mich heute nicht. Zwar bemühen sich derzeit drei Männer um mich, aber ich kann mit diesen Verehrern nicht viel anfangen. Ich versuche, optimistisch zu sein. Nach meinen bisherigen Erfahrungen wird es zukünftig mit Sicherheit jemand anderen geben, der mich interessiert. Oft war dies überraschend schnell nach solchen schlaflosen Nächten der Fall. Solange ich keine Entscheidung herbeiführe, vermeide ich zwar solche Tiefs, habe aber gleichzeitig den Kopf nicht frei für andere Begegnungen. So bin ich schon öfter in einer Beziehung verharrt, die mir nicht gut getan hat. Mein Vorhaben, aus gesicherter Position heraus einen anderen Mann zu suchen, scheiterte früher daran, dass ich mich für einen anderen nicht entscheiden konnte, solange ich noch mit dem alten Freund zusammen war. Es wäre besser gewesen, ich hätte mich von ihm getrennt, als sich abzeichnete, dass wir keine harmonische Beziehung führen können. Dann wäre mir viel Stress erspart geblieben und ich hätte lieber allein leben sollen und dann meinen Frieden und meine Freiheit gehabt. Ich versuche, mich über meinen Mut und meine Zuversicht zu freuen, aber heute Nacht kann ich es nicht. Es ist 5.00 Uhr. Ich habe plötzlich Hunger. In der Küche schneide ich mir eine dicke Scheibe Brot ab und lege eine Scheibe Käse drauf.

Eine weitere Bierflasche wird geköpft. Mit der Stulle als Unterlage spüre ich die Wirkung des Alkohols nicht. Es hat aufgehört zu regnen. Ich fühle mich topfit und gehe spazieren. Ich habe keine Angst, um diese Zeit allein unterwegs zu sein. Vielleicht bin ich zu sorglos. Die frische Luft tut mir gut. Es begegnet mir niemand. Ich wüsste, wohin ich jetzt gehen könnte, um die ersten frisch gebackenen Brötchen zu kaufen. Aber mir fehlt der Nerv, mich müden Nachtschwärmern anzuschließen, die dort schon Schlange stehen. Die Welt ist so friedlich. Noch ist alles ruhig. Was bin schon ich in dieser Welt? Wenn ich mir den Sternenhimmel ansehe, fühle ich mich beruhigend klein und unbedeutend. Der Gürtel des Orion wird immer an dieser Stelle stehen, egal, was hier unten geschieht. Ob es noch andere Lebewesen im All gibt? Ich würde es zu gerne wissen. Bin ich eine überkandidelte Studentin, die zu viel Zeit hat, sich in solche Probleme hineinzusteigern? Plötzlich fällt mir auf, wie kräftig und gesund ich bin. Sollte ich nicht allein für meine Gesundheit dankbar sein? Und trotzdem frage ich mich: „Wo ist mein Platz in dieser Welt?“ „Kann Karriere nicht mein Lebensziel sein?“ Die hängt wenigstens zum Teil von mir selbst ab und nicht von flatterhaften Taugenichtsen. Sicher will ich beruflich Erfolg haben, aber ich möchte genauso gern auch Kinder haben. Meine Ansprüche sind wie immer groß: Ich will alles. Das amüsante Singleleben verliert irgendwann an Reizen. Es ist auf die Dauer anstrengend, ständig wegzugehen. Auch wenn das Ausgehen Spaß macht, verbindet nicht jeder Single unbewusst damit die Hoffnung, interessante Leute kennenzulernen, vielleicht sogar einen Partner für das Leben zu finden? Auch Abenteuer werden zur langweiligen Routine und manchmal entsteht daraus sogar Stress, wenn sich danach unerwartet Probleme ergeben, weil manch einer doch mehr als eine flüchtige Liaison darin sieht. Es sind doch alle auf der Suche nach etwas Liebe und Geborgenheit, auch die Taugenichtse.

Die Stammkneipe dient als Familienersatz. Betrunken sucht man am Thresen Bekanntschaften. Man muss nur aufpassen, dass man nicht das Stadium der Demaskierung erreicht, sentimental wird und Schwächen zeigt. Merkwürdig getröstet gehe ich nach Hause und schlafe ein. Ich nehme mir noch vor, mich künftig nicht mehr für Taugenichtse zu interessieren.

Kurz nach diesem löblichen Vorsatz lerne ich Andreas kennen. Karla und ich hängen mit Minirock bewaffnet in unserer Stammkneipe und sind bester Laune. Wir planen unsere gemeinsame Kunstausstellung und genießen anerkennende Männerblicke, die auf unseren Beinen ruhen. Als Karla kurz verschwindet, stellt sich Andreas lässig neben mich. Schon länger haben sich unsere Blicke getroffen. Er hat versuchsweise mal gegrinst, ich habe zurückgelächelt. Er gefällt mir. Er sieht jungenhaft-frech aus, strahlt gute Laune aus. Schon bevor er rüberkommt, weiß ich, dass er auch zu den liebenswerten Taugenichtsen gehört, diesmal in der blonden Ausführung.

„Bist du öfter hier?“ fragt er unvermittelt.

„Und du?“ Ich übernehme jetzt die Taugenichts-Methoden – frech, arrogant, lieb und diskret, geheimnisvoll, kühlen Herzens und selbstbewusst.

„Ich habe dich zuerst gefragt.“

„Stell dich erst mal vor!“

„Frankenstein junior,“ er guckt mich treuherzig an.

Als ich mir eine Zigarette nehme, will er mir Feuer geben. Sein Feuerzeug ist jedoch der reinste Flammenwerfer – eine meiner Stirnlocken verglüht. Wir sind beide im ersten Moment erschrocken – dann lachen wir albern los.

„Sollen wir woanders hingehen?“ fragt er.

„Ich bin mit einer Freundin hier.“

„Na und? Lass uns verschwinden. Sag ihr, dir wäre schlecht."

„Du kommst dir wohl sehr toll vor. Ich versetze meine Freundin nicht und schon gar nicht wegen eines Monsters, das ich gerade kennenlerne."

Er zieht eine Fratze, spreizt seine Hände und kommt mir unheimlich nahe: „Das Monster will dich küssen."

Seine Stimme ist dunkel, wie wohl auch sein Herz. Er küsst mich auf den Hals. Die vornehme Zurückhaltung von Thorsten fehlt ihm völlig.

„Gibst du mir deine Telefonnummer?" fragt er.

„Wo ich wohne, wird noch getrommelt."

„Gut, ich schaffe mir auch eine Buschtrommel an. Ist ja alles kein Problem … Wären Rauchzeichen nicht auch drin?"

„Soll ich meine Bude abfackeln?"

Als Karla zurückkommt, verschwindet er wieder.

Wenn Karla es nicht bemerkt, treffen sich unsere Blicke. Als wir gehen, deutet er noch einen Kuss an.

Ich schlage Karla unauffällig vor, in einer Woche zur gleichen Zeit nochmal in unsere Kneipe zu gehen. Ich weiß, dass er da sein wird. Die Woche vergeht viel zu langsam. Ich pfeife und singe vor mich hin. Karla trifft in der Kneipe einen alten Bekannten, mit dem sie unendlich viel zu bereden hat. Da kommt Andreas gerade recht. Er schleicht sich von hinten heran und hält mir die Augen zu. Ich wehre mich erschrocken. Er lässt los und küsst mich einfach auf den Mund.

„Können wir jetzt gehen?"

Karla ist versorgt. „O.K."

Er gibt mir vor der Kneipe ein Päckchen: „Ich habe dir was mitgebracht."

„Warst du dir so sicher, dass ich komme?"

„Ja."

Ich packe aus. Es ist ein Tamburin mit Glöckchen. Auf die Bespannung sind Punkte gemalt.

„Meine Telefonnummer in Trommelsignalen." Andreas grinst breit.

„Du bist verrückt."

„Wer sich mit einer Buschfrau trifft, muss verrückt sein."

Er fällt mir ungestüm um den Hals und küsst mich leidenschaftlich. Wieder verliebt in einen Taugenichts. Wir wissen nichts voneinander, aber ich habe bei ihm das Gefühl, ihn schon lange zu kennen. Er scheint nett zu sein. Was er beruflich macht, ist mir egal. Wir schlendern Arm in Arm unter viel Gekicher und ziemlich ziellos durch Aachen. Zuletzt landen wir im Degraa am Theater und hier holt mich heftig die Erinnerung an Thorsten ein. Andreas setzt sich direkt neben mich und küsst mich oft. Behutsames Händchenhalten und eine gewisse Vorsicht sind ihm fremd. Er erzählt fröhlich drauflos, genauso wie ich. Vom Taugenichts habe ich gelernt, Erzählungen über frühere Liebesbeziehungen oder Abenteuer zu vermeiden. Andreas fragt irgendwann unauffällig nebenbei, ob ich eigentlich allein bin. Ich nicke kurz mit dem Kopf, habe keine Lust viel dazu zu sagen. Er ist erleichtert, erzählt seinerseits auch nichts, was ich wiederum angenehm finde. Ich habe keine Lust problematische Beziehungen oder Liebeskummer anderer Leute durchzusprechen, sofern es nicht meine Freunde sind. Der eindeutige Blick von Andreas geht mir durch und durch. Mir ist völlig klar, wo das endet. Wie in Paris wundere ich mich darüber, wie leicht ich in solchen Momenten den Taugenichts vergesse. Vielleicht ist meine Liebe zu ihm auch nur Einbildung? Andreas ist erfrischend triebhaft und natürlich. Wir gehen zu mir, da fühle ich mich sicher. Immerhin kenne ich ihn noch nicht so gut, aber ich vertraue ihm und bin sicher, dass er sich anständig benimmt und ich nichts Unangenehmes zu befürchten habe. Er fühlt sich bei mir sofort wie zu Hause. Wir gehen direkt ins Schlafzimmer. Er genießt es, mich langsam auszuziehen. Aids ist kein Thema. Er hat ein Kondom dabei und ich hätte welche in der Nachttischschublade. Wir verschaffen den Nachbarn eine unruhige Nacht, was mir völlig egal ist. Er hält mir manchmal kichernd den Mund zu. Wir lachen uns an, verstehen uns ohne Absprache so gut. Ich schätze seinen Humor im Bett, eine wichtige und leider seltene Eigenschaft von Männern. Wir schlafen mit vielen Gutenachtküssen einträchtig nebeneinander ein.

Am nächsten Morgen ist er genauso bedürftig nach Zärtlichkeiten wie ich. Wir fallen wieder übereinander her. Dann duschen wir zusammen und genießen es, vom anderen eingeseift und gestreichelt zu werden. Wir frühstücken ohne Händchenhalten. Er amüsiert sich darüber, dass ich beim Eingießen Kaffee verschütte, findet es ungesund, dass ich jeden Morgen ein Ei esse und regt an, dass ich meine Messer schärfen lasse. Wehmütig denke ich an Thorsten und seine Unbekümmertheit. Zum ersten Mal fällt mir auf, wie entnervend es ist, schon morgens über solche Kleinigkeiten zu sprechen und die Eigenheiten des anderen zu kritisieren. Warum isst er nicht einfach? Ich merke, dass ich Andreas niemals so bedingungslos lieben könnte wie Thorsten. Er ist ein netter Kumpel, mit dem man viel Spaß haben kann, aber mehr auch nicht. Wir treffen uns in der Folgezeit ab und zu wieder. Ich achte aber darauf, dass ich noch Zeit für meine anderen Freunde, meine Hobbies und das Studium habe.

16
Unverhofftes Wiedersehen

Mittlerweile habe ich meine innere Ausgeglichenheit wiedergefunden. Mein Bedarf an Abenteuern ist mit Andreas gedeckt, weil mich der damit verbundene Stress mehr nervt, als das kurze Amüsement mir wert ist. Ich mag mich wieder selbst leiden und bin mit mir zufrieden. Mein Leben hat sich geändert. Ich gehe häufiger aus als früher und dies abwechselnd mit allen möglichen Freunden und Bekannten, manchmal auch allein. Dies habe ich in Paris gelernt. Noch vor einem Jahr wäre das für mich undenkbar gewesen. Heute ist das notwendig, weil ich manchmal ganz spontan ausgehen möchte und dann so kurzfristig keinen Freund mehr erreiche. Am liebsten gehe ich in meine Stammkneipe. Selbst wenn dort kein Bekannter ist, fühle ich mich dort zu Hause. Meist lerne ich im Laufe des Abends neue Leute kennen. Ich bin noch selbständiger geworden. Das kreative Arbeiten mit Karla und ihren Künstlern tut mir gut. Ich freue mich auf unsere gemeinsame Ausstellung und helfe gern bei den Vorbereitungen. An der Uni geht es voran und zum Einsamfühlen habe ich keine Zeit mehr.

Karla hat mich heute abend zu einer Bottle-Party bei sich eingeladen. Ich freue mich darauf, weil ich schon länger nicht mehr auf einer Fete war. Recht leger in weiten schwarzen Marlene-Dietrich-Hosen und klassischer weißer Pulli-Ergänzung mit riesig-verspieltem Ohrgehänge radele ich zu ihr. Ich habe mich nur dezent geschminkt: ein Hauch von Rouge, Wimperntusche und blassrosé Lippenstift, dazu ein orientalisch-süßes Eau-de-Toilette. Ich falle Karla herzlich um den Hals und erblicke dabei den Taugenichts. Er sieht mich genauso überrascht an. Dass Karla und Thorsten sich kennen könnten, war mir nicht in den Sinn gekommen. Ich drücke Karla die mitgebrachte Sektflasche in die Hand. Sie stellt mich Thorsten vor. Ich habe ihr nie von ihm erzählt. Er geht auf das Spiel ein. Ob sie seine neue Freundin ist? Karla ist zu beschäftigt, um die Vertrautheit zwischen uns zu bemerken. Ich lasse ihn stehen und stelle mich zu den Künstlern, die ich von unseren Atelierstunden her kenne. Sie begrüßen mich mit Umarmungen und Küsschen. Es ist Balsam für mein Herz, dass der liebe Taugenichts einmal sieht, dass andere Männer mich auch mögen. Ich stehe zwar mit dem Rücken zu ihm, bin mir aber sicher, dass er mich scharf, wenn auch unauffällig, beobachtet. Wie immer nach längeren Sendepausen hat er mich soeben wieder abschätzend zurückhaltend gemustert, nach dem Motto: „Sag an Liebes, wie stehen wir denn heute Abend zueinander?“ Aber zum ersten Mal, seit ich ihn kenne, fühle ich mich stark genug, ihm gegenüber zu treten, ohne schwach zu werden. Ich weiß, was ich will und wenn er das anders sieht, dann trennen sich unsere Wege unweigerlich. Ich gestehe mir ein, dass ich gern mit ihm zursammen wäre, aber ich will ihn nicht so, wie er bisher war. Dann möchte ich lieber allein und unabhängig sein. Als ich hungrig zum Buffet gehe, taucht Thorsten wie abgepasst plötzlich neben mir auf: „Darf ich dir was auf den Teller tun?“

Er macht mit der Hand eine einladende Geste quer über alle Salate und zwinkert mir zu. Ich habe zwar keinen Hunger mehr, lasse mir aber willig von ihm den Teller vollpacken. Dann lotst Thorsten mich in eine Ecke mit zwei Stühlen. Wie gewohnt setzt er sich so, dass seine Füße meine berühren.

„Wie geht ’s dir denn, Loulou?“ liebevoll schaut er mich an.

„Loulou gibt es nicht mehr und mir geht es gut. Was treibst du, alter Halunke?“

„So ’n bisschen studieren und feiern, wie heute. Aber sag doch ‚liebenswerter Taugenichts‘ zu mir, das hab ich schon so lang nicht mehr gehört. Was will ’ste denn trinken?“

„Egal.“ – Er geht brav, um was zu holen.

Ich sollte jetzt verschwinden. Das unverhoffte Wiedersehen mit Thorsten berührt alte Wunden. Es war so schwer, ihn aus meinen

Gedanken zu vertreiben. Warum muss er mir ausgerechnet heute, als ich mich auf eine schöne Party gefreut habe, hier über den Weg laufen? Ich merke wieder einmal, wie sehr ich an meinem Taugenichts hänge. Die letzten Monate haben zum Glück bewirkt, dass meine bedingungslose Verliebtheit zugunsten meiner eigenen Interessen und Persönlichkeit zurückgegangen ist. Ich bin trotzdem immer noch fassungslos über mich selbst und meine Sympathie für ihn. Er kommt mit zwei Pils wieder und reicht mir charmant grinsend mein Glas. Dabei berühren sich unsere Finger. Klar weiß er, was ich trinke.

Wir stoßen an, während seine Augen beängstigend sanft auf mir ruhen: „Santé Loulou."

Wir trinken. Wenn ich nur seinem liebevollen Blick trauen könnte.

Er stellt sein Glas hart auf den Tisch, schiebt sein Bein näher an meins und sagt: „Für mich gibt es Loulou noch, egal was du sagst."

„Wenn du meinst …"

„Woher kennst du Karla?" fragt er unvermittelt.

„Sie studiert mein Fach. Wir lernen und malen zusammen. Und du?"

„Zufall, über Jo."

„Aha."

Ich kenne Jo zwar nicht, aber im Prinzip ist es auch egal. Rechtzeitig fällt mir ein, dass er weitergehende Fragen nicht schätzt. So gucke ich mir die anderen Gäste an und sage erst mal nichts. Er rückt seinen Stuhl plötzlich dichter an meinen.

„Du wirst es nicht glauben, aber ich freue mich sehr, dich heute hier zu treffen. Ich hab dich schon vermisst, deine Launen, deine verrückten Ideen, selbst deine Frechheiten. Und vor allem ist mir aufgefallen, du bist die einzige Frau mit Herz, die ich kenne."

„So, so," wie immer bin ich nicht in der Lage, Komplimente mit einem charmant-arroganten „Danke“ entgegenzunehmen. Im Übrigen würde ich gerne wissen, warum er mir das erzählt. Seit unserem klärenden letzten Gespräch weiß er doch, was los ist und ich kenne seine Einstellung. Ich hätte ihm einiges zu sagen, vor allem wie schwer es mir fällt, ihn zu vergessen. Aber es wäre unklug, sich vor ihm diese Blöße zu geben und außerdem würde er sowas auch nicht verstehen. Für ihn sind Gefühle schon immer so kompliziert und furchterregend gewesen, dass er sich alles vereinfacht und das Nachdenken darüber weitmöglichst vermeidet. Ich spüre die altgewohnte Zuneigung zu mir, die für mich, da angeblich ohne Liebe, entsetzlich ist. Ach Thorsten, Thorsten!! Merkst du denn nicht, welche Konflikte du heraufbeschwörst?

„Ich muss mal kurz verschwinden,“ lüge ich.

Im Flur ziehe ich mir hastig meine Jacke an, schnappe meine Handtasche und verlasse diskret die Party. Dies werde ich Karla erklären müssen, aber heute habe ich nur Angst davor, noch länger bei Thorsten zu sein, mich wieder neu in ihn zu verlieben. Ich will diese aussichtslose Gefühlsduselei nicht noch einmal erleben. Ich bin schon jetzt wieder so aufgewühlt, dass ich in meine Stammkneipe gehe. Ich könnte sowieso noch nicht schlafen. Dort treffe ich einige Bekannte, die schon gut dabei sind und quer durch das Lokal „eine neue Pfütze“ bestellen. Wir unterhalten uns über Alles und Nichts, schön entspannend, nichts Hochgeistiges. Beim dritten Hefeweizen legt jemand seine Hand auf meine Schulter. Ich drehe mich leicht genervt um und sehe in die Augen meines Taugenichts.

Völlig überrascht frage ich ihn: „Was machst du denn hier? Das ist doch meine Stammkneipe und die ist für Taugenichtse verboten.“

„Ist noch was frei neben dir?“, er rutscht neben mich. „Den Tipp habe ich von Karla.“

„Warum bist du abgehaun? Die Fete ist mit Sicherheit noch nicht vorbei und es waren genug Frauen alleine dort …"

„Ach komm, Loulou. So bin ich doch auch wieder nicht. Ich wollte mit dir reden und du bist einfach gegangen. Nicht die feine englische Art, Mrs. Knigge."

„Man hat so seine Gründe."

„Magst mich denn nicht mehr?"

Sein Charme und die Hefeweizen sind wirklich zu viel für mich. Ich schaue in seine vertrauten Augen, mein Kopf kuschelt sich an seine Schulter und ich sage leise: „Doch."

„Komm, dann lass uns gehen. Das Bier lässt du besser stehen …"

Er steht auf, bezahlt, nimmt meinen Arm, bestellt ein Taxi, setzt sich nach vorn und gibt meine Adresse an. Wir steigen dort aus und gehen in meine Wohnung. Fürsorglich schließt er alle Türen auf und zu. Leicht amüsiert registriert er, dass mein Bücherregal immer noch auf halb neun hängt und mal neu gedübelt werden müsste. Er setzt sich wohlerzogen auf das Sofa. Ich frage genauso höflich, was er trinken möchte und gehe dann, ohne eine Antwort abzuwarten, in die Küche. Ich weiß natürlich auch, was jetzt angesagt ist: zwei Ouzo, eiskalt. Der griechische Anisschnaps ist milchig und vor Kälte auskristallisiert, als ich ihn in zwei geerbten Schnapsgläsern serviere. Ich setze mich auf einen Stuhl gegenüber.

Er macht eine einladende Geste Richtung Sofa: „Was ist denn los, Loulou? Bist 'e auf einmal schüchtern geworden?"

Ich habe ein bisschen Angst, mich zu sehr in seine Nähe zu setzen, tue es aber trotzdem, weil mir keine Ausrede einfällt. Unsere betrunkenen Augen sagen sowieso mehr, als unsere Gesprächslügen. Die Schnapsgläser klirren dezent, als wir stilvoll anstoßen.

„Was hast du denn die ganze Zeit gemacht?" fragt er neugierig.

„Studiert und gefeiert, wie du."

„Hmmm …"

„Du wirst doch wohl keine neugierigen Fragen stellen? Ich frage dich doch auch nicht nach deinen Herzchen in den letzten Monaten."

„Das kannste ruhig, da war nämlich fast nix."

„Ach nee ..."

„Ach ja! Und bei dir, es geht mich zwar nichts an, aber wo wir gerade beim Thema sind ..." betont desinteressiert flegelt er seine Beine anders.

„Bei mir war noch weniger als bei dir, also praktisch im Minusbereich."

Wir lächeln uns beide wohlwollend und wissend an.

„Schatz, eh, Thorsten, was machen eigentlich deine Klausuren und wie gehts Doris? Die habe ich etwas aus den Augen verloren."

„Die Doris hab ich jetzt auch schon länger nicht mehr gesehen. Und ansonsten läuft es so lala." Er ziert sich etwas.

„Eigentlich will ich nur eins wissen, Thorsten: Bist du zur Zeit glücklich und zufrieden mit deinem Leben oder nicht?"

Ich merke, dass solche Fragen für ihn ungewohnt sind. Trotzdem antwortet er, ohne sich zu beschweren. „Meist schon, aber das ist eine schwierige Frage."

„Du lebst doch im Prinzip gerne, oder?"

„Ja."

„Na also, aber du guckst ein bisschen traurig. Was hast du denn? Ich weiß, das darf man dich nicht fragen ..."

Er sieht mich sehr liebevoll an, nimmt meine Hand: „Wir kennen uns jetzt auch schon recht gut, hmm?"

„Jaa ..."

Er drückt meine Hand, ich seine. Mich ergreift wieder das Gefühl der absoluten Geborgenheit bei ihm. Es ist verrückt. Ich weiß nicht, was er in den letzten Monaten getrieben hat. Er weiß es auch nicht von mir. Ich fühle nur unsere gegenseitige, tiefe Zuneigung.

Und wieder frage ich mich, warum er mich nicht liebt? Oder liebt er mich und hat Angst, sich das einzugestehen? Die alten, unbeantwortbaren Fragen … Er streicht mir flüchtig, fast schüchtern über die Haare. Wir sind beide so stolze, selbstbewusste und fröhliche Menschen, aber wenn wir zwei allein sind, sind wir plötzlich ängstlich darauf bedacht den anderen nicht zu verletzen. Thorsten steht auf und holt uns wie selbstverständlich aus der Küche die Schnapsflasche. Er setzt sich wieder neben mich, nimmt meine Hand, führt sie zu seiner Wange und lehnt vertrauensvoll seinen Kopf daran. Er schließt kurz die Augen.

„Ich fühle mich so wohl bei dir. Kannst du mir das erklären?“ Er ist ängstlich.

„Nein …“ Ich könnte schon, aber ich will nicht. Darauf muss er schon selbst kommen. Wir quatschen noch lange über meine Kunstausstellung mit Karla, seine Wohnungssuche, unsere Urlaubserlebnisse, neue Bekannte, ein wenig auch über Politik und Uni-News. Dann sind wir beide müde und gähnen ungeniert. Ich muss ihm sagen, dass er nicht dort weitermachen kann, wo wir vor Monaten aufgehört haben, sonst werde ich vor ihm und mir selbst total unglaubwürdig. Zum Glück hat er soviel Anstand, dass dies unnötig wird. Er fragt nämlich ganz bescheiden, ob er im Wohnzimmer auf dem Sofa schlafen darf oder nach Hause gehen soll.

„Im Wohnzimmer kannst du natürlich schlafen. Warte, ich hole dir mal eben Bettzeug.“

Er küsst mich auf die Wange: „Gute Nacht, Loulou.“

Im Bett sehne ich mich danach, in seinen Armen zu liegen. Ich weiß, dass ich richtig handle, wenn ich allein schlafe, aber ich vermisse ihn so sehr. Es wäre so einfach, ins Nebenzimmer zu gehen und mich an ihn zu kuscheln. Ich weiß, dass er das auch gern hätte, aber aus Respekt vor meinen Gefühlen nebenan bleibt. Mein Stolz bringt mich heute Nacht fast um. Aber ich liebe ihn so sehr, ich habe mir fest vorgenommen, ihn nur bei mir schlafen zu lassen, wenn er mich heiratet.

Der arme Taugenichts, für ihn eine arge Verschärfung der normalen Spannung zwischen den Geschlechtern. Für mich gibt es nur das Entweder-Oder, weil mich sonstige Alternativen bei ihm unglücklich machen. Im Grunde genommen bin ich auch nicht so wild aufs Heiraten, aber bei ihm weiß ich, dass er eine solche Angst davor hat, dass er es nicht leichtfertig tun würde, sondern nur, wenn er wirklich jemanden sehr liebhat und dies der einzige Weg wäre, ihn zu behalten. Ich freue mich ein wenig darüber, dass er mich vermisst. Mir ist klar, dass sein „Vermissen" weniger schmerzlich ist als meins. Auch seine Suche heute ist eigentlich untypisch für ihn. Ich weiß, dass ich bei ihm nur eine Chance habe, wenn ich ihn nicht mehr brauche. Ich habe mein Leben mittlerweile auch ohne ihn im Griff. Sollte sich allerdings doch etwas anderes ergeben, würde ich darüber noch mal nachdenken. So schlafe ich bald ein und schicke dem Taugenichts nebenan ein paar liebe Gedanken.

Am nächsten Morgen dusche ich, bevor ich ihn wecke. Er ist bereits wach, als ich mit Badetuch bekleidet diskret klopfe. Sein riesiger, nackter Fuß guckt herausfordernd unter der zu kurzen Bettdecke hervor. Übermütig kitzele ich ihn, der sich noch recht verschlafen in den Kissen wälzt.

„Hey ..." er zuckt zurück.

Ich schalte Reggaemusik ein. „Guck mal, die Sonne scheint, direkt ein Grund um aufzustehen."

„Hmmm ..."

Das sieht die alte Schlafmütze wohl anders. Ich ziehe mich an, koche Kaffee und bringe ihm eine Tasse ans Bett: „Hier hast du eine Hallo-Wach-Hilfe."

Er guckt mich wohlig verschlafen an: „Das ist ja richtiger Service hier. Thanks. Du riechst gut.“

Ich hole mir auch eine Tasse und setze mich neben ihn aufs Schlafsofa. Wir trinken in aller Ruhe Kaffee. Die Sonnenstrahlen treffen seinen Fuß. Ich fühle mich so unendlich friedlich in seiner Nähe. Es scheint ihm genauso zu gehen. Er meckert nicht an meiner Wohnung oder an mir herum und ich nicht an ihm. Ich mag ihn auch mit seinen Macken, solange sie keine anderen Frauen betreffen. Ich denke an Andreas und fühle mich ihm gegenüber nicht im geringsten verpflichtet. Ob der Taugenichts auch ähnliche „Verpflichtungen“ hat? Bestimmt! Genaueres will ich nicht wissen. Ich bin froh, dass er keine derartigen Fragen stellt. Mit ihm ist alles so einfach und leicht. Kurz denke ich an all die Männer, die ich in den letzten Wochen kennengelernt habe. Es tat mir gut, festzustellen, dass ich genug Chancen bei anderen Männern habe, aber verliebt habe ich mich in keinen. Ich mustere den Taugenichts unauffällig, wie er verschlafen neben mir hängt. Was hat er den anderen voraus? Er hat einen lieben Charakter, ist meist fröhlich und mit allem zufrieden. Wenn ich jetzt kein Frühstück im Haus hätte, wäre es auch nicht schlimm. Er will wie ich sein Leben genießen und sich nicht mit Kleinigkeiten die Laune verderben. Mit ihm kann ich alles machen: auf vornehme Parties und in Abstiegskneipen gehen, Arbeiten bis zum Umfallen, mich amüsieren, schweigen, reden, Sport treiben, ich brauche mich nicht immer schick anzuziehen und nicht den besten Haarschnitt zu haben. Wenn ich ihn auf Veranstaltungen mitnehme, auf denen er niemanden kennt, steht er nicht verloren und gelangweilt in einer Ecke, sondern findet schnell Kontakt und amüsiert sich. Er ist höflich und neigt eher zum Understatement, im Gegensatz zu mir. Und er ist auf seine Weise anständig. Dafür liebe ich ihn. Wenn wir im letzten Jahrhundert leben würden, müsste ich mich längst für andere Leute entscheiden. Allein deren Beruf und Geld sind mir egal. Ich glaube, dass ich später selbst erfolgreich bin, also brauche ich keinen Mann, um finanziell abgesichert zu sein. Ich vertraue meinem Taugenichts, dass er irgendwie seinen Weg machen wird. Ob er später mal viel Geld verdient oder nicht, ist mir egal. Ich denke, zu zweit könnten wir es irgendwie schaffen, glücklich zu werden. Solange er nicht dasselbe denkt, schlage ich mir allerdings solche Überlegungen aus dem Kopf. Er stellt seine Tasse neben das Bett, reckt und streckt sich wohlig und fragt: „Sollen wir nicht einen Ausflug machen?"

„Sollen wir", das hat er noch nie gesagt. Ich freue mich über seine spontane Idee. Wir fahren in den Kölner Zoo. Ich mag dort besonders das Dschungel-Affen-Haus. Zielstrebig laufen wir an Flamingos in Teichen und an Elefanten vorbei. Dann stehe ich fasziniert vor den bis zum Boden reichenden Glasscheiben des Affenhauses. Die Schimpansen werden gerade gefüttert. Ein kleines Schimpansenbaby drückt sich von innen genauso die Nase platt wie ein kleines gleich großes Mädchen von außen. Beide mustern sich ernst und nur getrennt durch wenige Millimeter Glas. Ich bin begeistert und kann nicht weggucken, während der Taugenichts meist mich anguckt. Die anderen Schimpansen schwingen gelangweilt von Seil zu Seil und ärgern sich im Vorbeifliegen. Irgendwann zieht Thorsten mich dort weg. Dann stehen wir vor seinen Favoriten, den Eisbären. Zur Fütterung springen sie von einem Betonpfeiler in die grüne Brühe. Die eingesperrten Raubtiere tun mir leid. Ich denke, sie brauchen mehr Bewegungsfreiheit. Die Pinguine reizen uns dagegen zum Lachen. Einzeln stellen sie sich stolz mit gespreizten Flügeln vor den Wasserschlauch und lassen sich nassspritzen, weil es ihnen zu heiß ist.

„Ist dir auch heiß, Loulou?" fragt Thorsten und ruft im selben Moment einem Wärter, der ein Nashorn abspritzt, zu: „Hallo guter

Mann, richten Sie doch kurz mal ihren Schlauch auf Madame hier, der ist auch zu heiß."

„Aber Thorsten!"

Er lacht übermütig, der Wärter auch und andeutungsweise spritzt er in unsere Richtung ein bisschen Wasser.

Als wir wieder in meiner Wohnung sind, baut sich Thorsten vor meinem schiefen Bücherregal auf: „Hast du 'ne Bohrmaschine?" fragt er.

„Ja, soll ich sie dir mal leihen?"

„Gib mal her. Dann dübel ich dir das Regal mal anständig in die Wand. Das ist ja nicht mehr zum Ansehen."

„Das ist nett von dir. Ich mache uns inzwischen Kaffee."

Tatsächlich hantiert Thorsten kurze Zeit später mit Wasserwaage, Bleistift, Zollstock und Bohrmaschine. Das Ergebnis ist ordentlich. Mit dem Schraubenzieher in der Hand schlendert er kritisch durch meine Wohnung, zieht an manchen Schränken Schrauben nach und schaltet zuletzt kurze Zeit den Strom ab, um eine auf Halbmast hängende Steckdose vernünftig an der Wand zu befestigen.

„Wolltest du nicht auch deine Stereoboxen auf Brettern in die Ecken hängen, statt sie auf den Boden zu stellen?"

„Ja, die Bretter habe ich mir auch schon zuschneiden lassen und mit den nötigen Metallaufhängern hier liegen. Ich war bisher nur zu faul, das zu erledigen."

Peinlich berührt denke ich an meine Sprüche von „Selbst ist die Frau" usw. Ich kann zwar selbst mit einer Bohrmaschine umgehen, habe dazu aber meist wenig Lust.

Thorsten steckt voll ungewohnter Handwerkslust: „Komm, das können wir auch noch eben machen. Dann ist deine Bude endlich mal fertig eingerichtet. Du musst mir nur helfen und die Bretter halten, damit ich die Dübellöcher anzeichnen kann."

Emsig arbeiten wir noch eine weitere Stunde zu zweit. Er kommt ins Schwitzen. Ich reiche ihm verschiedene Werkzeuge an und halte, als es dunkel wird, eine Taschenlampe in die Ecken. Dann tritt er stolz in die Zimmermitte und betrachtet seine Arbeit. Ich stelle mich neben ihn, wie ein altes Ehepaar am Ende eines Tages. Das könnte der Taugenichts in diesem Moment auch gedacht haben, aber diese Vorstellung scheint ihn nicht mehr so abzuschrecken wie noch vor einem Jahr. Ich bin so gerührt, dass ich ihm wortlos einen liebevollen Kuss auf die Wange gebe. Er schaltet die Stereoanlage ein und legt sich zufrieden sorglos quer über das Sofa.

Dann blinzelt er mir zu: „Ach Loulou, wenn mir jetzt einer ein Bier bringen würde …“

„Was willst du denn, Pils oder Hefeweizen?“

„Hefe, aber lass, ich geh schon selbst.“

„Lass dich ruhig mal verwöhnen.“

In der Küche räume ich schnell eine nette Karte von Andreas zur Seite und schmiere uns dann ein paar Wurstbrote, verziert mit Dillgurken, da ich etwas anderes nicht vorrätig habe. Dabei denke ich dankbar an meinen heimlichen Liebhaber Andreas, den Thorsten nicht kennt und der mir auch nicht viel bedeutet, der aber ganz gut von so einem Typen wie Thorsten ablenkt.

Zwischendurch kommt Thorsten in die Küche: „Jetzt mach dir doch nicht soviel Umstände …“

„Ich bin sofort fertig.“

Dann gucken wir beim Essen im Fernsehen Nachrichten und einen Krimi. Als nichts Vernünftiges mehr gesendet wird, holt sich Thorsten ein Buch, was er sich offensichtlich schon vor einiger Zeit aus meinem Bücherregal ausgesucht hat. Ich nehme mir auch das Buch, was ich gerade lese. Ab und zu holen wir abwechselnd neue Bierchen aus der Küche. Lustige oder geistvolle Abschnitte lesen wir uns gegenseitig vor. Ich hätte nicht gedacht, dass der Taugenichts solche Abende ebenso liebt wie den Kneipenrummel. Diese

Seite an ihm werden wohl die wenigsten kennen. Es freut mich zwar, dass er offensichtlich eine Art Familienleben auch zu schätzen weiß, trotzdem mache ich mir sehr schnell klar, dass dies nur eine Laune von ihm sein wird. Wer weiß, von wieviel anderen Frauen er sich pflegen lässt, wenn er gerade mal in der Stimmung ist …

17
Der Taugenichts als Freund und Helfer

Ich beschließe, meine Arbeit an der Uni mal wieder zu intensivieren und melde mich freiwillig für ein umfangreiches Referat in einem Kolloquium. Passenderweise führt der Taugenichts die Aufsicht im Seminar, als ich dort für mein Referat Literatur suchen, kopieren und ein Konzept erstellen muss.

Er sieht mich und kommt sofort auf mich zu: „Hallo Susi. Was machst du denn hier bei den Architekten? Hast du dich verlaufen?"

„Hallo Schätzchen. Ich muss ein Referat über die Wirtschaftlichkeit und den sonstigen Nutzen vom sozialen Wohnungsbau im Vergleich zum freien Wohnungsbau schreiben. Dazu gibt es einige Dissertationen und Monographien, die bei euch im Seminar exklusiv zu finden sind."

„Aha, da bist du ja richtig fleißig. Komm, ich besorge dir erstmal einen schönen Arbeitsplatz am Fenster."

Er führt mich zu einem netten Platz, der eigentlich für einen Assistenten reserviert ist.

„Meinst du, ich kann mich hier einfach hinsetzen? Was soll ich machen, wenn der Assi kommt?"

„Der kommt sowieso nicht. Der Platz hier ist mehr was fürs Auge. Der Assi arbeitet natürlich lieber zu Hause. Und im Übrigen könnte ich sonst auch erzählen, du seist meine hübsche Assistentin …" er grinst mich an, ganz charming boy.

„Na, das wüsste ich aber … Trotzdem vielen Dank. Wo ist euer Katalog?"

„Da hinten. Ich geh mit und helf dir, dann geht es schneller."

„Ich dachte, du führst hier die Seminaraufsicht? Hast du nichts zu tun?"

„Doch, aber die Begleitung und der Support von büchersuchenden Studenten gehören auch zu meinen Aufgaben."

„Vor allem, wenn es Studentinnen sind, hm? Na da hast du ja wieder mal den richtigen Job gefunden …"

Thorsten läuft zielstrebig vor mir her, lässt sich mein Blatt mit den Literaturangaben geben und fängt an, in den Karteikästen zu wühlen. Er wirkt ungewohnt seriös in dieser wissenschaftlichen Umgebung mit seiner sandfarbenen Bundfaltenhose und dem hellblau-weiß gestreiften Hemd. Wieder einmal wird mir klar, dass wir zwei erwachsene Menschen sind, die ihre beruflichen Aufgaben allein meistern müssen und dies auch tun. Wenn uns hier jemand beobachtet, würde der nie auf die Idee kommen, dass wir uns intimer kennen und uns schon einige Auseinandersetzungen geliefert haben. Achim sagte mir mal in Paris: „Gott sei Dank gehört es heutzutage zu den Bürgerrechten, sich am Tag anders zu geben, als man nachts dann wirklich ist." Dieser Satz trifft wahrscheinlich auf uns zu.

„So Madame, hier sind die Fundangaben. Jetzt setz dich hin, ich hole dir die Bücher."

„Aber Thorsten, das brauchst du doch nicht. Du bist doch nicht mein Laufbursche."

„Lass mich mal machen …" Er wirft mir einen wohlwollend-frechen Blick aus seinen grünen Augen zu und steuert das erste Regal an. Heute ist er wieder so hilfsbereit und lieb, dass ich ganz gerührt zu meinem Tisch gehe und dort untätig warte, bis er mir die Bücher bringt. Dann geht Thorsten wieder an seine Arbeit. Ich bin so vertieft in mein Thema, dass ich gar nicht merke, wie die Stunden vergehen. Thorstens Gegenwart verwirrt mich nicht mehr. Aus heiterem Himmel steht jedoch plötzlich Andreas vor mir.

„Das gibt es doch nicht – sag nur, meine Buschfrau ist hier Assistentin?" Er spricht so laut, dass es unüberhörbar durch den großen Saal schallt.

Ich werde knallrot. „Psssst, sei nicht so laut. Du störst die anderen," flüstere ich in meiner Verlegenheit: „Was machst du denn hier?"

Andreas beugt sich über den Tisch: „Ich wollte einen Freund abholen, aber der ist hier nicht zu finden. Sag mal, wann sehen wir uns eigentlich mal wieder?"

Ich bin von seiner Anwesenheit peinlich berührt, weil ich mich wochenlang nicht bei ihm gemeldet habe. Nur um ihn loszuwerden, schlage ich schnell vor: „Übermorgen in der Stammkneipe, O.K.?"

„Ja, ich freue mich darauf."

Andreas gibt mir ohne Scheu einen äußerst privaten Kuss mitten auf den Mund und geht. Mit meiner Konzentration ist es vorerst vorbei. Hoffentlich hat der Taugenichts diesen Auftritt nicht mitbekommmen. Ich schäme mich nicht für die Bekanntschaft mit Andreas, aber er gibt sich mir gegenüber immer so eindeutig sexuell, dass es mir vor Thorsten peinlich ist. Er soll über meine Liebschaften besser nichts wissen. Eine halbe Stunde später kommt Thorsten wie zufällig zu meinem Tisch, setzt sich lässig auf die Kante und fragt: „Kommst du mit, 'n Kaffee trinken?"

„Ja und ich lade dich sogar als Dank für deine nette Hilfe vorhin dazu ein."

„Das lasse ich mir doch gern gefallen."

Wir gehen in die Caféteria. Während ich Kaffee hole, sucht er uns einen Tisch. Er ist so eitel, dass er sich mit mir nirgendwo dazu setzen will, sondern solange wartet, bis ein Tisch frei wird. Dort wehrt er andere Leute unbarmherzig ab und gibt nur die übrigen zwei Stühle frei. Eine Weile hängen wir jeder unseren Gedanken nach. Ab und zu grüßt der Taugenichts lässig die überwiegend weiblichen Bekannten, die an unserem Tisch vorbeiflanieren. Diese mustern mich zum Teil recht interessiert und hochmütig, wenn Thorsten keine Notiz von ihnen nimmt. Manche fallen ihm affektiert um den Hals und geben ihm hingehauchte französische Küsschen auf die Wange. Aber das lässt mich kalt, da ich genau merke, dass Thorsten diese Aktionen unangenehm sind und es eher so aussieht, als ob er mit seinen Kommilitoninnen nicht in so enger Verbindung steht, wie ihr Verhalten vermuten lassen könnte. Viele von ihnen sind recht modisch herausgeputzt. Ich schaue unauffällig an mir herunter und fühle mich in meinen Jeans mit Pulli vor ihren kühlen Blicken plötzlich schäbig angezogen. Wenn ich mich mit all den „Schönheiten" in eine Reihe stellen müsste, wie würde ich neben ihren bunten Sommerklamotten wirken? Wohl eher langweilig, nichtssagend.

Der Taugenichts legt plötzlich eine Hand auf meine Schulter und fragt ehrlich besorgt: „Was hast du denn Loulou? Du guckst auf einmal so traurig. Kommst du mit deinem Thema nicht klar? Soll ich dir helfen?"

„Danke, das geht schon."

Er bohrt nicht weiter, dazu ist er zu feinfühlig, aber er sieht mich voller Zuneigung an. Ich komme mir etwas albern vor. Was geht mich die Kleidung von Thorstens Bekannten an?

„Weißt du Thorsten, du hast keine Schwester, also schätze ich mal, kennst du die weibliche Seele nicht besonders gut. Wir Frauen sind manchmal schon komisch in unseren Gefühlen, aber ihr Männer ja auch. Und wenn du es genau wissen willst, ich fühle mich neben deinen weiblichen Bekannten hier wie in Sack und Asche gekleidet. Warum soll ich dir das nicht sagen? Wir haben nie ein Blatt vor den Mund genommen. Ich habe keine Lust, dir etwas vorzumachen."

Thorsten gibt mir ein zärtliches Küsschen auf die Wange: „Darum mag ich dich gerade. Für mich bist du auch in Sack und Asche hübsch. Weißt du, mit den wirklich schönen Frauen ist das so ein Problem. Sie sind so sehr von ihrer Wirkung überzeugt, dass die meisten menschlich unerträglich sind."

„Das sagst du als Mann? Ich denke, ihr schmückt euch gern mit schönen Frauen und sei es nur, um den Neid anderer Männer zu genießen, wenn ihr mit einer Schönheit ausgeht."

„Hm, ja ... aber so einfach ist das nicht. Man will sich ja auch unterhalten und nicht nur den Showmaster für die Prima Bella spielen. Und wenn die sich nur verwöhnen und unterhalten lassen will, sich nur begrenzt für Mode, Kosmetik etc. interessiert, eventuell noch für die Muckibude, um die Figur zu halten, dann kannst du ihr nur noch ein Pflaster auf den Mund kleben. Auf die Dauer ist das nichts. Es gibt natürlich auch schöne und intelligente Frauen. Einige von ihnen habe ich kennengelernt, aber die waren meist vergeben, no chance."

„Wahrscheinlich hast du dich auch nicht besonders angestrengt, solche Frauen näher kennenzulernen."

Der Taugenichts grinst amüsiert: „Stimmt. Ich finde, wir sollten auch mal von der Gleichberechtigung profitieren. Sollen sich doch die Weiber mal was einfallen lassen, um uns näher kennzulernen."

„Vielleicht sind die Ideen der Weiber so unauffällig, dass du das gar nicht merkst?"

„Och doch, für sowas habe ich ein feines Gespür."

„Na ja, davon habe ich aber bisher noch nicht viel gemerkt. Für mich bist du eher so eine Art Krümelmonster aus der Sesamstraße. Das kommt ständig überraschend aus seiner Mülltonnen-Wohnung, reißt grobe Scherze, worüber alle lachen und ist jederzeit bereit abzutauchen, sofern die Situation droht, unangenehm zu werden."

„Guckst du jetzt Kinderstunde? So genau kenne ich die Sesamstraße nicht, aber jetzt muss ich mir mal eine Sendung ansehen, um das Krümelmonster in Aktion zu erleben. Vielleicht kann ich davon noch was lernen."

„So negativ war der Vergleich nicht gemeint. Das Krümelmonster ist insgesamt nett, wie du ja auch."

„Hmm, dankeee, dankeee. Ich bleibe der liebenswerte Taugenichts, das hört sich besser an."

„Das bist du ja trotzdem noch."

Wir begeben uns wieder an die Arbeit.

Um 20.00 Uhr kommt der Taugenichts und fragt: „Wie lange brauchst du noch?"

„Zirca eine Stunde."

„Hmm ..." er geht wieder.

Ich kenne ihn gut genug, um zu wissen, dass er heute wohl mit mir weggehen möchte und in seiner üblichen Art dazu nichts sagt. Aber ich bin wild entschlossen, nur mit ihm auszugehen, wenn er mich vernünftig fragt. Ich werde diesen Bengel schon erziehen!

Nach eineinhalb Stunden erscheint der Taugenichts nochmal, schleicht um meinen Tisch herum und stellt fest: „Du bist ja immer noch fleißig."

„Ja, leider. Es ödet mich an, aber ich möchte hier heute fertig werden."

Er holt sich ein Buch und verschwindet wieder. Ich habe den starken Verdacht, dass er das Buch gar nicht holen wollte, sondern nur nachsehen wollte, ob ich noch hier bin und nicht etwa – ohne ihn zu informieren – schon gegangen bin. Das amüsiert mich. Dieser alte Halunke ...

Als ich endlich fertig bin, gehe ich zu ihm: „So, ich bin soweit."

Der Taugenichts tut nun seinerseits sehr beschäftigt und erklärt mir, was er macht. Er scheint darauf zu warten, dass ich irgendetwas zum heutigen Abendprogramm sage. Dann braucht er nicht zu fragen, sondern kann einfach mitgehen.

Aber ich sage nichts, sondern greife im Gegenteil zum Telefon und rufe jemanden an, von dem ich mit Sicherheit weiß, dass er nicht zu Hause ist (nämlich mich selbst). Für den Taugenichts mag es so aussehen, als wolle ich mich jetzt mit einem anderen verabreden. Solange er die Zähne nicht auseinander kriegt, geschieht ihm das ganz recht.

Als ich aber den Hörer auflege, fragt er direkt: „Sollen wir noch zusammen essen gehen?“

„Ja gerne. Ich habe einen Mordshunger.“

Ich bin in Hochstimmung, die erste Erziehungsmaßnahme ist geglückt. Er hat kapiert, dass es nicht selbstverständlich ist, dass ich mit ihm weggehe und dass es auch andere Leute gibt, mit denen ich gern ausgehe. Er ist nun sehr zutraulich und höflich, trägt meine Tasche, bietet mir seinen Arm an und ich genieße seine Gegenwart. Beim Essen erzähle ich ihm, dass ich mal wieder die Grenze meines Dispokredits erreicht habe und dringend einen Job brauche.

Er guckt mich nachdenklich an: „Was willst du denn arbeiten?“

„Am liebsten als Urlaubsvertretung für eine Sekretärin oder als Messehostess. Das wird beides ganz gut bezahlt.“

„Vielleicht kann ich dir helfen ...“ Nach einem schmackhaften Essen in freundschaftlicher Atmosphäre übernachten wir in getrennten Betten bei ihm, da er näher am Restaurant wohnt. Wenn Thorsten mir Hilfe bei der Jobsuche verspricht, dann nehme ich das allerdings nicht besonders ernst, weil ich davon ausgehe, dass er sowas schlichtweg vergisst. Und deshalb beschließe ich, morgen unbedingt bei der Arbeitsvermittlung für Studenten nach einem Job zu fragen.

Diesmal tue ich Thorsten Unrecht. Am nächsten Morgen erwische ich ihn dabei, wie er vorsichtig aufsteht und mit einem Bekannten telefoniert. Er glaubt, ich schlafe noch und gibt sich deshalb Mühe, besonders leise zu reden.

Staunend und gerührt zugleich höre ich, wie er sich bemüht, mir einen Job zu besorgen: „Doch, sie ist sehr nett und braucht dringend Geld, wie alle Studenten. Ja, ich kenne sie persönlich und kann sie nur dringend empfehlen. Ich denke, sie wird die Position gut ausfüllen. O.K., ich sage ihr Bescheid. Danke, Stephan."

Als er sich umdreht und in meine Augen schaut, wird er kurz rot und sagt abschwächend: „Er überlegt sich das bis heute Abend. Aber mache dir erst mal keine Hoffnungen. Es ist eher unwahrscheinlich."

Trotzdem kriege ich die Stelle. Als ich mich bei „Stephan" vorstelle, fragt dieser amüsiert: „Ist Thorsten Ihr Chef, Ihr Ehemann oder Ihr Geliebter? Der hält ja sehr viel von Ihnen. Er hat hier noch zweimal angerufen, um sich zu vergewissern, ob Sie den Job bekommen."

Dabei zwinkert er mir zu und ich weiß, dass ich darauf nicht zu antworten brauche. Ich organisiere einen einwöchigen Kongress in Aachen, stimme telefonisch die Hotelreservierungen der Teilnehmer ab, gebe Anfahrtshinweise, stelle Menüs zusammen, besichtige die Konferenzräume, bestelle den Blumenschmuck und kümmere mich um die Kongressmappen und die Funkmikrophone. Der Job macht mir großen Spaß und er wird gut bezahlt. Nach zwei Wochen bin ich saniert und mein Chef ist zufrieden, so dass er von sich aus anbietet, sich bei mir zu melden, wenn ähnliche Sonderaufgaben anstehen.

Offenbar hat er dies auch Thorsten mitgeteilt, denn der ruft kurz darauf an und sagt: „Hast du gut gemacht, Loulou. Oh, sag mal, könntest du mir in eurem Seminar einen Aufsatz kopieren? Ich brauche den dringend und komme da nicht so schnell hin."

„Natürlich."

Ich werfe ihm den Aufsatz noch am selben Abend in seinen Briefkasten, als ich mit dem Rad nach Hause fahre. Zwei Stunden später ruft Thorsten an.

„Danke, das ist lieb, dass du dich drum gekümmert hast. Dann bis später."

Thorsten legt auf. Ich halte noch eine Weile versonnen den Hörer in der Hand. Zum ersten Mal hat er sich bei mir für etwas bedankt. In diesem Moment kommt Andreas, um mich unangemeldet zu besuchen. Mir fällt plötzlich auf, dass ich ihm viel bedeute, auch wenn er das nicht unbedingt zugibt. Er tut mir leid und ich mache Schluss, bevor er sich noch mehr in mich verliebt. Ich will ihn nicht verletzen und seit ich Thorsten wieder öfter sehe, weiß ich, dass mein Herz immer noch an ihm hängt. Das sage ich Andreas allerdings nicht, warum sollte ich ihm unnötig mit solchen Äußerungen weh tun. Andreas geht äußerst bedröppelt nach Hause und lässt mich mit meinem schlechten Gewissen allein. Ich frage mich, ob ich mir Vorwürfe machen muss. Hätte ich mich gar nicht erst mit ihm einlassen sollen? Aber hätte ich das nicht getan, könnte ich auch nicht entscheiden, ob mich der andere interessiert oder nicht. Das Risiko, dass sich einer verliebt und der andere nicht, trifft beide gleichermassen. Trotzdem tut mir Andreas heute abend leid.

18
Mein Leben in Freiheit

Heute abend habe ich seit langer Zeit nichts vor. Erst erschreckt mich diese Tatsache und ich ertappe mich, wie ich zum Telefon greife und die gewohnten Nummern wählen will. Aber dann überkommt mich ein Gefühl des Wohlseins und der Freiheit. Ich brauche heute niemanden, um glücklich zu sein. Ich betrachte selbstverliebt meine schlanken Fesseln in den schwarzen Nylons, die rotlackierten Fußnägel, meine schmalen Füße, die Rundungen von Hüfte und Busen, mein Gesicht. Mein figurbetontes Kleid gefällt mir. Zuversichtlich strahlen mir meine Augen im Spiegel entgegen. Ich zwinkere mir selbst frech zu, wie heute früh dem Kind, das an der Hand einer gehetzten Mutter lustig zu mir rüberschaute und mich selbstzufrieden angrinste. Ich tanze selbstversunken zu fetziger Musik. Dann werfe ich übermütig die Schuhe von den Füßen und flegele mich entspannt quer auf das Sofa. Was will ich mit meinem Leben anfangen? Ich fühle mich so frei, so wohltuend ungebunden. Mir stehen alle Türen offen. Es gibt niemanden, für den ich sorgen müsste. Ich kann in alle Länder der Welt gehen, wenn ich nur wollte, kann abwechselnd jobben und verreisen. Es ist ein gutes Gefühl, frei zu sein. Zum ersten Mal verstehe ich den Taugenichts und seine Freiheitsliebe. Verdammt, er hat Recht. Selbst der toleranteste Partner bedeutet Einschränkung. Mit ihm müsste man seine Lebensplanung bereden. Ohne ihn kann man selbst nach Lust und Laune entscheiden und das tun, was einem gefällt. Ich blättere sehnsüchtig in Bildbänden über Kanada, Australien, Neuseeland und Amerika. Beim Ansehen der Fotos dieser Länder, versuche ich mir vorzustellen, wie es wäre, dort zu sein. Freiheit über alles! Wie schrecklich, wie beengend, wenn nun jemand hinter mir stünde, der mir aus Eifersucht oder Angst mich zu verlieren, von allen Wagnissen abraten würde. Aber wäre der Taugenichts so? Nicht darüber nachdenken … Jedenfalls hat mich die Bekanntschaft mit ihm erstaunlich verändert. In ähnlich introvertierte Typen wie Robert würde ich mich nicht mehr verlieben, seit ich Thorsten kenne. Ich brauche jetzt auch in Beziehungen meine Freiheit und ich liebe unkomplizierte Menschen. In gewisser Weise hat Thorsten Recht: Man bringt sich mit engen Bindungen um viel Lebensfreude, um viele Möglichkeiten das zu tun, wozu man Lust hat, weil der Partner damit nicht einverstanden ist. Es fragt sich nur, um welchen Preis man sich seine Freiheit so erkaufen muss. Heute abend bin ich voll auf seiner Seite, aber morgen werde ich mich vielleicht schon fragen, ob der Verzicht auf eine Familie nicht ein zu hoher Preis ist. Will ich immer auf eigene Kinder verzichten, nur um mir die Arbeit mit ihnen zu ersparen und mir meine Ungebundenheit zu erhalten? Früher hätte ich mit Schrecken ans einsame Alter ohne Familie gedacht und diese Frage mit einem klaren „Nein“ beantwortet. Aber mittlerweile bin ich nicht mehr bereit, Kompromisse einzugehen. Solange ich keinen Partner finde, der sich die Hausarbeit und Kindererziehung mit mir teilt, verzichte ich dankend und bleibe lieber kinderlos, unverheiratet und ohne Beziehungsstress. Die Frage einer Kompromissheirat stellt sich zum Glück in den nächsten Jahren nicht, denn noch bin ich von der Vorstellung, alleine und ohne Partner jahrelang Windeln zu wechseln, in Babysprache zu reden und mich über Kindergartenplätze und Sonderangebote zu informieren, hinreichend abgeschreckt. Ich werde nur aus Liebe oder gar nicht heiraten, weil ich der festen Überzeugung bin, dass Liebe das beste Fundament für eine Ehe mit all ihren Höhen und Tiefen ist. Also sind meine Vorstellungen hoffnungslos romantisch. Vielleicht passe ich nicht in die heutige Zeit. Nur, was ist Liebe eigentlich? Definieren könnte ich sie nicht. Ich weiß aber, dass ich so tiefe Zuneigung wie zu Thorsten nicht bei anderen Männern verspüre. Unvollkommen ausgedrückt müsste ich vielleicht sagen: Liebe ist die absolute Sympathie und Warmherzigkeit für einen anderen Menschen, unabhängig davon, welche Fehler er hat. Liebe ist die unbedingte Hilfsbereitschaft in Notlagen, unabhängig davon, wie sich der Geliebte zuvor verhalten hat. Liebe ist die geistig unbegründbare Herzlichkeit und Schwäche, die man empfindet, wenn der andere vor einem steht. Liebe bedeutet oft, mehr Gefühl zu haben, als rational vernünftig wäre. Liebe ist möglicherweise eine chemische Verirrung, vielleicht eine Art von Sinnestäuschung, die aber stärker ist als der Verstand. Leider gibt es noch kein Gegenmittel, zumindest kenne ich keines. Ich glaube, dass Liebe der Nährboden von Verzeihung und vielen anderen positiven Gefühlen ist und dass enttäuschte Liebe unfähig zum Hass ist. Die These „Je größer die Liebe, desto größer der Hass“ stimmt nicht, wenn der andere sich anständig verhalten hat. Liebe kann nicht in Hass umschlagen. Und wenn ein Mensch Hass empfindet, hat er vorher nicht richtig geliebt. Und wieder einmal frage ich mich, warum manche Menschen von vornherein bei mir einen Stein im Brett haben, andere sich dagegen abstrampeln können, wie sie wollen, ohne viele Chancen zu haben, meine Freundschaft zu erringen. Auch ich bin gegenüber den Gefühlen anderer Menschen ungerecht. Das belastet mich allerdings nicht besonders. Schließlich habe ich als Mensch das Recht, unvollkommen zu sein.

Mein Blick fällt auf die rötlichen Canyons des USA-Bildbandes. Und schon bin ich in Gedanken dort und schaue in die weite Ferne. Was interessiert mich eine Familie und das ganze Theater drumherum? Amüsiert erinnere ich mich, dass meine Schwester letztens zum Abschied feststellte, ich sei ein weiblicher Taugenichts und stünde Thorsten in nichts nach. Ich solle mir nur mal überlegen, wie viele Liebhaber ich in den letzten Monaten hatte und wie viele Verehrer sich erfolglos um mich bemühen. Dies war mir so richtig noch nie aufgefallen, weil mir diese Männer alle nichts bedeuten.

Einige Zeit später klingelt abends das Telefon. Der Taugenichts fragt, wie es mir geht. Da ihm das sonst auch höchst egal ist, frage ich, was er hat.

Er druckst rum: „Ja – eh – nix. Mir gehts gut."

„Ach, Thorsten, komm raus mit der Sprache. Für solche Komödien kennen wir uns doch mittlerweile zu gut, oder?"

Die Samtpfötchen sind angesagt.

„Willst du heute noch weggehen?"

„Eigentlich nicht. Willst du vorbeikommen?"

„Hätt'st du was dagegen, wenn ich heute abend bei dir buche?"

„Nee."

„O.K., dann bis gleich."

„Bis gleich."

Ich bin einigermaßen beunruhigt. So hat er sich noch nie angemeldet. Ich weiß, dass es ihn einige Überwindung gekostet haben muss, dieses Telefonat zu führen und zuzugeben, dass er in irgendeiner Form Hilfe braucht. Ich bin froh, dass er sich damit an mich wendet. Und insgesamt überwiegt erst einmal die Freude, ihn gleich zu sehen. Als er eine halbe Stunde später noch nicht da ist, bin ich sicher, dass er sich wieder maßlos verspäten wird, vielleicht auch gar nicht mehr kommen wird. Ungerührt setze ich mich an meine Schreibmaschine und tippe mein Referat weiter ab.

Nach weiteren zwei Stunden ruft der Taugenichts wieder an: „Bist du noch zu Hause? – Ich fahre jetzt los. Ich wurde aufgehalten."

„Ja, ja. Ich tippe meine Arbeit fertig, aber wenn du bis 1.00 Uhr nicht hier auftauchst, gehe ich schlafen."

„Bis gleich."

Als er kurze Zeit später da ist, will er mit mir wegfahren und irgendwo draußen ungestört reden. Er hat dunkle Schatten unter den Augen, sieht schlecht aus. Ich packe zwei Gläser und eine Flasche Rotwein ein und wir fahren zum Loosberg. Er hat starke

Zahnschmerzen und gibt sich keine Mühe, diese vor mir zu verbergen. Er muss morgen zum Zahnarzt, kriegt zwei Weisheitszähne gezogen. Ich denke, er will heute nicht allein sein und Stressprogramme mit seinen anderen Herzchen sind ihm heute zu anstrengend. Er weiß, dass er sich Clownerien bei mir schenken kann. Ich kann mich selbst unterhalten und wenn er bei mir ist, will ich lieber wissen, was er so macht, als einen Unterhaltungskünstler zu erleben. Geschwächt und ein wenig niedergeschlagen befindet sich der Taugenichts in seltsam zutraulicher Stimmung. Wir setzen uns auf eine Holzbank. Er öffnet ganz Gentleman die Weinflasche und gießt uns ein. Wir stoßen an und schauen über die Häuser von Aachen, die langsam mit dem Dom im Abenddunkel verschwinden.

„Weißt du, Loulou, in solchen Momenten, da …" er wirft mir einen kurzen liebevollen Blick zu, „sag mal, wie stellst du dir eigentlich eine Partnerschaft vor? Hast du keine Angst davor, eingesperrt zu sein?"

„Das eine hat doch mit dem anderen nichts zu tun."

Ich denke an Robert und weiß, dass ich ein bisschen lüge, denn wie oft empfand ich seine Allgegenwärtigkeit, seine Ansprüche und seine Eifersucht als erdrückend. Hinzu kamen die ständigen kleinen Reibereien. Manchmal war mir sein Ring am Finger wie eine schwere Last. Ich will Thorsten nicht verschrecken und ihm längst vergessene Geschichten erzählen, zumal ich denke, dass Robert und ich einfach nicht zueinander gepasst haben.

„Heh, was ist los mit dir?" der Taugenichts knufft mich in die Seite. „Willst du mit mir nicht darüber reden?"

„Doch. Aber ich möchte dir nicht von gescheiterten Altbeziehungen erzählen, sondern lieber davon, wie ich mir heute eine Partnerschaft vorstelle. Man lernt ja dazu und ich weiß heute, was für mich wichtig ist."

„Noch Wein, Madame?" der Taugenichts ist sehr aufmerksam.

„Ja, bitte."

Wir sehen beide auf einen unbestimmten Punkt in der Ferne.

„Ich bin hoffnungslos romantisch in solchen Dingen und ich wünsche mir einen Partner, der mich liebt und achtet, so wie ich bin. Er braucht nicht reich zu sein, muss kein Auto und kein Abitur haben. Seinen Lebensunterhalt sollte er allerdings schon allein verdienen. Er sollte intelligent sein und Humor haben, damit lebt es sich leichter. Er sollte mir treu sein. Er kann ruhig mit anderen flirten, aber mehr auch nicht. Er soll nicht an mir rumerziehen. Ich will mich auf ihn verlassen können und ich möchte zu ihm absolutes Vertrauen haben können. Er muss akzeptieren, dass ich arbeiten will. Wenn Kinder da sind, halt halbtags. Er muss auch Kinder haben wollen und sie lieben. Er soll es als gemeinsames Problem betrachten, sich um sie zu kümmern. Und er soll die Finger von meinem Schreibtisch lassen. Das ist ein Bereich, der mir gehört. Dort liegt mein Tagebuch, die Post, die ich bekomme und ich will nicht, dass er dort rumkramt, außer ich bin damit einverstanden. Er sollte höflich sein, halt jemand, den man überall mit hinnehmen kann, ohne sich zu blamieren."

„Sonst noch was?"

„Fällt mir jetzt nicht ein."

„Der muss ja wohl erst noch gebacken werden. Was bietest du ihm eigentlich dafür?"

„Ich würde mich bemühen, ebenso zu sein, würde zu ihm halten und mit ihm gemeinsam das Leben genießen."

„Das hört sich aber sehr nach Spießerehe an."

„Kommt darauf an, was man daraus macht. Ich hätte z. B. nichts dagegen, durch die Welt zu ziehen und in anderen Ländern zu leben. Ich würde mitgehen, wenn er beruflich woanders hin müsste, würde aber das Gleiche von ihm erwarten. Ich würde ihm seine Freiheit lassen, sofern er mir treu ist. Meinetwegen könnte er alleine Abenteuerurlaub buchen. Die gleiche Toleranz erwarte ich aber auch von ihm."

„Verlangst du nicht ein bisschen viel?"

„Nö, zumal ich denke, dass nicht viele Frauen so tolerant sind und dem anderen ein großes Maß an Freiheit zugestehen. Ja und er sollte großzügig sein und genießen können, also gern essen und trinken und nicht ständig an die Preise denken."

„Und du willst auch arbeiten, wenn Kinder da sind. Da solltest du dir besser keine anschaffen!"

„Eine halbtägige Abwesenheit schadet ihnen nicht. Vielleicht kann ich sogar zu Hause arbeiten. Im Übrigen kann eine Tagesmutter ihre eigenen Kinder mitbringen und dann eine Art Privatkindergarten aufziehen. Das übt schon früh soziale Kontakte. Ich kann dir auch sagen, warum ich immer arbeiten will: Ich will immer eigenes Geld in der Tasche haben und nie meinen Mann um Geld für Kleidung bitten müssen und mir anhören, ich würde zu viel Geld ausgeben."

„Aber dann ist es mit der großen Liebe wohl doch nicht so weit her. Wozu müsstest du sonst finanziell unabhängig sein?"

„Vielleicht hast du Recht. Ich bin genauso skeptisch wie du, wenn es um die wirtschaftliche Unabhängigkeit geht. Aber ich glaube an die Liebe, ich kann ihre Entstehung nicht erklären. Oft verliebt man sich in einen Menschen, der überhaupt nicht zu einem passt."

Wir grinsen uns kurz an.

„Und doch ist es immer wieder erstaunlich, was ein verliebter Mensch für den anderen alles tut, völlig unabhängig davon, ob das vernünftig ist. Warst du denn noch nie unglücklich verliebt?"

„Doch ...," teilnahmslos sieht er mich an.

„Na ja, wahrscheinlich werdet ihr Männer damit anders fertig als wir Frauen. Ihr betrinkt euch eine Zeit lang, verflucht die Frau, die eure Liebe nicht erwidert und sammelt nachts aus der Kneipe einige Abenteuer ein, um die Herzdame dann endgültig zu vergessen."

„Wie kommst du denn auf solche Ideen?"

„Weiß ich auch nicht, aber wir sollten das Thema wechseln."

Der Taugenichts sieht mich prüfend an, bevor er langgedehnt sagt: „Guuuut."

„Ich hätte nie gedacht, dass ich mich mit dir über sowas unterhalten würde. Wieso interessiert dich das überhaupt? Du willst doch sowieso frei sein. Wahrscheinlich musst du Argumente gegen Partnerschaften sammeln ... Ach, sorry Thorsten, war nicht so gemeint. Aber der heutige Tag war so anstrengend. Ich bin seit heute früh um sechs Uhr auf den Beinen, um mein Referat fertig zu kriegen. Das war leider nötig, weil ich gestern in einer Kneipe versackt bin, obwohl ich eigentlich noch mein Referat zuende abtippen wollte."

Thorsten legt den Arm um meine Schultern. Ich kuschle mich an ihn. Es ist alles wieder gut. Er ist hier neben mir. Ich verbiete mir darüber nachzudenken, warum er mir merkwürdige Fragen stellt. In diesem Augenblick fühle ich, dass ich ihm immer helfen werde, wenn ich kann, und dass er umgekehrt genauso denkt.

„Übrigens Thorsten, hast du schon gemerkt, dass ich manchmal doch recht altmodisch bin?"

„Inwiefern?"

„Ich erwarte, dass mir mein künftiger Lebenspartner einen ordentlichen Heiratsantrag macht."

„Was ist denn das?"

„Er dürfte wissen, dass ich Paris über alles liebe. Also könnte er beispielsweise vorschlagen, dass wir nach Paris fahren. Dort könnten wir uns einen netten Abend in einem der traditionsreichen Künstlerbistros machen und irgendwann könnte er mir ein kleines Päckchen mit Ringen überreichen und fragen, ob ich ihn heiraten will, weil er mich liebt."

„Das ist aber bitter für den armen Kerl …“

„Wieso? Wenn es der Richtige ist, würde ich ‚Ja‘ sagen. Zudem erwartet mein Vater, dass er sich zu Hause vorstellt und sozusagen um meine Hand anhält.“

„Was? Das ist doch wohl nicht dein Ernst.“

„Nö, aber der Ernst meines Vaters. Im Prinzip geht es ihm wohl nur darum, dass er nicht per Postkarte von meiner Hochzeit erfährt.“

„Au Weia, schon das sind für jeden deiner Verehrer zu hohe Hürden. Das solltest du dir noch mal überlegen und auf gar keinen Fall erzählen.“

Er trinkt etwas und lacht: „Bei mir geht das anders. Ich würde die Frau meines Herzens fragen: ‚Hast du morgen schon was vor oder sollen wir heiraten?‘“

Ich muss auch lachen: „War nicht so ernst gemeint. Im Grunde genommen stellt sich das Problem in der nächsten Zeit sowieso nicht und vielleicht wird es sich ja auch nie stellen.“

Eine Weile hängt jeder seinen Gedanken nach.

Dann fragt er: „Sollen wir abziehn?“

„Ja.“

Als wir in trauter Zweisamkeit zum Auto gehen, rumort ganz tief in mir noch einmal die alte Frage: „Warum kannst du mich nicht lieben?“ Ich schiebe diesen Gedanken schnell weg aus meinem Kopf und bin lieber dankbar für unsere gute und innige Freundschaft. Wie sagte der Taugenichts doch mal so treffend: „Freundschaft ist eine dauerhaftere Basis als Liebe.“ Vielleicht hat er Recht.

Im Auto fragt er: „Fährst du eigentlich in den Semesterferien in Urlaub?“

„Ich will schon, weiß aber noch nicht so genau, mit wem und wohin. Es gibt da mehrere Alternativen.“

„Mir gehts genauso.“

Dann sagt er nichts mehr und ich bin zu stolz und zu skeptisch, um zu glauben, dass er mich damit indirekt gebeten hat, mit ihm in Urlaub zu fahren. Soll er mich doch vernünftig fragen. So ignoriere ich die Möglichkeit eines gemeinsamen Urlaubs besser. Stillschweigend bleibt Thorsten bei mir. Nachts kuschelt er sich dicht an mich und ich wünschte, dies würde er ein Leben lang tun. Als er dann am nächsten Morgen zum Zahnarzt geht, um sich sein „Esszimmer neu einrichten zu lassen", sieht er mich seltsam lange an, als würde er langsam begreifen, dass ich für ihn vielleicht doch etwas anderes als ein Kumpel bin. Und mir ist klar, dass er sich nun erst recht einige Zeit nicht melden wird. Langsam finde ich das alles eher lustig als traurig. Ich bin gespannt, wo das alles enden wird.

Die nächsten Wochen vergehen wie im Fluge ohne weitere Vorkommnisse. So kommt es, dass wir beide allein verreisen. Im Urlaub lerne ich viele nette Leute kennen. Eigentlich hätten wir zusammen wegfahren können, aber der Taugenichts kam auf das Thema „Urlaub" nicht zurück und ich war zu stolz, diesen Vorschlag zu machen. Außerdem war ich unsicher, ob der Urlaub so erholsam geworden wäre. Wenn einer von uns einen Urlaubsflirt angezettelt hätte und der andere nicht, hätte es bestimmt Probleme gegeben und der Urlaub wäre wenig erholsam gewesen. Der Taugenichts meldet sich zuerst, als wir aus dem Urlaub zurück sind.

Wir treffen uns bei Degraa. Ohne ihn darum zu bitten, ist Thorsten überpünktlich. Er ist braun gebrannt, wirkt erholt, sieht umwerfend gut aus. Zum ersten Mal seit wir uns kennen, habe ich das Gefühl, dass er noch nicht mal am Rande andere Frauen registriert, die um uns herumsitzen. Er widmet mir seine ganze Aufmerksamkeit.

Als ich mich zufällig im Spiegel betrachte, stockt mir der Atem: Meine Augen funkeln, die Haare glänzen, mich schaut eine sehr glückliche Frau an. Mit spitzbübischem Lächeln wende ich mich wieder dem Taugenichts zu und frage übermütig: „Erinnere ich dich heute abend an eine Göttin?“

„Hmmm?“ er versteht gar nichts.

Ich wiederhole die Frage nicht, greife statt dessen Thorstens Hand und streichle sie. Er sieht mich verliebt an und küsst mich auf die Wange. Er weiß nicht, was ihm geschieht.

Das neue Semester beginnt und ich muss wieder jede Menge organisieren. Es ist merkwürdig, je besser ich allein zurechtkomme, desto mehr Interesse widmen mir meine männlichen, alleinstehenden Freunde und Bekannten, nicht zuletzt der Taugenichts. Ich habe mir angewöhnt, ihm von Zeit zu Zeit vertrauensvoll von der Existenz anderer Verehrer zu erzählen, natürlich ohne indiskret zu werden. Das kann ja nicht schaden. Er braucht sich jedenfalls nicht einzubilden, dass ich jeden Tag schmachtend vor dem Telefon hänge und darauf warte, dass der Herr vorschlägt, mit mir auszugehen.

Im Gegenteil genieße ich es, mit allen möglichen Bekannten verschiedene Dinge zu unternehmen. Bald entwickeln sich sogar gewisse Gewohnheiten. Mit Sascha gehe ich tanzen, mit Peter zum Joggen im Wald, mit Archibald führe ich tiefsinnige Gespräche und mit einigen Studienkollegen versacke ich regelmäßig in diversen Kneipen.

Leider bin ich gegen ihren Charme absolut immun. Um ihnen peinliche Situationen zu ersparen, mache ich daraus auch kein Geheimnis. Ich bin halt ein Kumpel für sie und mehr nicht. Wenn ich den Eindruck habe, einer habe sich doch verliebt, gehe ich sofort auf Abstand. Irgendwann fällt mir auf, dass mein Leben in jeder Hinsicht gut geregelt ist und ich eigentlich recht glücklich bin.

Ich komme an der Uni einigermaßen mit, lerne vernünftig, verdiene nebenbei Geld, treibe Sport und habe einen großen Freundes- und Bekanntenkreis. Ich weiß, dass der Taugenichts mich gern hat, ab und zu sehen wir uns, ansonsten vermeide ich es, weitere Gedanken an ihn zu verschwenden.

Eines Tages treffe ich den Taugenichts in unserer gemeinsamen Freundesclique.

Ein strikter Ehegegner streicht mir durchs Haar und sagt warmherzig zum Taugenichts: „Die könnte man glatt heiraten – die hat Herz, kann kochen und ist so redlich."

Der Taugenichts sagt darauf nichts, schaut mir aber zärtlich in die Augen. Ich lächele zurückhaltend, wie überhaupt Zurückhaltung meine neue Devise ist. Der Taugenichts nimmt diesmal vor all seinen Freunden meine Hand und küsst sie liebevoll. Und mir rutscht das Herz auf den Boden …

Und dann fragt er mich ganz unvermittelt: „Sollen wir am nächsten Wochenende nach Paris fahren?"

Ach, nach Paris mit Thorsten … Das würde mir noch besser gefallen, als mein letzter Aufenthalt allein in dieser aufregenden Stadt. Zufällig läuft gerade ein Lied aus meinem Parissemester und mich ergreift die Sehnsucht nach Marcel und Pierre, unseren Nächten auf dem Montmartre und unseren Feten …

„Heh Loulou, du bist so in Gedanken. Du liebst doch Paris, oder?" Thorsten lächelt mich sanft an.

„Oui …"

Er fragt noch einmal: „Nächsten Freitag?"

„Oui …"

„Hervorragend."

Und dann küsst mich der Taugenichts vor unseren Freunden und ich erwidere seinen leidenschaftlichen Kuss. Merkwürdigerweise scheint dieses öffentliche Bekenntnis unserer Liebe niemanden der Anwesenden zu überraschen …

– Ende –

Inhalt